KB215061

쥘베른
걸작선
10

황제의 밀사 1

쥘베른
걸작선
10

황제의 밀사 1

김석희 옮김

열림원

그의 눈앞에는 오로지 한 가지 목표만 놓여 있었다.
이르쿠츠크! 반드시 그곳에 도착해야 한다!

2권

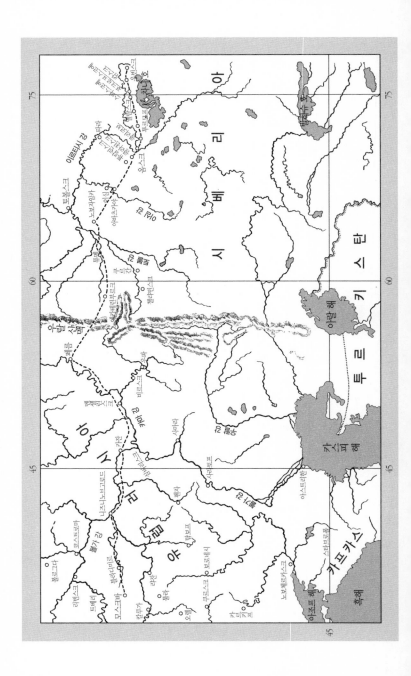

1

새 궁전에서 열린 연회

"폐하, 전보가 새로 도착했습니다."

"어디서?"

"톰스크에서 보낸 겁니다."

"그곳 너머에선 전선이 끊겼소?"

"예, 폐하. 어제부터 끊겼습니다."

"한 시간마다 톰스크로 전보를 보내시오, 장군. 그리고 거기서 일어나는 일은 하나도 빠짐없이 나한테 알려주시오."

"예, 그러겠습니다, 폐하." 키소프 장군이 대답했다.

이런 대화가 오간 것은 밤 2시경, 새 궁전에서 열린 연회가 절정에 이른 무렵이었다.

저녁 내내, 프레오브라젠스키 연대*의 군악대는 그들의 레퍼토리 중에서 특별히 고른 폴카와 마주르카와 쇼티셰와 왈츠**

를 쉬지 않고 연주했다. 수많은 남녀가 짝을 지어 새 궁전의 화려한 무도회장을 빙글빙글 돌았다. 이 새 궁전은 일찍이 무서운 참극이 숱하게 벌어진 무대였던 옛 궁전에서 불과 몇 걸음 떨어진 곳에 세워졌기 때문에, 그곳 석벽에 부딪혀 되돌아오는 메아리는 이날 밤 악사들의 흥겨운 선율에 깨어났다.

게다가 궁전 시종장은 세심한 주의를 필요로 하는 힘든 임무를 수행하기 위해 많은 사람의 도움을 받았다. 대공들과 그들의 부관, 시종을 비롯한 궁정관리들이 직접 무도회 준비를 관장했다. 다이아몬드로 치장한 대공비들, 가장 아름다운 옷을 차려입은 시녀들이 '하얀 돌로 이루어진 오래된 도시'의 문무 고관의 아내들에게 본보기를 보였다. 따라서 '폴로네즈'를 시작한다는 신호가 무도회장에 울려 퍼지고, 각계각층의 손님들이 그 질서정연한 행진—이런 행사 때는 국민적 무도회의 위력이 여기에 모두 드러난다—에 참가하자, 다양한 의상, 레이스로 장식된 낙낙한 가운, 훈장으로 뒤덮인 군복들이 형언할 수 없을 만큼 화려하고 눈부신 장면을 연출했다. 수백 개의 가지촛대는 벽을 장식하고 있는 수많은 거울에 반사되어 무도회장을 열 배나 환하게 밝혔다.

새 궁전에 있는 방들 중에서 가장 아름다운 이 무도회장은 고위인사들과 화려하게 치장한 여인들의 웅장한 행진에 걸맞은 배경을 이루었다. 시간이 흐르면서 벌써 도금이 부드러워진 화

* 프레오브라젠스키 연대: 1683년에 표트르 대제가 창설한 황실 근위대.
** 폴카는 보헤미아의 춤곡. 마주르카는 폴란드의 춤곡. 쇼티셰는 스코틀랜드의 춤곡. 왈츠는 남녀 한 쌍이 원을 그리며 추는 3박자의 경쾌한 춤곡.

려한 천장은 별들로 반짝이는 것처럼 보였다. 창과 문에 아름답게 주름져 흘러내린 커튼은 화려하고 다양한 색을 띠고, 묵직한 능직천이 군데군데 조금씩 끼어 있었다.

무도회장을 가득 채운 불빛은 거대한 반원형의 내닫이창을 통해 밖으로 퍼져나가, 몇 시간 동안 궁전을 감쌌던 어둠을 큰 화재처럼 휘황한 빛으로 선명하게 비추었다. 춤에 참가하지 않은 손님들의 관심은 그 빛과 어둠의 대조에 쏠렸다. 그들은 내닫이창의 오목한 곳에서 쉬고 있었기 때문에, 이 오래된 도시를 장식하고 있는 수많은 탑과 돔(둥근 지붕)과 첨탑들의 어렴풋한 윤곽이 어둠 속에 희미하게 드러나는 것을 분간할 수 있었다. 조각된 발코니 밑에서는 수많은 보초들이 조용히 오가고 있는 것이 보였다. 어깨에 멘 소총과 투구에 박힌 대못들이 궁전에서 새어나오는 불빛을 받아 불꽃처럼 빛났다. 무도회장의 마룻바닥을 밟는 춤꾼들의 발소리보다 훨씬 규칙적으로 박자에 맞추어 자갈을 밟는 순찰대원들의 발소리도 아래쪽에서 들려왔다. 이따금 초소에서 초소로 암호가 복창되었고, 이따금 나팔소리가 오케스트라의 선율에 섞여 그들 사이를 꿰뚫었다. 더 아래쪽의 궁전 정면 앞에서는 검은 덩어리가 새 궁전 창문에서 새어나오는 불빛을 가리고 있었다. 그것은 강을 따라 내려오는 보트들이었다. 깜박거리는 등불 몇 개에 희미하게 비추어진 강물이 테라스 아랫부분을 적시고 있었다.

위에서 언급한 주요 인물, 연회를 주최한 사람, 키소프 장군이 군주들한테 말할 때만 사용하는 존칭으로 부른 상대는 근위대 장교의 수수한 제복을 입고 있었다. 이 복장은 그가 일부러 수수한 체해서가 아니라 옷차림에 무관심한 남자의 습관이었다. 반면에 그를 에워싸고 있는 호위대(그루지야족과 카자크족과 시르카시야족으로 이루어져 있었다)는 카프카스 지방 특유의 화려한 제복을 멋지게 차려입고 있어서, 이들의 호화로운 복장과 그들 속에서 움직이는 그의 수수한 옷차림은 뚜렷한 대조를 이루고 있었다.

훤칠한 키에 태도가 부드럽고 차분한 인상이지만 걱정스러운 빛을 띠고 있는 이 인물은 이 무리에서 저 무리로 옮겨 다니면서도 말은 거의 하지 않고, 왁자지껄하게 웃고 즐기는 손님들만이 아니라 유럽 주요 정부의 대표로 러시아 궁정에 파견된 외교관이나 고관들의 진지한 말에도 별로 관심을 기울이지 않는 것 같았다. 직업 덕분에 관상쟁이가 된 두세 명의 빈틈없는 정치가들은 이 궁전 주인의 표정에서 불안한 기색을 놓치지 않았지만, 그 불안의 원인은 그들도 꿰뚫어보지 못했다. 하지만 아무도 감히 그에게 물을 수가 없었다.

자신의 걱정 때문에 연회에 그림자가 지지 않게 하는 것이 근위대 장교 제복을 입은 사람의 의도인 것은 분명했다. 그는 거의 모든 사람의 복종을 받는 몇몇 인물 가운데 하나였기 때문에, 무도회의 즐거움은 잠시도 방해받지 않았다.

그런데도 키소프 장군은 방금 톰스크에서 온 전보를 전달받은 근위대 장교가 그에게 물러가도 좋다는 허락을 내릴 때까지 기다렸다. 하지만 장교는 여전히 말이 없었다. 전보를 받아서 주의 깊게 읽은 그의 얼굴은 전보다 더 흐려졌다. 그는 무심결

12

에 칼 손잡이를 더듬어 찾다가 그 손을 잠시 눈앞으로 가져갔다. 마치 휘황한 불빛에 눈이 부셔서, 그 불빛을 손으로 가리고 자기 마음속을 더 잘 들여다보고 싶은 것처럼.

그는 키소프 장군을 창문 쪽으로 끌고 가서 말을 이었다.

"그럼 대공한테서는 어제부터 아무 연락도 받지 못했소?"

"아무 연락도 없습니다, 폐하. 그리고 이제 곧 전보가 시베리아 경계를 더 이상 통과하지 못할 것으로 우려되고 있습니다."

"하지만 아무르 주와 이르쿠츠크 주의 군대도 트란스발칸 지방의 군대와 마찬가지로 당장 이르쿠츠크로 진격하라는 명령을 받지 않았소?"

"그 명령은 우리가 바이칼 호 너머로 보낼 수 있었던 마지막 전보로 전달되었습니다."

"그럼 예니세이스크, 옴스크, 세미팔라틴스크, 토볼스크 정부는 반란이 일어나기 전과 마찬가지로 아직도 우리와 직접 연락을 주고받고 있소?"

"그렇습니다, 폐하. 우리 전보는 그쪽에 도착했고, 타타르족*이 아직은 이르티시 강과 오브 강 너머까지 진격하지 않았다고 확신합니다."

"반역자 이반 오가레프는 어떻게 됐소? 그자에 대한 소식은 없소?"

"없습니다. 경찰장관은 오가레프가 변경을 넘었는지 어떤지

---

* 타타르족: 카프카스·볼가·시베리아에 걸쳐 분포하는 몽골계와 투르크계 여러 민족의 총칭.

모르고 있습니다."

"그놈의 인상착의를 당장 니즈니노브고로드와 페름, 예카테린부르크, 카시모프, 튜멘, 이심, 옴스크, 옐람스크, 콜리반, 톰스크, 그밖에 통신이 아직 열려 있는 모든 전신국에 보내시오."

"폐하의 명령을 당장 실행하겠습니다." 키소프 장군이 대답했다.

"여기에 대해서는 엄중히 보안을 지키도록 하시오."

장군은 정중하게 동의하는 몸짓과 함께 깊이 고개 숙여 절을 한 다음, 군중과 잠시 어울리다가 마침내 아무도 모르게 슬며시 그곳을 떠났다.

근위대 장교는 한동안 멍하니 생각에 잠겨 있다가 정신을 차리고, 무도회장 곳곳에 모여 있는 다양한 무리 사이를 돌아다녔다. 그의 얼굴은 잠시 흔들렸던 그 침착한 표정을 되찾고 있었다.

그런데도 근위대 장교와 키소프 장군 사이에 빠르게 오간 이 대화의 원인이 된 중요한 사건은 두 사람이 생각한 만큼 알려지지 않은 것은 아니었다. 그 사건이 공식적으로는 물론 비공식적으로도 화제에 오르지 않은 것은 사실이다. 그것은 언론의 자유가 없었기 때문이다. 하지만 몇몇 고위인사들은 변경 너머에서 일어난 사건에 대해 그런 대로 정확한 정보를 받고 있었다. 어쨌든 조금밖에 알려져 있지 않은 그 사건, 외교관들 사이에서도 화제가 되지 않은 사건을 새 궁전에서 열린 이 연회에서 제복이나 장식이 전혀 남들 눈에 띄지 않는 두 손님이 낮은 목소리로, 그리고 아주 정확한 정보를 가지고 논의하고 있었다.

그렇게 지체 높고 유력한 사람들이 거의 눈치도 채지 못한 것

을 그 평범한 두 사람은 무슨 수단으로 어떻게 확인했을까? 그
것은 말할 수 없다. 그들은 예지력과 통찰력을 타고난 것일까?
인간의 감각을 보완하는 육감을 가지고 있어서, 모든 인간의 시
야를 제한하는 그 한정된 지평 너머를 볼 수 있었을까? 아무리
은밀한 사건도 꿰뚫어볼 수 있는 특별한 능력을 얻었을까? 정
보를 먹고 사는 버릇이 이제 제2의 천성이 되어버려서 그들의
정신 구조가 정말로 그렇게 변형된 것일까? 이 결론에서 벗어
나기는 어려웠다.

두 사람 가운데 하나는 영국인이었고 또 하나는 프랑스인이
었다. 둘 다 키가 크고 여위었지만, 후자는 프로방스 사람들처
럼 창백했고 전자는 랭커셔 신사처럼 불그레했다. 영국인은 태
도가 딱딱하고 냉정하고 근엄하고 몸짓과 말수에 인색해서, 일
정한 간격을 두고 작동하는 용수철의 영향을 받아야만 말이나
몸짓을 하는 것처럼 보였다. 반대로 프랑스인은 활기차고 성급
하고 입술과 눈과 손으로 동시에 자신을 표현하고 자기 생각을
설명하는 방법을 스무 가지나 갖고 있었지만, 그의 대화 상대는
두뇌에 박혀버린 한 가지 방법밖에는 갖고 있지 않은 듯했다.

그들의 뚜렷한 대조는 아무리 건성으로 관찰하는 사람의 눈
에도 당장 띄었을 것이다. 하지만 관상학자가 두 사람을 좀더
자세히 관찰했다면, 프랑스인은 '오로지 눈'이고 영국인은 '오
로지 귀'라는 말로 그들의 특징을 규정했을 것이다.

실제로 프랑스인의 시각기관은 훈련을 통해 보기 드물 만큼
완벽하게 발달해 있었다. 망막의 민감성은 카드 패를 뗄 때의

빠른 움직임만으로, 또는 남들에게는 보이지 않는 표시의 배열만으로 카드를 알아보는 마술사만큼 순간적인 게 분명했다. 그 프랑스인은 정말로 '눈의 기억력'이라고 부를 수 있는 것을 많이 가지고 있었다.

반대로 영국인은 듣는 능력이 특히 뛰어난 것 같았다. 그는 자신의 청각기관이 일단 들은 목소리를 잊지 못했고, 10년이나 20년 뒤에도 수천 명의 목소리 속에서 그 음성을 분간해냈을 것이다. 그의 귀가 커다란 날개 같은 귀를 가진 동물처럼 자유자재로 움직이는 능력을 갖지 못한 것은 확실하다. 하지만 과학연구에 종사하는 사람들에게는 인간의 귀가 비록 제한적이나마 실제로 운동 능력을 갖고 있다는 것이 알려져 있기 때문에, 그 영국인의 귀가 소리를 포착하려고 애쓸 때는 동물학자만 식별할 수 있는 방식으로 곤두서거나 사방팔방으로 돌아간다고 단언해도 그렇게 큰 잘못은 아닐 것이다.

주목해야 할 점은 이 뛰어난 시력과 청력이 두 남자가 직업에 종사하는 데 큰 도움을 주고 있다는 사실이다. 영국인은 〈데일리 텔레그래프〉지의 통신원이었고, 프랑스인도 스스로 이름을 밝히지는 않았지만 어떤 신문사—또는 여러 신문사—의 통신원이었기 때문이다. 어디와 통신하느냐고 물어보면, 그는 '사촌누이 마들렌'과 통신한다고 익살맞은 태도로 대답했다. 하지만 이 프랑스인은 겉으로는 태평해 보이지만 놀랄 만큼 기민하고 빈틈없는 사람이었다. 그가 아무렇게나 되는 대로 말하는 것은 알고 싶은 욕망을 더욱 감추기 위해서겠지만, 그렇게 말하고 있을 때에도 결코 자신의 직분을 잊지 않았다. 그의 수다스러움조차도 그의 생각을 감추는 데 도움을 주었다. 아마 그는 〈데일리 텔레그래프〉지의 동업자보다 훨씬 더 신중했을 것이다. 두 사람은 7월 15일 밤 새 궁전에서 열린 연회에 기자 자격으로 독자들을 더욱 계발하기 위해 참석해 있었다.

이들 두 사람이 주어진 임무에 헌신적이었다는 것은 말할 나위도 없다. 그들은 전혀 예기치 않은 정보를 추적하는 데 기꺼이 몸을 던졌고, 어떤 것도 두려워하지 않았다. 그들의 성공을 방해할 수 있는 것은 아무것도 없었다. 그들은 신문기자의 냉정함과 진정한 대담성을 갖고 있었다. 정보 사냥이라는 이 장애물경주의 기수로서 열정을 불태우는 그들은 '1등'으로 달리지 않으면 죽는 경주마처럼 열심히 울타리를 뛰어넘고 강을 건너고 담벼락을 넘었다.

그들의 신문은 돈에 관해서는 제한을 두지 않았다. 돈이야말로 오늘날까지 알려진 정보 구성 요소들 가운데 가장 확실하고 가장 신속하고 가장 완벽한 요소다. 두 사람의 명예를 위해 덧붙여두자면, 그들은 남의 사생활이라는 벽을 넘어다보지도 않았고 그 벽에 귀를 대고 엿듣지도 않았고, 오로지 정치적 또는 사회적 관심사가 걸려 있을 때에만 직업의식을 발휘했다. 한마디로 말해서 그들은 몇 년 동안 '중요한 정치 및 군사 관계 기사'를 보도했다.

그들의 보도를 추적해보면, 두 사람이 대개 사건과 그 결과를 나름대로 관찰하고 평가하는 독자적인 방식을 갖고 있었다는 것을 알게 될 것이다. 충분한 가치가 있는 것을 얻기 위해서라면 그들은 필요한 돈을 쓰는 것을 결코 아까워하지 않았다.

프랑스 통신원의 이름은 알시드 졸리베였고, 영국 통신원의 이름은 해리 블라운트였다. 그들은 새 궁전에서 열린 연회를 보도하라는 본사의 지시를 받고 참석했다가 이곳에서 처음 만난 사이였다. 같은 직업에 종사하는 경쟁자들 사이에 흔히 존재하는 얼마간의 질투심에다가 성격도 달랐기 때문에, 그들은 상대에게 거의 호감을 갖지 않았을지도 모른다. 하지만 그들은 상대를 피하지 않고 오히려 최신 뉴스를 교환하려고 애썼다. 뭐니뭐니 해도 그들은 같은 영역에서 사냥하는 두 사냥꾼이었다. 한 사람이 놓친 사냥감을 다른 사람이 유리하게 확보할 수 있을지도 모른다. 둘이 만나서 대화를 나누는 것은 서로에게 도움이 되었다.

오늘 저녁, 그들은 둘 다 망루에 올라가 감시하고 있었다. 사실 그들은 공기 속에 심상치 않은 무언가가 감돌고 있음을 느꼈다.

'기러기처럼 잡을 가망이 없는 사냥감이라 해도 탄약을 장전해서 쏘아볼 필요는 있을지 몰라.' 알시드 졸리베는 속으로 말했다.

그래서 두 통신원은 키소프 장군이 떠난 뒤 무도회가 진행되는 동안 잡담을 나누게 되었고, 처음에는 조심스럽게 상대를 떠보았다.

"정말 멋진 연회군요!" 알시드 졸리베는 매우 프랑스적인 이 구절로 대화를 시작할 필요가 있다고 생각하면서 쾌활하게 말했다.

"나는 벌써 '훌륭하다!' 는 전보를 보냈습니다." 해리 블라운트는 영국 국민이 감탄을 표현할 때 특별히 사용하는 낱말을 써서 차분하게 대답했다.

"하지만 나는 내 사촌한테 말하지 않을 수 없……."

"정말 멋진 연회군요!"

"사촌이라고요?" 해리 블라운트가 동료 기자의 말을 가로막고 놀란 어조로 되풀이했다.

"예." 알시드 졸리베가 대답했다. "내 교신 상대는 사촌누이인 마들렌이랍니다. 마들렌은 빠르고 자세한 정보를 받고 싶어 하지요. 그래서 나는 이 연회가 벌어지는 동안 일종의 먹구름이 나타나 군주의 이마에 그림자를 던졌다고 말했답니다."

"내가 보기에는 이마가 환히 빛나는 것 같았는데요?" 해리 블라운트가 대꾸했다. 그는 아마 이 문제에 대한 자신의 진짜 의견을 감추고 싶었을 것이다.

"그래서 〈데일리 텔레그래프〉의 칼럼에도 당연히 그 이마가 '환히 빛난다'고 썼겠군요."

"그렇습니다."

"블라운트 씨, 1812년에 자크레트에서 일어난 일을 기억하십니까?"

"그 현장에 있었던 것처럼 생생하게 기억하고 있지요." 영국 통신원이 대답했다.

"그렇다면 알렉산드르 황제를 축하하는 잔치가 한창일 때 나폴레옹이 전위부대와 함께 니에멘 강을 건넜다는 소식이 황제에게 보고되었다는 것도 알고 있겠군요. 하지만 황제는 연회장을 떠나지 않았고, 제국을 잃을 수도 있는 중대한 정보를 받았으면서도 불안을 드러내지 않았……"

"이 궁전의 주인이 시베리아 변경과 이르쿠츠크 사이의 전신선이 방금 끊겼다는 키소프 장군의 보고를 받았을 때만큼은 불안을 드러내지 않았지요."

"아아! 그럼 당신도 그걸 알고 있군요?"

"물론이오!"

"나는 그것을 알 수밖에 없었습니다. 내가 마지막으로 보낸 전보가 우딘스크에 도착했으니까요." 알시드 졸리베가 만족스럽게 말했다.

"내가 마지막으로 보낸 전보는 크라스노야르스크까지밖에 못 갔어요." 해리 블라운트도 그에 못지않게 만족스러운 어조로 대꾸했다.

"그럼 니콜라옙스크의 부대에 명령이 전달된 것도 알고 있겠군요?"

"그럼요. 그리고 그와 동시에 토볼스크의 카자크족에게도 군대를 집결시키라는 전보가 보내졌지요."

"맞습니다. 나도 이들 조치를 당신만큼 잘 알고 있었어요. 내 사촌누이도 내일은 틀림없이 알게 될 겁니다."

"〈데일리 텔레그래프〉 독자들도 알게 될 거요, 졸리베 씨."

"지금 일어나고 있는 일을 모두 살펴보면……."

"오가는 말을 모두 들어보면……."

"흥미로운 전쟁이 벌어지겠군요, 블라운트 씨."

"나는 그 전쟁을 주의 깊게 지켜볼 겁니다, 졸리베 씨!"

"그럼 우리 입장은 이 무도회장의 바닥만큼 안전하지 않을 수도 있겠군요."

"이 바닥보다는 덜 안전하지만……."

"훨씬 덜 미끄럽지요." 알시드 졸리베는 말상대가 뒤로 물러나다가 균형을 잃고 넘어지려 했기 때문에 얼른 상대를 붙잡아 주면서 덧붙였다.

그후 두 통신원은 상대가 자기를 조금도 앞지르지 않았다는 것을 알고 만족하여 헤어졌다.

바로 그 순간, 그 넓은 접견실에 붙어 있는 방들의 문이 활짝 열리고, 아름답게 차려진 거대한 식탁 몇 개가 드러났다. 금으로 만든 식기와 값진 자기들이 식탁을 가득 메우고 있어서 상다리가 휘어질 정도였다. 왕자와 공주와 외교관 들이 앉을 중앙 식탁의 한복판에서는 런던에서 가져온 귀중한 장식 접시가 반짝거렸고, 돋을무늬가 새겨진 그 금접시 주위에는 세브르*의 도자기공장에서 만들어진 가장 아름다운 식기 수천 개가 샹들리에 불빛 아래 빛나고 있었다.

새 궁전의 손님들은 당장 만찬장으로 몰려가기 시작했다.

바로 그 순간, 다시 들어온 키소프 장군이 재빨리 근위대 장교에게 다가갔다.

"어떻게 됐소?" 장교는 아까처럼 퉁명스럽게 물었다.

"전보가 더 이상 톰스크를 통과하지 못하고 있습니다, 폐하."

"당장 밀사를 보내시오!"

장교는 접견실을 나가, 그 옆에 붙어 있는 대기실로 들어갔다. 수수한 참나무 가구로 꾸며진 그 작은 방은 새 궁전 모퉁이에

* 세브르: 프랑스 파리의 센 강변에 있는 도시. 오래된 국립도자기공장과 도자기박물관이 있다.

자리잡고 있었다. 오라스 베르네*의 그림 몇 점을 포함하여 여러 점의 그림이 벽에 걸려 있었다.

장교는 공기 부족을 느낀 것처럼 서둘러 창문을 열고, 아름다운 7월 밤의 맑은 공기를 마시러 발코니로 나갔다.

그의 눈 아래에는 성벽으로 둘러싸인 경내가 달빛에 젖어 있었다. 그 성벽 안에 대성당 두 채와 궁전 세 채, 그리고 무기고가 하나 솟아 있었다. 성벽 주위에 뚜렷이 구별되는 세 개의 동네—키타이고로드 · 벨로이고로드 · 젬리아나이고로드—가 보였다. 유럽인이나 타타르족이나 중국인이 모여 사는 이 넓은 구역에서는 탑과 종루, 첨탑, 300개나 되는 교회의 돔 지붕이 아래를 내려다보고 있었다. 교회들의 초록빛 지붕 위에는 은빛 십자가가 얹혀 있었다. 굽이쳐 흐르는 작은 강물 여기저기에 달빛이 비쳐 있었다. 이 모든 것이 한데 어우러져, 둘레가 50킬로미터에 이르는 거대한 테두리 안에 다채로운 색깔의 집들이 박혀 있는 기묘한 모자이크를 이루었다.

이 강은 모스크바 강이었고, 이 도시는 모스크바였고, 성벽으로 둘러싸인 경내는 크렘린 궁전이었고, 팔짱을 끼고 생각에 잠겨 이마를 찌푸린 채 새 궁전에서 모스크바의 옛 시가지 위로 흘러나가는 소리에 멍하니 귀를 기울이고 있는 근위대 장교는 바로 러시아 황제였다.

* 오라스 베르네(1789~1863): 프랑스의 화가. 전투와 아랍 풍경을 주제로 한 그림으로 유명하다.

장교는 맑은 공기를 마시러 발코니로 나갔다

2

러시아인과 타타르족

새 궁전에서 모스크바의 고위관료와 장성 및 주요 인사들을 위해 베푼 연회가 한창 절정에 이르러 있을 때, 웬만큼 중대한 이유가 없었다면 황제가 그렇게 갑자기 연회장을 떠나지는 않았을 것이다. 방금 그는 우랄 산맥 너머에서 중대한 사건이 일어나고 있다는 소식을 받았다. 만만찮은 반란군이 러시아 황제한테서 시베리아 지방을 빼앗으려 하고 있음이 이제 분명해졌다.

아시아 지역의 러시아, 즉 시베리아는 면적이 896만 평방킬로미터에 이르고, 거의 200만 명의 주민이 살고 있다. 유럽 지역의 러시아와 시베리아를 가르는 경계인 우랄 산맥에서 태평양 연안까지 뻗어 있는 시베리아는 남쪽은 투르키스탄과 중국 청나라, 북쪽은 카라 해에서 베링 해협에 이르는 북극해와 맞닿아 있다. 시베리아는 토볼스크 · 예니세이스크 · 이르쿠츠크 ·

옴스크·야쿠츠크 주로 나뉘어 각기 다른 지방정부가 다스리고 있다. 그밖에도 시베리아에는 오호츠크 지구와 캄차카 지구가 있고, 지금 모스크바의 지배를 받고 있는 키르기스족*과 초우크체족의 나라가 있다. 서쪽부터 동쪽까지 경도로 110도가 넘는 이 드넓은 스텝** 지대는 범죄자와 정치범이 추방되는 유배지이기도 하다.

두 명의 총독이 이 방대한 지역에 대한 러시아 황제의 지배권을 대표한다. 한 사람은 서부 시베리아의 수도인 이르쿠츠크에 주재한다. 예니세이 강의 지류인 초우나 강이 동서 시베리아를 갈라놓고 있다.

이 넓은 평원에 밭고랑 같은 자국을 낸 선로는 아직 없고, 평원의 일부는 실제로 아주 비옥하다. 시베리아 지하의 흙을 지표면의 흙보다 훨씬 풍요롭게 해주는 그 귀중한 광산들에서 뻗어 나온 철길은 아직 하나도 없다. 그래서 여행자들은 여름에는 포장마차나 수레를, 겨울에는 썰매를 타고 이동한다.

길이가 8천 킬로미터에 달하는 하나의 전선을 이용한 전신이 시베리아의 서쪽 경계와 동쪽 경계를 연결하는 유일한 통신 수단이다. 우랄 산맥에서 출발한 이 전선은 예카테린부르크와 카시모프, 튜멘, 이심, 옴스크, 옐람스크, 콜리반, 톰스크, 크라스노

---

* 키르기스족: 몽골 고원 북서부의 예니세이 강 상류에 살던 투르크계 민족. 13세기 무렵부터 톈산 산맥 서부로 남하했고 19세기 후반에 러시아에게 정복당했다.
** 스텝: 러시아와 아시아의 중위도에 위치한 온대 초원 지대. 건기에는 불모지, 우기에는 푸른 들로 변한다.

야르스크, 니즈네우딘스크, 이르쿠츠크, 베르크네네르친스크, 스트렐링크, 알바치네, 블라고프스텐스크, 라데, 오를롬스카야, 알렉산드로프스코예, 니콜라옙스크를 지나고, 시베리아 한쪽 끝에서 다른 쪽 끝까지 낱말 하나를 보내는 데 8루블 19코페이카를 내야 한다. 이르쿠츠크에서 몽골 접경에 있는 캬흐타까지는 지선이 연결되어 있고, 거기에서 낱말 하나당 30코페이카를 내면 파발꾼이 2주 만에 중국 수도 베이징까지 전보를 배달한다.

예카테린부르크에서 니콜라옙스크까지 뻗어 있는 이 전선이 처음에는 톰스크 너머에서 절단되었고, 다음에는 톰스크와 콜리반 사이에서 끊긴 것이다.

키소프 장군이 두 번째로 가져온 소식을 듣고 황제가 "당장 밀사를 보내시오!" 하고 대답한 것은 그 때문이었다.

황제는 잠시 꼼짝도 하지 않고 창가에 남아 있었다. 그때 문이 다시 열리고 경찰장관이 문지방에 나타났다.

"들어오시오, 장군." 황제가 짤막하게 말했다. "그리고 이반 오가레프에 대해 알고 있는 것을 모두 말해주시오."

"아주 위험한 작자입니다." 경찰장관이 대답했다.

"계급은 대령이 아니었소?"

"맞습니다."

"영리한 장교였소?"

"아주 영리했지만, 정열을 억누를 수 없는 자였습니다. 그리고 무슨 일이 있어도 꺾이지 않는 야망을 갖고 있어서 비밀 음모에 곧 말려들게 되었고, 대공 전하께서 그자의 계급을 강등시키고 시베리아로 유배한 건 그때였습니다."

"그게 얼마나 오래된 일이오?"

"2년 전입니다. 유배된 지 6개월 만에 폐하의 은혜로 죄를 사면받고 러시아로 돌아왔지요."

"그때 이후로는 한 번도 시베리아에 다시 가지 않았소?"

"갔습니다, 폐하. 하지만 자발적으로 돌아간 겁니다." 경찰장관은 약간 목소리를 낮추어 덧붙였다. "시베리아에서 '아무도' 돌아오지 않은 시기가 있었습니다, 폐하."

"내가 살아 있는 동안 시베리아는 사람이 갔다가 돌아올 수 있는 곳이고 앞으로도 그럴 거요."

황제는 자랑스럽게 이 말을 할 권리가 있었다. 그는 관대하고 자비로운 조처를 통해, 러시아의 정의는 죄를 용서할 줄도 안다는 것을 보여주었기 때문이다.

경찰장관은 이 말에 아무 대답도 하지 않았지만, 그런 미봉책에 동의하지 않고 있음은 분명했다. 경찰에 넘겨져 일단 우랄 산맥을 넘은 자는 절대로 우랄 산맥을 다시 넘으면 안 된다는 것이 그의 생각이었다. 그런데 새 정권 아래에서는 일이 그렇게 되지 않았고, 경찰장관은 그것을 진심으로 개탄하고 있었다. 뭐라고! 사회 질서에 어긋나는 범죄가 아닌 다른 범죄는 종신유형에 처하지 않겠다고? 뭐라고! 시베리아로 유배된 정치범들이 토볼스크에서, 야쿠츠크에서, 이르쿠츠크에서 돌아온다고? 일단 단죄한 죄인에 대해서는 결코 사면하지 않는 기존의 법령에 익숙해져 있었던 만큼, 경찰장관은 새로운 통치 방식을 이해할 수가 없었다.

하지만 그는 황제가 다음 질문을 던질 때까지 잠자코 기다렸다.

"이반 오가레프는 아직도 목적이 알려지지 않은 시베리아 여행을 끝낸 뒤 두 번째로 러시아에 돌아오지 않았소?"

"돌아왔습니다."

"그후 경찰은 그의 발자취를 놓쳤소?"

"아닙니다, 폐하. 범죄자는 사면을 받은 날부터 정말로 위험해지니까요."

황제는 이마를 찌푸렸다. 아마 경찰장관은 자기가 한 말이 좀 지나쳤던 게 아닐까 하고 걱정했겠지만, 그의 생각은 적어도 그가 군주에게 느끼고 있는 한없는 충성심과 맞먹을 만큼 완고했다. 하지만 황제는 자신의 국내 정책에 대한 이 간접적인 비난에 대구하는 것을 치사하게 여기고, 질문을 계속했다.

"이반 오가레프의 마지막 소식이 들린 곳은 어디였소?"

"페름 주입니다."

"어느 도시였소?"

"페름입니다."

"거기서 뭘 하고 있었소?"

"한가해 보였고, 태도에 수상쩍은 점은 전혀 없었습니다."

"그럼 비밀경찰의 감시를 받고 있지 않았소?"

"그렇습니다, 폐하."

"언제 페름을 떠났소?"

"3월경입니다."

"거기서 어디로……?"

"어디로 갔는지는 모릅니다."

"그때 이후 그가 어떻게 됐는지 모른다는 거요?"

"그렇습니다, 폐하."

"그렇다면 나는 알고 있소. 경찰을 통하지 않은 익명의 편지를 받았는데, 지금 변경 너머에서 일어나고 있는 사건으로 보아 그 편지 내용이 정확하다고 믿는 것은 당연한 일이오."

"그럼 이반 오가레프가 이번의 타타르족 반란에 관여하고 있다는 말씀입니까?" 경찰장관이 외쳤다.

"그래요. 이제 당신이 모르는 것을 말해주겠소. 이반 오가레프는 페름을 떠난 뒤 우랄 산맥을 넘어 시베리아로 들어가서 키르기스 스텝 지대로 들어갔소. 거기서 유목민들을 선동하여 반란을 일으키려 애썼고, 어느 정도는 성공을 거두었소. 그후 그는 훨씬 남쪽에 있는 투르키스탄까지 내려갔소. 그곳의 부하라 주, 코칸트 주, 쿤두즈 주에서 타타르 유목민을 시베리아로 쏟아 부어 아시아 쪽 러시아 전역에서 일제 봉기를 일으킬 뜻이 있는 족장들을 찾아냈소. 폭풍은 조용히 강해지고 있다가 마침내 청천벽력처럼 폭발했고, 이제 동시베리아와 서시베리아 사이의 모든 통신 수단은 끊겨버렸소. 게다가 복수에 목마른 이반 오가레프는 내 동생의 목숨을 노리고 있단 말이오!"

황제는 말하는 동안 점점 흥분했고, 이제 성마른 걸음으로 오락가락하고 있었다. 경찰장관은 아무 말도 하지 않았지만, 유배자에 대한 사면령이 없었던 시대에는 이반 오가레프의 음모 같은 것이 결코 실현될 수 없었을 거라고 속으로 생각했다. 몇 분

"그래요. 이제 당신이 모르는 것을 말해주겠소."

이 지났다. 그동안 그는 입을 다물고 있다가 안락의자에 몸을 던진 황제에게 다가가서 말했다.

"폐하께서는 물론 이 반란을 되도록 빨리 진압하라는 명령을 내리셨겠죠?"

"그렇소. 니즈네우딘스크에 도착할 수 있었던 마지막 전보가 예니세이, 이르쿠츠크, 야쿠츠크만이 아니라 아무르 주와 바이칼 지방에 있는 군대도 움직일 거요. 그와 동시에 페름과 니즈니노브고로드의 연대, 그리고 변경 지방의 카자크족도 우랄 산맥을 향해 강행군을 하고 있소. 하지만 불행히도 그들은 몇 주가 지나야만 타타르족을 공격할 수 있을 거요."

"폐하의 아우이신 대공 전하께서는 지금 이르쿠츠크에 고립된 채, 더 이상 모스크바와 직접 연락할 수 없는 상태로군요?"

"그렇소."

"하지만 마지막 전보를 받고 대공 전하께서도 폐하께서 어떤 조치를 취하셨는지, 이르쿠츠크와 가장 가까운 정부들로부터 어떤 도움을 기대할 수 있는지 아실 겁니다."

"그건 대공도 알고 있소. 하지만 대공이 모르는 것은 이반 오가레프가 반역자일 뿐만 아니라 배신자 역할도 맡고 있다는 것, 그에게는 사적인 원한이 있다는 거요. 이반 오가레프는 자기가 처음 당한 치욕을 대공 탓으로 돌리고 있소. 그보다 더 심각한 문제는 대공이 그자를 모른다는 거요. 따라서 이반 오가레프의 계획은 이르쿠츠크에 가서 가명으로 대공에게 고용되는 거요. 그렇게 해서 대공의 신임을 얻은 다음, 타타르족이 이르쿠츠크를 포위하면 그 도시를 적에게 팔아넘길 거요. 도시와 함께 내 아우의 목숨도 위험에 빠져 있소. 내가 비밀 정보를 통해 알아낸 것은 바로 그거요. 대공은 이것을 아직 모르고 있지만, 반드시 알아야 하오!"

"폐하, 영리하고 용감한 밀사라면……."

"지금 당장 그런 밀사가 필요하오."

"게다가 기민한 사람이 바람직하겠지요. 이런 말을 덧붙여도 좋다면, 시베리아는 반란에 호의적인 땅이니까요."

"유배자들이 반란군에 협력할 거라고 말할 작정이오?" 황제는 경찰장관의 암시에 분개하여 외쳤다.

"죄송합니다, 폐하." 경찰장관은 더듬거리며 말했다. 실제로 그것이 불안하고 걱정스러운 그의 마음에 떠오른 생각이었기 때문이다.

"나는 그들의 애국심을 믿고 있소." 황제가 말했다.

"시베리아엔 정치적 유배자가 아닌 다른 범죄자들도 있습니다." 경찰장관이 말했다.

"범죄자? 그놈들은 장군에게 맡기겠소. 놈들은 가장 형편없는 인간쓰레기요. 놈들은 어떤 나라에도 속해 있지 않아요. 하지만 봉기나 반란은 황제를 반대하는 게 아니라 러시아에 반대해서 일어나는 거요. 그런데 유배자들은 러시아를 다시 볼 수 있다는 희망을 모두 잃어버리지는 않았고, 실제로 러시아를 다시 보게 될 거요. 그런 나라에 대해 반란을 일으킨 타타르족에게 러시아인이 협력할 리가 없소. 아니, 러시아인이라면 설령

"죄송합니다, 폐하."

한 시간만이라도 모스크바의 세력을 약화시키기 위해 타타르족과 손을 잡지는 않을 거요!"

황제가 자신의 정책 때문에 잠시 멀리한 사람들의 애국심을 믿은 것은 옳았다. 그가 틀리지 않았다는 믿음을 정당화해주는 것은 그의 정의를 떠받치는 토대인 관대함이었다. 그 관대함의 결과를 스스로 관리할 수 있을 때에는 원래 가혹했던 칙령을 완화하여 적용했다. 하지만 타타르족의 반란이 성공하는 데 중요한 이 요인이 없다 해도 상황은 매우 심각했다. 키르기스족의 대다수가 반란군에 가담할 것으로 우려되었기 때문이다.

키르기스족은 큰 무리와 작은 무리와 중간 무리의 세 무리로 나뉘어 있고, 약 40만 개의 천막에 200만 명이 살고 있다. 여러 부족 가운데 일부는 독립심이 강하고, 나머지는 러시아의 주권을 인정하거나 히바·코칸트·부하라를 다스리는 칸*들의 통치권을 인정한다. 이들은 투르키스탄에서 가장 막강한 족장들이다. 중간 무리는 가장 부유하고 영토도 가장 넓어서, 사라수 강과 이르티시 강, 이심 강 상류, 사이상 호와 악사칼 호 사이의 땅을 모두 차지하고 있다. 중간 무리의 동쪽 지역을 차지하고 있는 큰 무리는 옴스크와 토볼스크까지 뻗어 있다. 따라서 키르기스족이 봉기하면 아시아 지역 러시아의 반란이 될 테고, 이윽고 예니세이 강 동쪽까지의 시베리아가 러시아에서 분리되는 사태가 일어나고 말 것이다.

* 칸: 몽골·투르크 등지에서 군주를 이르는 말. 한자로는 한(汗)을 쓴다. 그래서 이들이 다스리는 나라를 한국(汗國)이라고 부르기도 한다.

이 키르기스족이 전쟁 기술에서는 풋내기일 뿐이어서 정규군이라기보다는 카라반*을 약탈하는 강도나 밤도둑에 불과한 것은 사실이다. 레브친 씨의 말마따나 "견고한 제일선 부대나 훌륭한 보병대는 열 배나 많은 수의 키르기스족을 물리칠 수 있고, 대포 한 문으로 엄청나게 많은 키르기스족을 죽일 수 있다."

그럴지도 모른다. 하지만 그러려면 훌륭한 보병대가 반란을 일으킨 지역에 가야 하고, 대포가 러시아의 무기고를 떠나 2~3천 킬로미터나 떨어져 있는 곳까지 가야 한다. 지금 예카테린부르크에서 이르쿠츠크까지 곧게 뻗어 있는 길을 제외하면 자주 늪지대로 변하는 스텝 지대는 쉽게 통행할 수 없고, 러시아군이 타타르족을 진압할 수 있는 지점에 도달하려면 몇 주일은 걸릴 게 분명하다.

옴스크는 서시베리아에서 키르기스족을 제압하기 위한 군대 조직의 중심지다. 이곳 변경은 완전히 정복되지 않은 유목민에게 여러 번 침범당했고, 옴스크가 이미 위험에 빠졌다고 믿는 것은 당연했다. 군사기지, 즉 옴스크에서 세미팔라틴스크까지 계단식으로 배치되어 있는 카자크 기병대 주둔지는 여러 곳이 무너진 게 분명했다. 이제 키르기스 지역을 다스리는 술탄**들이 그들과 같은 이슬람교도인 타타르족의 지배를 자발적으로 받아들이거나 마지못해서 복종하게 될 우려가 있었다. 그리고 예속이

---

* 카라반: 사막이나 초원과 같이 교통이 발달하지 않은 지방에서 낙타나 말에 짐을 싣고 무리를 지어 다니면서 특산물을 교역하는 상인 집단.
** 술탄: 이슬람 국가의 군주.

불러일으키는 증오심은 그리스정교와 이슬람교 사이의 적개심으로 말미암은 증오심과 일치하지 않을 우려도 있었다. 사실 투르키스탄의 타타르족과 주로 부하라 · 히바 · 코칸트 · 쿤두즈 칸국의 타타르족은 한동안 키르기스족들에게 무력을 사용하거나 말로 설득하여 그들을 모스크바의 지배에 복종시키려고 애썼다.

이들 타타르족에 대해 몇 마디만 하겠다.

타타르족은 좀더 특별하게 코카서스인종(백색인종)과 몽골인종(황색인종)이라는 별개의 두 인종에 속한다.

아벨 레뮈자*가 말했듯이, 코카서스인종은 "유럽에서는 우리 인류가 가진 아름다움의 전형으로 여겨진다. 유럽 지역의 모든 민족은 코카서스인종에서 생겨났기 때문이다." 코카서스인종이라는 명칭에는 투르크족과 페르시아 원주민도 포함되어 있다.

순수한 몽골인종은 몽골족과 만주족과 티베트족으로 이루어져 있다.

지금 러시아 제국을 위협하고 있는 타타르족은 코카서스인종에 속하고, 이들은 투르키스탄을 차지하고 있었다. 이 방대한 지역은 칸들이 다스리는 여러 나라로 나뉘어 있고, 그래서 칸국이라고 불린다. 그중에서도 부하라 · 코칸트 · 쿤두즈 등이 주요 칸국이다.

이 시대에 가장 중요하고 가장 만만찮은 칸국은 부하라 칸국이었다. 부하라 칸국의 군주들은 자신의 이익을 위해 키르기스

---

* 아벨 레뮈자(1788~1832): 프랑스의 중국학자.

족이 모스크바의 지배에서 독립하는 것을 지지했고, 그래서 러시아와 벌써 여러 차례 전쟁을 치렀다. 현재의 군주인 페오파르 칸도 전임자들의 뒤를 따라가고 있었다.

부하라 칸국은 북위 37도에서 41도 사이, 동경 61도에서 66도 사이에 자리잡고 있어서, 면적은 약 16만 평방킬로미터에 이른다.

이 나라 인구는 250만 명이고, 병력은 6만 명이지만 전시에 는 그 수가 세 배로 늘어나고, 따로 3만 명의 기병을 보유하고 있다. 부하라 칸국은 다양한 동식물과 광물을 생산하는 부유한 나라이고, 발흐와 아우코이와 메이나메 지방을 획득하여 영토 가 더욱 넓어졌다. 부하라 칸국에는 큰 도시가 열아홉 개 있다. 12킬로미터가 넘는 성벽으로 둘러싸여 있는 부하라 칸국은 이 븐 시나*를 비롯한 10세기 학자들 덕분에 유명해진 명예로운 도시로서 이슬람 과학의 중심지로 여겨지고 있으며, 중앙아시 아에서 가장 유명한 도시들 가운데 하나다. 티무르**의 무덤이 있는 사마르칸트에는 유명한 궁전이 있는데, 이 궁전에는 칸이 즉위식 때 앉는 푸른 돌이 보관되어 있고, 아주 튼튼한 성채가 도시를 지키고 있다. 삼중 방어선으로 둘러싸인 카르시는 오아 시스에 자리잡고 있으며, 주위에는 거북과 도마뱀이 우글거리 는 늪지대가 펼쳐져 있어서 거의 난공불락이다. 이스차르주이 는 2만 명의 인구가 지키고 있다. 요컨대 카타쿠르간 · 누라

---

* 이븐 시나(980~1037): 이슬람의 철학자 · 의학자. 아리스토텔레스 철학의 대가 로, 중세 유럽의 철학 및 의학에 많은 영향을 주었다.
** 티무르(1336~1405): 중앙아시아에 티무르 제국을 건설한 영웅.

타 · 지자 · 파이칸데 · 카라쿨 · 후자르 같은 도시들이 모여서 난공불락의 요새를 이루고 있다. 험준한 산협의 보호를 받고 스텝 지대로 고립된 부하라 칸국은 가장 만만찮은 나라다. 러시아가 이 나라를 정복하려면 많은 병력이 필요할 것이다.

지금은 흉포하고 야심적인 페오파르가 타타르 지역의 이 부분을 지배하고 있었다. 주로 코칸트 칸국과 쿤두즈 칸국의 칸들 — 잔인하고 탐욕스러운 전사인 이들은 중앙아시아의 모든 무리를 지배하는 족장들의 도움을 얻어 타타르족의 본능에 매우 중요한 모험에 기꺼이 가담할 준비가 되어 있었다. 페오파르는 이 칸들을 등에 업고 이반 오가레프가 선동한 반란에 앞장섰다. 증오심만이 아니라 몰지각한 야심에 휘둘린 반역자 이반 오가레프는 시베리아로 가는 길을 차단하라고 명령했다. 그가 모스크바 제국을 공격하고 싶어한다면, 그는 정말로 미쳤다. 그의 제안에 따라 행동하고 있는 에미르(부하라 칸국의 칸들이 채택한 칭호)는 휘하 무리를 러시아 변경에 쏟아 부었다. 에미르는 세미팔라틴스크를 침략했고, 그곳에서는 소규모 세력에 불과했던 카자크족은 후퇴할 수밖에 없었다. 그는 발하슈 호를 지나 진격을 계속하면서 키르기스족을 자기편으로 끌어들였다. 약탈하고 파괴하면서, 굴복하는 자들은 신병으로 받아들이고 저항하는 자는 포로로 잡으면서, 그는 현대판 칭기즈칸처럼 냉정하고 대담무쌍하게 식솔과 노예들을 거느리고 이 도시에서 저 도시로 행군했다. 그가 지금 어디에 있는지는 확인할 수 없었다. 반란이 일어났다는 소식이 모스크바에 도착하기 전에 그의 병사들이 얼마나 멀리까지 행군했는지, 러시아군이 시베리아의 어느 지역까지 후퇴할 수밖에 없었는지도 확인할 수 없었다. 모든 통신이 차단되었다. 타타르족 정찰병이 콜리반과 톰스크 사이의 전선을 잘랐을까? 페오파르가 예니세이스크 지방에 도착했을까? 서시베리아 남부지방이 모두 동요하고 있을까? 반란은 이미 동부지역까지 퍼졌을까? 아무도 알 수 없었다. 추위도 더위도 두려워하지 않을 뿐만 아니라 겨울의 혹독한 추위도 여름의 뜨거운 열기도 막을 수 없는, 번개처럼 빠르게 달리는 유일한 존재—전류—가 스텝 지대를 가로지를 수 없게 되었다. 이반 오가레프의 반역은 이르쿠츠크에 갇혀 있는 대공을 위기로 몰아넣고 있지만, 이제 대공에게 그 위험을 경고할 수도 없게 되었다.

차단된 전류를 대신할 수 있는 것은 밀사뿐이었다. 밀사가 모스크바에서 이르쿠츠크까지 5500킬로미터를 가로지르려면 시간이 걸릴 것이다. 반란군과 침략자들 사이를 통과하려면 거의 초인적인 용기와 지혜를 발휘해야 한다. 하지만 명석한 두뇌와 결연한 마음만 있으면 많은 일을 해낼 수 있다.

'그런 머리와 가슴을 가진 자를 찾아낼 수 있을까?' 황제는 생각했다.

3
황제에게 소개된 미하일 스트로고프

작은 방의 문이 다시 열리고 키소프 장군이 들어왔다.

"밀사는?" 황제가 간절한 어조로 물었다.

"여기 왔습니다, 폐하." 키소프 장군이 대답했다.

"적당한 사람을 찾아냈소?"

"제가 책임지고 보증하겠습니다."

"궁전에서 일한 적이 있는 사람이오?"

"그렇습니다, 폐하."

"장군이 아는 사람이오?"

"개인적으로도 아는 사람이고, 어려운 임무를 여러 번 성공적으로 수행했습니다."

"외국에서?"

"시베리아였습니다."

"어디 출신이오?"

"옴스크 출신입니다. 시베리아 사람이죠."

"냉정하고 지혜롭고 용감한 사람이오?"

"예, 폐하. 다른 사람들이 다 실패할 수 있는 경우에도 성공하는 데 필요한 자질을 모두 갖추고 있습니다."

"나이는?"

"서른 살입니다."

"강건하고 원기왕성한 사람이오?"

"물론입니다. 추위와 굶주림, 갈증과 피로를 극한까지 견딜 수 있습니다."

"강철 같은 몸을 가져야 하오."

"그런 몸을 가지고 있습니다."

"마음은?"

"더없이 고결한 마음을 가지고 있습니다."

"이름은?"

"미하일 스트로고프입니다."

"당장 떠날 준비가 되어 있소?"

"위병소에서 폐하의 명령을 기다리고 있습니다."

"들여보내시오." 황제가 말했다.

잠시 후, 밀사인 미하일 스트로고프가 황제의 서재로 들어왔다.

미하일 스트로고프는 키가 크고 활기차고 딱 바라진 어깨에 두툼한 가슴을 가진 남자였다. 그의 단단한 머리는 코카서스인종의 훌륭한 특징들을 갖고 있었다. 튼튼한 체격은 힘이 필요한

미하일 스트로고프가 황제의 서재로 들어왔다

묘기를 부리기 위해 만들어진 것처럼 보였다. 그런 남자를 그의 의지와 다른 방향으로 움직이기는 어려울 것이다. 그의 두 발이 일단 땅을 딛고 서면 그 자리에 뿌리를 내린 것 같았기 때문이다. 그가 모자를 벗자 고수머리가 넓은 이마 위로 흘러내렸다. 평상시에는 하얀 얼굴이 붉어진 것은 혈액순환이 빨라져서 심장이 빨리 뛰고 있었기 때문이다. 짙푸른 눈은 맑고 솔직하고 단호한 눈빛을 띠고 있었다. 약간 찌푸린 눈썹은 고결한 영웅적 자질—생리학자의 표현에 따르면 '영웅의 차가운 용기'—을 나타냈다. 그는 콧구멍이 커다란 아름다운 코와 잘생긴 입을 갖고 있었다. 약간 튀어나온 입술은 너그럽고 고결한 마음을 나타낸다.

미하일 스트로고프는 활동가의 기질을 갖고 있어서, 망설이며 결단을 내리지 못하고 손톱을 물어뜯거나 머리를 긁적거리는 일이 없는 사람이었다. 말뿐만 아니라 몸짓도 아끼는 기질 때문에 윗사람 앞에서는 항상 군인처럼 부동자세로 서 있었다. 하지만 일단 움직이면 그의 걸음걸이는 단호하고도 자유로운 움직임을 보여주었다. 그것은 그의 마음이 원기왕성하고 자신감에 가득 차 있다는 증거였다.

미하일 스트로고프는 전쟁터에서 경기병대 장교가 입는 것과 비슷한 멋진 군복—장화, 박차, 몸에 딱 맞는 반바지, 가장자리에 모피를 대고 노란 술로 장식한 갈색 외투—을 입고 있었다. 가슴에서는 십자훈장을 비롯하여 여러 개의 훈장이 반짝이고 있었다.

미하일 스트로고프는 황제의 명령을 전달하는 특별전령부대 소속이었고, 특별히 선발된 그 사람들 중에서도 장교의 지위에 올라 있었다. 그의 특징 중에서도 가장 두드러진 것—특히 그의 걸음걸이와 얼굴, 전체적인 풍채, 그리고 황제가 한눈에 알아본 것—은 그가 '명령을 충실히 실행하는 사람'이라는 것이었다. 따라서 그는 러시아에서 가장 쓸모있는 자질 가운데 하나—유명한 소설가 투르게네프의 말마따나 '모스크바 제국에서 가장 높은 지위로 이끌어줄 자질'—를 갖고 있었다.

요컨대 반란을 일으킨 지방을 지나고 장애물을 극복하고 온갖 위험을 무릅쓰고 모스크바에서 이르쿠츠크까지 갈 수 있는 사람이 있다면, 미하일 스트로고프야말로 그 사람이었다.

그의 계획이 성공하는 데 특히 유리한 상황은 그가 가로질러야 하는 지방을 속속들이 알고, 그곳의 다양한 사투리를 알아듣는다는 것이었다. 전에도 그곳을 여행한 적이 있을 뿐만 아니라 그 자신이 시베리아 출신이었기 때문이다.

그의 아버지—10년 전에 사망한 표트르 스트로고프—는 옴스크에 살았고, 그의 어머니인 마르파 스트로고프는 아직도 그곳에 살고 있었다. 옴스크와 토볼스크 지방의 황량한 스텝 지대 한복판에서 유명한 사냥꾼 표트르는 아들 미하일이 고난을 참고 견디도록 키웠다. 표트르 스트로고프는 직업 사냥꾼이었다. 여름에는 타는 듯한 더위 속에서, 겨울에는 이따금 영하 50도까지 내려가는 혹한 속에서, 그는 얼어붙은 평원과 자작나무와 낙엽송과 소나무 숲을 돌아다니며 덫을 놓고, 작은 사냥감을 잡을 때는 총을 쏘고 큰 사냥감을 잡을 때는 창이나 칼을 썼다. 큰 사냥감은 다름 아닌 시베리아 곰이었다. 얼어붙은 바다에 사는 북극곰과 맞먹는 몸집을 가진 사납고 만만찮은 동물이다. 표트르 스트로고프는 서른아홉 마리가 넘는 곰을 죽였다. 즉 마흔 번째 곰이 그의 공격을 받고 쓰러졌다. 러시아 전설에 따르면 서른아홉 번째 곰까지 운이 좋았던 사냥꾼은 대부분 마흔 번째 곰한테 졌다.

하지만 표트르 스트로고프는 그 위험한 수를 생채기 하나 없이 무사히 넘겼다. 그때 열한 살이었던 아들 미하일은 그때부터 아버지의 사냥에 반드시 동행했다. 무기라고는 칼밖에 지니지 않은 아버지를 언제든지 도울 수 있도록 '라가티나'라고 불리는 창을 항상 들고 다녔다. 열네 살 때 미하일 스트로고프는 처음으로 혼자서 곰을 죽였다. 그것은 아무것도 아니었다. 하지만 그는 그 거대한 곰의 가죽을 벗긴 뒤, 그 가죽을 몇 킬로미터나 떨어진 집까지 끌고 가서 어린 소년치고는 놀랄 만큼 강한 힘을 보여주었다.

이런 생활방식은 그에게 매우 유익했다. 어른이 되었을 때 그는 아무리 지독한 추위와 더위도, 배고픔과 갈증과 피로도 견뎌낼 수 있었다. 북부지방의 야쿠트족처럼 그도 쇠로 만들어진 철인이었다. 그는 24시간 동안 아무것도 먹지 않을 수 있었고, 열흘 동안 잠을 자지 않을 수 있었고, 다른 사람들 같으면 얼어 죽었을 탁 트인 스텝 지대에서 혼자 힘으로 피난처를 만들 수 있었다. 놀랄 만큼 날카로운 감각을 타고난 그는 모든 사물이 안개 속에 숨어버리거나 오랫동안 밤이 계속되는 북부지방의 설원에서도 북아메리카의 델라웨어 인디언 같은 본능에 따라 길을 찾을 수 있었다. 다른 사람들 같으면 어느 쪽으로 가야 할지도 몰랐을 것이다. 그는 아버지의 비법을 모두 알고 있었다. 그는 거의 알아차릴 수 없는 표지—고드름의 모양, 작은 나뭇가지들의 형태, 멀리 지평선에서 피어오르는 안개, 공기 속에서 들려오는 희미한 소리, 멀리서 들리는 총성, 안개를 뚫고 날아가는 새들, 해독할 수 있는 사람에게는 수많은 말과 다름없는 수천 가지 상황들—를 읽는 법을 배웠다. 게다가 시리아의 물속에서 담금질된 다마스쿠스 검처럼 눈으로 단련된 그는 키소프 장군이 말했듯이 강철 같은 몸을 가지고 있었고, 더없이 고결한 마음을 갖고 있다는 말도 역시 사실이었다.

미하일 스트로고프가 사랑의 감정을 느끼는 유일한 대상은 늙은 어머니 마르파였다. 마르파는 사냥꾼 남편과 함께 오랫동안 살았던 옴스크의 이르티시 강변에 있는 집을 절대로 떠나려 하지 않았다. 아들은 벅찬 가슴을 안고 어머니 곁을 떠났지만, 틈이 날 때마다 어머니를 만나러 오겠다고 약속했고, 이 약속을 항상 엄격하게 지켰다.

미하일이 스무 살 때, 러시아 황제의 전령부대에 들어가 황제를 직접 모시기로 결정되었다. 강건하고 영리하고 열성적이고 행실 바른 이 시베리아 젊은이는, 처음에는 특히 샤밀*의 후계자들이 파괴와 약탈을 일삼는 위험한 지역 한복판을 지나 카프카스 산맥으로 가는 임무에서 두각을 나타냈고, 나중에는 러시아의 아시아 지역 끝에 있는 캄차카 반도의 페트로파블로프스크까지 가

---

* 샤밀(1797~1871): 카프카스 지방의 이슬람 종교 및 정치 지도자로서, 1824~57년에 러시아의 침공에 맞서 강력한 저항 투쟁을 펼쳤다.

는 중요한 임무에서 뛰어난 수완을 보였다. 이런 장거리 여행에서 그는 놀랄 만큼 냉정하고 신중하고 용감했기 때문에 상관들의 환심을 사서 그들의 비호를 받았고, 덕분에 빠르게 진급했다.

이런 장거리 임무를 마치면 으레 휴가를 얻었는데, 그는 고향 집에서 수천 킬로미터나 떨어져 있을 때에도, 그리고 겨울에는 길이 거의 통행할 수 없는 상태가 되어도 그 휴가를 반드시 어머니에게 바쳤다. 그는 주로 제국 남부에서 일했기 때문에 노모를 3년 동안 만나지 못했다. 무려 3년이나! 그렇게 오랫동안 어머니를 만나지 못한 것은 난생처음이었다. 하지만 이제 며칠 뒤에는 휴가를 얻을 것이고, 그래서 그는 벌써 옴스크로 떠날 준비를 다 해놓았다. 그런데 앞에서 이야기한 사건이 일어난 것이다. 그래서 미하일 스트로고프는 황제가 자기한테 무엇을 기대하는지도 전혀 모른 채 황제에게 소개되었다.

황제는 한마디 말도 없이 날카로운 눈으로 그를 뚫어지게 바라보았다. 미하일은 부동자세로 서 있었다.

미하일을 자세히 살펴본 황제는 만족한 듯 책상으로 가더니, 경찰장관에게 앉으라는 몸짓을 하고는 낮은 목소리로 몇 줄밖에 안 되는 편지를 구술했다.

황제는 경찰장관이 받아쓴 편지를 주의 깊게 다시 읽은 다음 서명했다. 그가 이름 앞에 쓴 'Byt po sémou'는 '그러할지어다'라는 뜻으로, 러시아 황제들의 정해진 문구였다.

그후 편지는 봉투에 넣어졌고, 황제의 문장(紋章)으로 봉인되었다.

황제는 일어나서 미하일 스트로고프에게 가까이 오라고 말했다.

미하일은 몇 걸음 나아간 뒤 부동자세로 서서 황제의 말에 대답할 준비를 했다.

황제는 다시 그의 얼굴을 빤히 바라보았다. 두 사람의 눈이 마주쳤다. 그러자 황제는 무뚝뚝한 어조로 말했다.

"이름이 뭔가?"

"미하일 스트로고프입니다, 폐하."

"계급은?"

"황제전령부대 대위입니다."

"시베리아를 아나?"

"저는 시베리아 출신입니다."

"어디 태생이지?"

"옴스크입니다, 폐하."

"거기에 친척이 있나?"

"예, 폐하."

"어떤 친척?"

"노모가 계십니다."

황제는 잠시 질문을 중단했다가 손에 들고 있는 편지를 가리키며 말을 이었다.

"이 편지를 미하일 스트로고프 자네한테 맡기겠다. 대공의 손에 직접 건네주고, 대공 이외의 누구한테도 주면 안 된다."

"그러겠습니다, 폐하."

"대공은 이르쿠츠크에 있네."

"이르쿠츠크에 가겠습니다."

"자네는 타타르족이 반란을 일으킨 지역을 가로질러야 한다. 그놈들에게는 이 편지를 가로채는 것이 이로울 거야."

"그 지역을 가로지르겠습니다."

"무엇보다도 반역자 이반 오가레프를 조심하게. 자네는 아마 가는 도중에 그놈과 마주치게 될 걸세."

"조심하겠습니다."

"옴스크를 지나갈 텐가?"

"그것이 이르쿠츠크로 가는 길입니다."

"자네가 모친을 만나면 남들이 알아볼 위험이 있네. 어머니를 만나면 안 돼!"

미하일 스트로고프는 잠시 망설였다.

"어머니를 만나지 않겠습니다."

"자네가 누구인지, 어디로 가고 있는지를 남들에게 알릴 만한 일은 절대 하지 않겠다고 맹세하게."

"맹세하겠습니다."

"미하일 스트로고프." 황제는 편지를 젊은 밀사에게 건네주면서 말을 이었다. "이 편지를 받게. 이 편지에 시베리아 전체의 안전이 달려 있네. 그리고 내 아우인 대공의 목숨도 여기에 달려 있네."

"이 편지를 반드시 대공 전하께 전하겠습니다."

"무슨 일이 일어나도 빠져나가겠나?"

"빠져나가거나, 아니면 놈들 손에 죽겠습니다."

"나는 자네가 살기를 바란다."

"살겠습니다. 그리고 빠져나가겠습니다."

황제는 스트로고프의 차분하고 꾸밈없는 대답에 만족한 것 같았다.

"그럼 가게, 미하일 스트로고프. 하느님을 위해, 러시아를 위해, 내 동생을 위해, 그리고 나를 위해!"

밀사는 황제에게 절을 하고 방을 나갔다. 그리고 몇 분도 지나기 전에 새 궁전을 떠났다.

"장군, 적임자를 골랐구려." 황제가 말했다.

"저도 그렇게 생각합니다, 폐하." 키소프 장군이 대답했다. "미하일 스트로고프는 인간이 할 수 있는 일은 전부 다 할 겁니다. 그 점은 믿으셔도 됩니다."

"그 젊은이는 진짜 사나이요." 황제가 말했다.

"그럼 가게, 미하일 스트로고프."

4
모스크바에서 니즈니노브고로드까지

미하일 스트로고프가 여행할 모스크바에서 이르쿠츠크까지의 거리는 약 5200킬로미터였다. 전신줄이 우랄 산맥에서 시베리아 동쪽 변경까지 연장되기 전에는 전령들이 송달 업무를 맡았다. 그들이 모스크바에서 이르쿠츠크까지 가려면 아무리 빨라도 18일이 걸렸다. 하지만 이것은 예외적인 경우이고, 황제의 전령들은 모든 교통수단을 마음대로 이용할 수 있었는데도 러시아의 아시아 지역을 가로지르는 데에는 대개 4주 내지 5주가 걸렸다.

미하일 스트로고프는 추위도 눈보라도 두려워하지 않는 남자였다. 가능하면 이르쿠츠크까지 계속 썰매를 타고 달릴 수 있도록, 오히려 매섭게 추운 겨울에 여행하는 쪽을 택했을 것이다. 겨울에는 다른 모든 이동수단이 통행에 어려움을 겪지만, 썰매

의 경우에는 그 어려움이 크게 줄어든다. 넓은 스텝 지대는 눈
이 쌓여 평평해지고, 강을 건널 필요도 없다. 썰매는 유리판처
럼 꽁꽁 얼어버린 강 위를 빠르고 쉽게 미끄러진다.

아마 그 당시에는 오랫동안 지속되는 짙은 안개나 혹한, 맹렬
한 눈보라 같은 자연현상이 가장 두려웠을 것이다. 때로는 카라
반 전체가 눈보라에 휩싸여 전멸하기도 한다. 굶주린 늑대들도
수천 마리나 평원을 배회한다. 하지만 미하일 스트로고프는 차
라리 이런 위험에 맞서는 편이 나을 터였다. 겨울에는 타타르족
침략자들도 도시에 머물러 있을 것이고, 비적들도 스텝 지대에
우글거리지 않을 것이고, 부대도 이동할 수 없을 테니까. 따라
서 그는 보다 쉽게 여행할 수 있을 것이다. 하지만 그는 날씨나
시기를 마음대로 선택할 권한이 없었다. 상황이 어떻든 간에 그
것을 받아들이고 출발해야 한다.

미하일 스트로고프는 그런 어려움에 대담하게 맞서고 대항할
준비가 되어 있었다.

우선 그는 황제의 전령이 통상적으로 쓰는 여로를 택하면 안
된다. 아무도 그의 정체를 눈치채면 안 된다. 반란을 일으킨 지
방에는 밀정이 우글거린다. 정체가 탄로나면 그의 임무는 위험
해질 것이다. 키소프 장군은 그에게 많은 돈을 주었으니까 여행
경비는 충분하고 어느 정도는 여행에 도움이 되겠지만, 그가 황
제를 위해 일하고 있다는 것을 증명하는 서류는 전혀 주지 않았
다. 그런 서류가 있다면 '열려라 참깨' 같은 주문처럼 어떤 난
관도 해결해줄 열쇠가 되겠지만, 그는 '포다로시나'를 갖추는

것으로 만족할 수밖에 없었다.

이 포다로시나는 이르쿠츠크에 사는 상인 니콜라이 코르파노프의 이름으로 발행되었다. 이에 따르면 니콜라이 코르파노프는 필요할 경우 한 명 이상의 일행을 동반할 수 있었고, 게다가 모스크바 정부가 다른 어떤 나라의 원주민도 러시아를 떠나는 것을 금지하고 있는 경우에는 특별 신고를 통해 포다로시나를 입수할 수 있었다.

포다로시나는 역마를 이용해도 좋다는 허가증일 뿐이지만, 미하일 스트로고프는 그 허가증을 이용해도 남들이 그의 임무를 알아차리지 못할 거라고 확신하지 못하면 이용할 수 없었다. 즉 그가 포다로시나를 이용할 수 있는 것은 유럽 땅에 있을 때 뿐이었다. 시베리아로 들어가 반란 지역을 가로지르는 동안은 역참에서 다른 사람들보다 우선하여 좋은 말을 고를 권한도 없을 것이고, 개인용 교통수단을 요구할 권한도 없을 것이다. 미하일 스트로고프는 황제의 전령이 아니라 모스크바에서 이르쿠츠크로 가는 니콜라이 코르파노프라는 평범한 상인일 뿐이고, 보통 사람들이 여행할 때 부닥치는 온갖 어려움에 노출되어 있다는 것을 잊어서는 안 되었다.

정체를 드러내지 말고 어떻게든 빠르게 통과하라는 것이 그가 받은 지령이었다.

30년 전만 해도 지체 높은 여행자의 경우, 그 호위대는 적어도 200명의 카자크족 기병, 200명의 보병, 25명의 바스키르족 기병, 낙타 300마리, 말 400마리, 수레 25대, 휴대용 보트 2척,

그리고 대포 2문으로 이루어져 있었다. 시베리아를 여행하려면 이 모든 것이 꼭 필요했다.

하지만 미하일 스트로고프에게는 대포는커녕 기병이나 보병도 없고 짐을 나를 짐승도 없었다. 가능하면 마차나 말을 타고 여행할 테고, 그마저도 불가능하면 걸어서 갈 것이다.

모스크바에서 러시아 변경까지 1500킬로미터를 가는 데에는 아무 어려움도 없을 것이다. 기차와 우편마차, 기선과 말을 누구나 마음대로 이용할 수 있었고, 따라서 황제의 밀사도 마음대로 이용할 수 있었다.

7월 16일 아침, 제복을 벗고 소박한 러시아식 옷차림—몸에 꼭 맞는 저고리, 농민들의 전통적인 벨트, 통이 넓은 바지, 무릎에서 동여맨 양말대님, 긴 장화—에 배낭을 짊어진 미하일 스트로고프는 첫 기차 시간에 맞추어 역에 도착했다. 그는 아무 무기도 지니고 있지 않았다. 적어도 공공연히 무기를 드러내지는 않았다. 하지만 허리띠 밑에는 권총 한 자루가 감추어져 있었고, 주머니 속에는 시베리아 사냥꾼이 귀중한 곰가죽을 손상시키지 않고 내장을 꺼낼 때 사용하는 '야타간'이나 선원용 칼과 비슷한 단검이 들어 있었다.

많은 여행자들이 모스크바 역에 모여 있었다. 러시아의 기차역은 기차로 여행하려는 사람들만이 아니라 그들을 배웅하러 오는 친구들에게도 만남의 장소로 자주 이용된다. 모이는 사람들이 다양하기 때문에 그것은 작은 뉴스 교환소와 비슷하다.

미하일이 탄 기차는 니즈니노브고로드에 그를 내려줄 터였다. 철로는 그 도시에서 끝났다. 모스크바와 상트페테르부르크를 잇는 그 철로는 결국에는 러시아 변경까지 이어질 것이다. 여행 거리는 약 400킬로미터였고, 기차는 그 거리를 열 시간 만에 달릴 것이다. 일단 니즈니노브고로드에 도착하면 스트로고프는 되도록 빨리 우랄 산맥에 도착할 수 있도록 상황에 따라 육로를 택하거나 기선을 타고 볼가 강을 따라갈 것이다.

미하일 스트로고프는 자기 일에서 성공을 거두고 있는 훌륭한 시민처럼 칸막이 객실 한구석에 자리를 잡고, 잠으로 시간을 보내려고 애쓰는 척했다.

하지만 그 칸막이 객실에는 그 혼자 있는 것이 아니었기 때문에 그는 한쪽 눈을 뜨고 귀는 양쪽 다 활짝 열어놓고 잠을 잤다.

사실 키르기스족이 봉기를 일으켰고 타타르족이 침입했다는 소문은 어느 정도 퍼져 있었다. 그와 같은 객차에 타서 우연히 길동무가 된 사람들은 그 문제를 화제로 삼았지만, 밀정들이 도처에서 반역적인 표현을 감시하고 있다는 것을 알고 있었기 때문에 경계심은 잃지 않았다.

이 여행자들은 니즈니노브고로드의 유명한 박람회에 가는 상인들이었다. 이 기차에는 그런 상인들이 많이 타고 있었다. 그들은 유대인·투르크인·카자크인·러시아인·그루지야인·칼무크인 등 매우 다양한 민족으로 이루어져 있었지만, 거의 다 국어인 러시아어를 사용했다.

그들은 우랄 산맥 너머에서 일어나고 있는 심각한 사태에 대해 찬반 토론을 벌였다. 그들은 정부가 특히 변경 지방에서 어

미하일 스트로고프는 객실 한구석에 자리를 잡고……

떤 제한 조치를 취하지나 않을까 하고 걱정하는 듯했다. 그런 조치를 취하면 교역이 상당한 타격을 받을 것은 분명했다.

전쟁은 곧 반란을 진압하고 침략자를 물리치기 위한 투쟁이지만, 그 이기적인 사람들은 자신들의 이익이 위협받는다는 한 가지 관점에서만 전쟁을 생각하고 있었다. 그 자리에 제복을 입은 병사가 한 사람이라도 있었다면—러시아에서는 제복이 매우 중요한 의미를 갖는다—상인들도 혀를 함부로 놀리지 못했을 것이다. 하지만 미하일 스트로고프가 탄 객실에는 군인이 아닐까 하고 의심받을 만한 사람이 하나도 없었다. 그리고 황제의 밀사는 정체를 드러낼 사람이 아니었다. 그는 주의 깊게 귀를 기울였다.

"카라반이 가져오는 차가 값이 오른답니다." 아스트라한 모피 모자와 올이 보일 만큼 낡아빠진 헐렁한 갈색 옷으로 보아 페르시아인으로 여겨지는 사람이 말했다.

"오오, 차가 모자랄 염려는 전혀 없어요." 뚱한 표정의 늙은 유대인이 대꾸했다. "서양 사람들은 니즈니노브고로드의 시장에서 차를 쉽게 팔아치울 수 있을 겁니다. 하지만 불행히도 부하라 카펫은 그러지 못할 거예요."

"뭐라고요? 부하라에서 물건이 들어올 거라고 생각하십니까?" 페르시아인이 물었다.

"아니요. 하지만 사마르칸트에서는 들어올 겁니다. 그건 훨씬 더 위험에 노출되어 있어요. 히바에서 중국 국경까지 칸들이 반란 상태에 있는 지방에서 수출하는 물건에 의존한다는 생각은!"

"글쎄요." 페르시아인이 대답했다. "카펫이 도착하지 않으면

환어음도 도착하지 않겠지요."

"그리고 이익을 얻지도 못하겠지요." 작달막한 유대인이 외쳤다. "당신은 이익을 하찮게 생각하십니까?"

"당신 말이 맞아요." 다른 여행자가 말했다. "중앙아시아에서 오는 물건은 수량이 줄어들 위험이 아주 큽니다. 사마르칸트 카펫만이 아니라 동양에서 오는 양모와 수지와 숄도 마찬가지예요."

"조심하세요, 영감님." 러시아인 여행자가 놀리는 듯한 어조로 말했다. "당신 숄을 수지와 뒤섞어놓으면 숄이 기름으로 더럽혀질 겁니다."

"그러면 당신은 재미있겠지." 그런 종류의 농담에 별로 흥미가 없는 상인이 날카롭게 대꾸했다.

"제 머리털을 쥐어뜯거나 자기 머리에 재를 던지면 상황이 달라질까요?" 여행자가 대답했다. "아니죠. 장사도 마찬가집니다."

"당신이 장사꾼이 아니라는 건 누구나 쉽게 알 수 있겠군." 작달막한 유대인이 말했다.

"물론 아닙니다. 아브라함의 훌륭한 자손인 유대인 영감님! 나는 아무것도 팔지 않습니다. 홉도 팔지 않고, 오리솜털도, 벌꿀도, 밀랍도, 대마씨도, 소금에 절인 고기도, 캐비어도, 목재도, 양모도, 리본도, 대마도, 아마포도, 모로코가죽도, 모피도……."

"팔지 않고 그것들을 사는 거요?" 페르시아인이 여행자의 말을 가로막고 물었다.

"되도록 사지 않고, 내가 직접 쓸 것만 삽니다." 여행자는 눈을 찡긋하면서 대답했다.

"농땡이꾼이에요." 유대인이 페르시아인에게 말했다.

"아니면 밀정이거나." 페르시아인이 목소리를 낮추어 대답했다. "조심하는 게 좋겠어요. 꼭 필요한 말만 하고, 쓸데없는 말은 하지 않는 게 좋아요. 요즘에는 경찰도 별로 특별하지 않고, 함께 여행하는 길동무가 누군지도 알 수 없죠."

그 칸막이 객실의 다른 쪽 모퉁이에서는 장사 이야기는 별로 하지 않고, 타타르족의 침입과 그것이 초래할 짜증스러운 결과가 더 많이 화제에 오르고 있었다.

"시베리아에 있는 말은 모조리 징발될 겁니다." 한 여행자가 말했다. "중앙아시아의 여러 지방 사이의 교통은 무척 어려워질 거예요."

그 옆에 앉아 있는 사람이 물었다.

"키르기스족이 타타르족과 손을 잡았다는 게 사실입니까?"

"그렇다더군요." 여행자는 목소리를 낮추어 대답했다. "하지만 이 나라에서 벌어지고 있는 일을 정말로 안다고 우쭐거릴 수 있는 사람이 어디 있겠습니까?"

"나는 변경 지방에 군대가 집결하고 있다는 소문을 들었어요. 카자크족이 이미 볼가 강 연안에 모여 있고, 그들이 반란을 일으킨 키르기스족을 상대할 겁니다."

"키르기스족이 이르티시 강을 따라 내려오면 이르쿠츠크로 가는 길도 안전하지 않을 거예요." 그 옆에 앉은 사람이 말했다. "게다가 나는 어제 크라스노야르스크로 전보를 치고 싶었는데 보낼 수가 없었어요. 오래지 않아 타타르족 군대가 동시베리아를 고립시킬 것을 걱정해야 합니다."

"요컨대……" 처음 입을 연 사람이 말을 이었다. "상인들이 장사와 거래를 걱정하는 것은 당연합니다. 말을 징발한 뒤에는 배와 마차와 그밖의 모든 교통수단을 징발할 테고, 나중에는 제국 전역의 모든 사람이 한 걸음도 떼어놓을 수 없는 시대가 올 겁니다."

"나는 니즈니노브고로드 박람회가 처음 시작했을 때처럼 멋지게 끝나지 않을 것 같아서 걱정입니다." 다른 사람이 고개를 저으며 대답했다. "하지만 러시아 영토의 안전과 보전이 무엇보다 중요하죠. 장사는 장사일 뿐이에요."

이 칸막이 객실에서 대화의 주제가 조금이라도 바뀌었다면―하지만 사실 그 기차의 다른 객차에서도 화제가 바뀌지 않은 것은 마찬가지였다―말하는 사람들이 무척 조심하고 있다는 것을 알 수 있었을지도 모른다. 그들은 어쩌다 사실의 영역을 넘어서게 될 때에도 모스크바 정부의 의도를 추측하거나 비판하려고는 하지 않았다.

기차의 앞쪽 객차에 타고 있던 한 여행자는 여기에 특별히 주목했다. 이 사람―분명 외국인―은 자기 눈을 충분히 이용했고 수많은 질문을 던졌지만, 종잡을 수 없는 대답밖에 얻지 못했다. 같은 객실에 탄 다른 여행자들은 몹시 싫어했지만, 그는 계속 창문을 내리고 창밖으로 몸을 내민 채 오른쪽에 펼쳐지는 광경을 하나도 놓치지 않고 눈에 담았다. 그는 전혀 중요하지 않은 지방의 이름을 묻고, 그 지방의 위치와 상업과 제조업, 주민의 수, 평균사망률 따위를 묻고, 이 모든 것을 이미 메모로 가득 차 있는 수첩에 기록했다.

이 사람은 특파원인 알시드 졸리베였고, 시시한 질문을 그렇게 많이 던지고 있는 이유는 그가 받은 수많은 대답 중에서 '내 사촌'에게 흥미로운 사실을 찾아내고 싶었기 때문이다. 하지만 당연히 그는 밀정으로 여겨졌고, 사람들은 그가 듣는 데서는 당시의 사건에 대해 한마디도 하지 않았다.

그래서 그는 타타르족의 침입에 관해 아무것도 알아낼 수 없다는 것을 알고 수첩에 이렇게 적었다.

'조심성 많은 여행자들. 정치적 문제에 대해서는 무척 과묵함.'

알시드 졸리베가 그렇게 자세히 자신의 느낌을 적고 있는 동안, 같은 목적을 위해 같은 기차를 타고 여행하고 있는 그의 동료도 다른 칸막이 객실에서 역시 사람들을 관찰하는 일에 몰두하고 있었다. 그들은 모스크바 역에서 그날 서로를 보지 못했고, 그래서 상대가 전쟁 현장을 취재하러 떠난 것을 서로 모르고 있었다. 해리 블라운트는 조금만 말하고 많이 들으면서, 알시드 졸리베와는 달리 길동무들에게 의심을 사지 않았다. 그는 밀정으로 여겨지지 않았고, 그래서 그 주위에 앉은 사람들은 그 앞에서 거리낌 없이 세상 이야기를 털어놓았고, 대부분의 경우에는 타고난 조심성 때문에 넘지 않았을 선을 훨씬 넘어서기까지 했다. 〈데일리 텔레그래프〉지 특파원은 그렇게 해서 니즈니노브고로드로 가는 상인들이 최근 일어난 사건에 얼마나 열중해 있는지, 그리고 중앙아시아와의 교역이 운송 문제로 얼마나 위협받고 있는지 알 수 있는 기회를 얻었다.

그래서 그는 이 정확한 관찰 결과를 수첩에 기록하는 것을 망설이지 않았다.

'내 길동무들은 몹시 걱정하고 있다. 모두 전쟁 이야기만 하고, 전쟁이 볼가 강과 비스툴라 강 사이에서 일어난 것처럼 놀랄 만큼 자유롭게 전쟁 이야기를 한다.'

〈데일리 텔레그래프〉지 독자들은 알시드 졸리베의 '사촌'만큼 많은 정보를 얻을 것이다.

게다가 기차 왼쪽에 앉은 해리 블라운트는 넓은 평원으로 이루어진 오른쪽을 보려고 굳이 애쓰지 않고 산이 많은 왼쪽만 보았기 때문에 영국인답게 확신을 갖고 덧붙였다.

'모스크바와 블라디미르 사이는 산이 많은 지방이다.'

러시아 정부가 제국 내부에서까지 중대한 사태가 일어나는 것을 막기 위해 엄격한 조치를 취할 작정인 것은 분명했다. 반란은 시베리아 경계를 넘지 않았지만, 키르기스족의 나라와 가까운 볼가 지방에서는 해로운 영향을 우려할 수 있었다.

경찰은 아직 이반 오가레프의 흔적조차 찾아내지 못했다. 개인의 원한을 갚으려고 외국인을 불러들이고 있는 반역자가 페오파르 칸과 재결합했는지, 아니면 이맘때에는 다양한 민족이 모여드는 니즈니노브고로드에서 반란을 선동하려고 애쓰고 있는지 어떤지도 알 수 없었다. 그는 아마 큰 시장에 모여든 페르시아인이나 아르메니아인이나 칼무크족 속에 앞잡이를 심어놓았을 것이다. 그 앞잡이들은 내부에서 반란을 일으키라는 지시를 받았을 것이다. 특히 러시아 같은 나라에서는 이 모든 것이 가능했다.

사실 면적이 1200만 평방킬로미터나 되는 이 광대한 제국은 서유럽 국가들 같은 동질성을 갖고 있지 않다. 러시아를 이루고 있는 수많은 민족들 사이에는 필연적으로 많은 차이가 존재한다. 유럽과 아시아와 아메리카 대륙에 있는 러시아 영토는 동경 15도에서 서경 133도까지 뻗어 있어서, 거의 200도에 걸쳐 있다. 그리고 남북으로는 북위 38도에서 81도까지, 43도에 걸쳐 있다. 여기에 사는 주민은 7천만 명이 넘고, 사용되는 언어는 30개나 된다. 물론 스칸디나비아인이 우세하지만, 그밖에 러시아인과 폴란드인, 리투아니아인, 쿠를란드인도 있고, 핀란드인과 라플란드인, 에스토니아인, 그밖에 발음할 수 없는 이름을 가진 여러 북방 민족들, 페르미아크인, 독일인, 그리스인, 타타르족, 카프카스 부족들, 몽골족, 칼무크족, 사모예드족, 캄차카인, 알류샨인도 있다. 이렇게 거대한 나라의 통일을 유지하기는 무척 어려웠을 것이고, 수많은 역대 통치자들의 지혜의 도움으로 세월만이 할 수 있었던 일이라는 것을 이해할 수 있다.

그거야 어떻든 이반 오가레프는 지금까지 용케 수색의 손길을 피했고, 아마 타타르족 군대와 다시 합류했을 것이다. 하지만 기차가 멈추는 모든 역에서는 형사들이 나와서 모든 여행자를 유심히 살펴보고 자세히 조사하고 있었다. 그들은 경찰서장의 명령에 따라 이반 오가레프를 찾고 있었기 때문이다. 사실 정부는 그 반역자가 아직 러시아의 유럽 지역을 떠나지 못했을 거라고 확신했다. 어떤 여행자가 의심을 받으면, 그 사람은 경찰서로 끌려가서 자신에 대해 설명해야 했다. 그 사이에 기차는 제 갈길로 떠나버렸고, 뒤에 남겨진 불운한 사람을 걱정하는 이는 아무도 없었다.

제멋대로인 러시아 경찰한테 따져봤자 아무 소용도 없다. 경찰관들에게는 군대 계급이 주어지고, 그들은 군대식으로 행동한다. 게다가 칙령 첫머리에 '전(全)러시아의 황제, 모스크바·키예프·블라디미르·노브고로드의 군주, 카잔과 아스트라한의 황제, 폴란드의 황제, 시베리아의 황제, 케르소네소스타우리카의 황제, 프스코프의 영주, 스몰렌스크·리투아니아·볼키니아·포돌리아·핀란드·에스토니아·리보니아·쿠를란드·세미갈리아·비알리스토크·카르클리아·수그리아·페름·비아트카·불가리아 및 그밖의 많은 나라들의 군주, 니즈니노브고로드·체미고프·랴잔·폴로츠크·로스토프·야로슬라블·비엘로제르스크·우도리아·옵도리아·콘디니아·비텝스크·므스티슬라프의 군주, 극북지방의 총독, 이베리아·카르탈리니아·그루지니아·카바르디니아·아르메니아의 영주, 스케르케스 군주들을 지배하는 세습 영주, 산악지방과 그밖의 지역을 다스리는 군주들의 영주, 노르웨이의 상속자, 슐레스비히홀슈타인·스토르마른·디트마르센·올덴부르크의 공작'이라는 관용구를 쓸 권리를 가진 군주의 명령에 어느 누가 주저 없이 복종하지 않을 수 있겠는가? 실제로 그는 강력한 군주이고, 그의 문장(紋章)은 머리가 두 개인 독수리다. 이 독수리는 홀과 지구의를 들고, 노브고로드와 블라디미르·키예프·카잔·아스트라한·시베리아의 문장이 붙은 방패에 둘러싸여 있고, 성 안드레아 교단의 칼

기차는 제 갈길로 떠나버렸고……

라를 두르고 왕관을 머리에 얹고 있다!

미하일 스트로고프는 서류를 완전히 갖추고 있어서 경찰에 감시당할 염려가 전혀 없었다.

기차는 블라디미르 역에서 몇 분 동안 정차했다. 그 몇 분만으로도 〈데일리 텔레그래프〉 특파원은 러시아의 옛 수도인 이 도시를 물리적인 관점과 정신적인 관점에서 바라보고 완전히 평가할 수 있었다.

블라디미르 역에서 여행자들이 새로 기차에 올라탔다. 그들 가운데 한 젊은 여자가 미하일 스트로고프의 칸막이 객실 문간에 나타났다.

황제의 밀사 맞은편에 빈자리가 있었다. 젊은 여자는 빨간 가죽으로 만든 수수한 여행가방을 옆에 내려놓고 그 자리에 앉았다. 여자의 짐은 그 가방뿐인 것 같았다. 자리에 앉은 여자는 우연히 같은 객실에 앉게 된 길동무들에게는 눈길조차 주지 않고 눈을 내리깐 채, 앞으로도 몇 시간이나 계속될 여행을 준비했다.

미하일 스트로고프는 새로 들어온 길동무를 주의 깊게 바라보지 않을 수 없었다. 여자가 기관차를 등지고 앉았기 때문에 그는 여자한테 자리를 바꿔주겠다고 제의하기까지 했다. 여자는 괜찮다고 말했지만, 우아한 목을 살짝 꺾으며 고맙다고 인사를 했다.

젊은 여자는 열여섯 살이나 열일곱 살쯤 되어 보였다. 그녀의 매력적인 얼굴은 가장 순수한 슬라브형이었다. 좀 엄격해 보였지만, 여름이 몇 번 지나면 단순한 어여쁨이 아니라 아름다움으로 피어날 터였다. 머리에 쓰고 있는 일종의 네커치프 밑에서

자리에 앉은 여자는 눈을 내리깐 채……

밝은 색 금발이 많이 빠져나와 있었다. 갈색 눈은 부드럽고 상냥한 성질을 나타내고 있었다. 코는 오똑하고, 미묘하게 움직이는 콧구멍이 하얗고 약간 마른 볼과 코를 연결해주었다. 입술은 예뻤지만 미소 짓는 법을 잊은 지 오래된 것처럼 보였다.

몸을 가린 수수하고 헐렁한 모피코트로 몸매를 판단하건대, 젊은 여자 여행자는 키가 크고 자세가 꼿꼿했다. 문자 그대로 아직 젊은 여자였지만, 높은 이마와 또렷한 이목구비는 그녀가 강한 정신력의 소유자라는 인상을 주었다. 미하일 스트로고프는 그 점을 놓치지 않았다. 이 젊은 여자는 분명 과거에 이미 고통을 겪었고, 미래도 장밋빛은 아닌 게 분명했다. 하지만 그래도 그녀가 인생의 시련과 맞서 싸우는 법을 알고 있는 것은 분명했다. 그녀의 에너지는 분명 즉각적인 동시에 지속적이었고, 남자도 무너지거나 자제력을 잃기 쉬운 상황에서도 그녀의 침착성은 조금도 흔들리지 않을 것 같았다.

그것이 그녀의 첫인상이었다. 정력적 기질을 가진 미하일 스트로고프는 자연히 그녀의 얼굴이 지닌 특징을 발견했고, 너무 빤히 쳐다보아 그녀를 곤혹스럽게 하지 않도록 조심하면서 적잖이 흥미롭게 그녀를 관찰했다. 젊은 여행자의 옷차림은 아주 수수하면서도 적절했다. 그녀는 부자가 아니었다. 그것은 쉽게 알 수 있었다. 하지만 옷차림에서는 아무렇게나 되는 대로 입은 흔적을 전혀 찾아볼 수 없었다. 그녀의 짐은 모두 자물쇠가 잠긴 가죽가방 속에 들어 있었고, 그 가방은 놓을 자리가 없었기 때문에 그녀의 무릎 위에 얹혀 있었다.

그녀는 짙은 색의 긴 외투를 입었고, 목에 푸른색 끈을 우아하게 매고 있었다. 이 외투 속에는 역시 짙은 색의 짧은 치마와 발목까지 닿는 긴 치마를 겹쳐 입었고, 긴 치마의 아랫단은 수수한 자수로 장식되어 있었다. 가공한 가죽으로 만든 반장화가 그녀의 작은 발을 가리고 있었다. 반장화는 긴 여행을 예상하고 고른 것처럼 밑창이 두꺼웠다.

미하일 스트로고프는 어떤 세부를 보고 그녀의 옷이 리보니아* 스타일인 것을 알아보았다. 그래서 그녀가 발트 해 지방 출신이 분명하다고 생각했다.

하지만 아버지의 보살핌이나 오빠의 보호가 필요하다고 여겨지는 나이의 젊은 여자가 혼자서 어디에 가고 있는 것일까? 벌써 긴 여행을 끝내고 서러시아에서 오는 길일까? 그냥 니즈니노브고로드로 가고 있을까? 아니면 러시아의 동쪽 변경 너머가 그녀의 여행 목적지일까? 그곳에서는 친척이나 친구가 기차역에서 그녀의 도착을 기다리고 있을까? 아니면 아무도 그녀에게 관심이 없어 보이는—그녀는 그렇게 생각하고 있을 게 분명하다—이 칸막이 객실에서와 마찬가지로 그곳에서도 외톨이일 가능성이 더 많지 않을까? 그럴 수도 있었다.

실제로 외로움 때문에 생긴 버릇의 영향은 그 젊은 여자의 태도에 분명히 나타나 있었다. 객실에 들어와서 여행 준비를 하는 방식, 주위 사람들을 거의 불편하게 하지 않은 것, 남을 방해하거

* 리보니아: 현재 라트비아·에스토니아 두 공화국이 차지하는 지역의 옛 이름.

나 폐를 끼치지 않으려고 조심하는 태도, 이 모든 것이 그녀가 자신만을 의지하여 혼자 지내는 데 익숙하다는 것을 보여주었다.

미하일 스트로고프는 흥미롭게 그녀를 관찰했지만, 신중한 그는 그녀에게 말을 붙일 기회를 찾지 못했다. 하지만 기차가 니즈니노브고로드에 도착하려면 여러 시간이 걸릴 것이다.

딱 한 번, 그녀의 옆자리 승객—수지와 숄에 대해 무분별하게 지껄인 상인—이 잠을 자면서 한쪽 어깨에서 다른 쪽 어깨로 계속 흔들리는 커다란 머리로 그녀를 귀찮게 했을 때, 미하일 스트로고프는 약간 거칠게 그를 깨워서 똑바른 자세를 유지하고 좀더 알맞은 자세를 취해야 한다는 것을 깨우쳐주었다.

본래 난폭하고 막돼먹은 상인은 "자기와 상관없는 일에 참견하는 사람들"에 대해 몇 마디 투덜거렸지만, 미하일 스트로고프가 던진 엄격한 눈길을 받고는 반대쪽으로 몸을 기울였다. 그래서 젊은 여행자는 불쾌한 신체 접촉에서 해방되었다.

그녀는 맞은편에 앉은 젊은이를 잠깐 쳐다보았다. 그 눈길에는 말없는 고마움이 담겨 있었다.

하지만 미하일 스트로고프가 그 아가씨의 품성을 올바로 판단할 수 있게 해주는 상황이 벌어졌다. 니즈니노브고로드 역을 12킬로미터 앞두고 철길이 갑자기 구부러진 곳에서 기차가 심하게 요동쳤다. 이어서 기차는 잠깐 동안 둑길 옆의 내리막 비탈로 달려갔다.

다소 흔들린 여행자들은 비명을 질렀고, 혼란과 무질서가 객차를 지배했다. 그것이 처음에 생겨난 결과였다. 중대한 사고가 일어난 게 아닐까 하고 사람들은 두려워했다. 그래서 기차가 멈추기도 전에 문이 열렸고, 공포에 사로잡힌 승객들은 어서 빨리 객차 밖으로 피난하는 것밖에는 생각지 않았다.

미하일 스트로고프는 당장 그 젊은 여자를 생각했지만, 같은 객실에 탄 승객들이 비명을 지르며 앞다투어 곤두박질치듯 밖으로 뛰쳐나가는 동안 그녀는 자기 자리에 조용히 남아 있었다. 안색이 조금 나빠지기는 했지만 얼굴은 거의 변하지 않았다.

그녀는 기다렸다. 미하일 스트로고프도 기다렸다.

그녀는 객차를 떠나려고도 하지 않았다. 미하일도 움직이지 않았다.

둘 다 조용히 앉아 있었다.

'결연한 성격이로군!' 미하일 스트로고프는 생각했다.

하지만 위험은 순식간에 사라졌다. 화물차 연결 장치가 파손된 것이 처음에는 기차에 충격을 주었고, 다음에는 기차를 세웠다. 기차가 멈춰 서지 않았다면 다음 순간에는 둑길 위에서 늪지대로 굴러 떨어졌을 것이다. 기차는 한 시간 지연되었다. 마침내 길이 치워지고, 기차는 다시 출발하여 저녁 8시 반에 니즈니노브고로드 역에 도착했다.

아무도 객차에서 내리기 전에 형사들이 문간에 나타나 승객들을 조사했다.

미하일 스트로고프는 니콜라이 코르파노프 이름으로 된 자신의 '포다로시나'를 보여주었다. 그래서 아무런 어려움도 겪지 않았다. 같은 객실에 탔던 다른 승객들의 목적지는 모두 니즈니노브고

승객들은 객차 밖으로 피난하는 것밖에 생각지 않았다

로드였고, 그들의 겉모습은 다행히도 전혀 의심스럽지 않았다.

젊은 여자는 자기 차례가 오자 여권이 아니라 개인 인장이 찍힌 통행증을 내보였다. 러시아에서는 더 이상 여권을 요구하지 않았기 때문이다. 그 통행증은 특별한 성격을 지닌 것처럼 보였다. 형사는 통행증을 주의 깊게 읽은 다음, 거기에 인상이 묘사되어 있는 젊은 여자를 유심히 살펴보았다.

"리가에서 오는 길입니까?" 그가 물었다.

"네." 젊은 여자가 대답했다.

"이르쿠츠크로 가는 길인가요?"

"네."

"어떤 길로?"

"페름을 거쳐서 갑니다."

"좋습니다. 니즈니노브고로드 경찰서에 가서 이 통행증에 배서를 받는 것을 잊지 마십시오."

젊은 여자는 알았다는 표시로 고개를 끄덕였다.

미하일 스트로고프는 이 문답을 들으면서 놀라움과 동정심이 뒤섞인 감정을 느꼈다. 뭐라고! 이 젊은 여자가 혼자서 그렇게 멀리 떨어진 시베리아까지 여행한다고? 게다가 평상시에도 위험한 그곳에 반란이 일어났고 적까지 침입한 이때에? 이 여자는 어떻게 도착할 수 있을까? 이 여자는 어떻게 될까?

조사가 끝나자 객차 문이 열렸다. 하지만 맨 먼저 객차에서 내린 젊은 리보니아 여자는 미하일 스트로고프가 미처 다가가기도 전에 플랫폼에 우르르 몰려나온 군중 속으로 사라져버렸다.

5
두 가지 포고령

볼가 강과 오카 강의 합류 지점에 자리잡은 니즈니노브고로 드는 같은 이름을 가진 주의 수도다. 미하일 스트로고프는 여기 서 철로를 떠나야 했다. 당시에는 철로가 그 도시 너머까지 이 어져 있지 않았기 때문이다. 그래서 앞으로의 여행은 처음에는 더 느려지고 나중에는 더 위험해질 것이다.

니즈니노브고로드의 고정 인구는 3만 내지 3만 5천 명밖에 안 되지만, 그 당시에는 30만 명이 넘는 사람들이 거기에 머물고 있 었다. 다시 말해서 인구가 열 배로 늘어나 있었다. 이 인구증가 는 유명한 박람회가 3주 동안 성 안에서 열리고 있었기 때문이 다. 전에는 마카리에프가 이 상인들의 모임으로 이익을 얻었지 만, 1817년부터는 박람회장이 니즈니노브고로드로 옮겨졌다.

대개는 황량하기 이를 데 없는 이 도시가 그때는 정말로 활기에 넘쳐흘렀다. 유럽과 아시아에서 온 여섯 민족의 상인들이 같은 장사꾼이라는 공통점으로 죽이 맞아서 형제처럼 지내고 있었다.

미하일 스트로고프가 플랫폼을 떠난 늦은 시간에도 볼가 강을 사이에 두고 양쪽에 떨어져 있는 니즈니노브고로드의 두 시가지에는 아직도 많은 사람이 남아 있었다. 이 도시에서 가장 높은 건물은 가파른 바위산 위에 세워져 있고, 러시아에서 '크레믈'이라고 불리는 요새가 지키고 있었다.

미하일 스트로고프가 니즈니노브고로드에서 머물러야 했다면 적당한 호텔을 찾는 데 애를 먹었을 것이다. 호텔은커녕 주막을 찾기도 어려웠을 것이다. 그는 기선을 탈 예정이어서 당장 떠날 필요가 없었기 때문에 그때까지 지낼 숙소를 찾아야 했다. 하지만 그러기 전에 그는 기선이 떠나는 시각을 정확히 알고 싶었다. 그는 니즈니노브고로드와 페름 사이를 왕복하는 기선 회사 사무실을 찾아갔다. 그곳에서 그는 '코카서스'호—이것이 그 기선의 이름이었다—가 이튿날 12시에야 페름으로 떠난다는 것을 알고 몹시 당황했다. 열일곱 시간을 기다려야 하다니! 시간에 쪼들리는 사람에게는 정말 곤란한 일이었다. 하지만 그는 쓸데없이 불평하는 사람이 아니었기 때문에 상황을 받아들였다. 게다가 어떤 종류의 마차나 말도 기선보다 더 빨리 그를 페름이나 카잔까지 데려다줄 수는 없었다. 그렇다면 어느 교통수단보다 훨씬 빠른 기선을 기다리는 편이 나을 것이다. 기선을 타면 잃은 시간을 충분히 되찾을 수 있을 터였다.

그래서 미하일 스트로고프는 시내를 어슬렁거리며 밤을 보낼 주막을 찾고 있었다. 하지만 그는 별로 걱정하지 않았고, 배가 몹시 고프지만 않았다면 아마 아침까지 니즈니노브고로드 거리를 계속 돌아다녔을 것이다. 그는 잠자리보다 오히려 저녁식사를 찾고 있었다. 하지만 '콘스탄티노플 시'라는 간판이 내걸린 주막에서 그는 잠자리와 식사를 둘 다 찾아냈다. 주인은 꽤 안락한 방을 내주었다. 가구가 거의 없었던 것은 사실이지만, 그래도 노란색 천으로 테를 두른 성인들의 초상화와 성모마리아상은 있었다.

걸쭉한 크림 속에서 헤엄치는 거위 뱃속에는 시큼한 소가 가득 들어 있었고, 보리빵, 설탕과 계피를 섞은 가루를 뿌린 응유, 러시아에서 흔히 마시는 맥주인 콰스 한 병이 앞에 놓였다. 음식은 그의 허기를 채우기에 충분했다. 그는 자기 몫을 모조리 먹어치웠지만, 옆자리에 앉은 사람은 그러지 못했다. 그 사람은 라스콜니키* 종파의 '고참 신자'로서 금욕을 맹세했기 때문에, 앞에 놓인 음식 중에서 감자를 거부하고 차에 설탕도 넣지 않았다.

저녁식사가 끝나자 미하일 스트로고프는 침실로 올라가지 않고 다시 시내로 산책을 나갔다. 하지만 긴 황혼이 아직 지속되고 있는데도 군중은 벌써 흩어지고 있었다. 거리가 점점 비어가더니 마침내 한 사람도 빠짐없이 모두 집으로 돌아갔다.

미하일 스트로고프는 긴 철도 여행에 시달렸으니까 얌전히 침대로 가는 게 더 좋았을 텐데, 왜 그러지 않았을까? 오랫동안 길동무였던 그 젊은 리보니아 여자를 생각하고 있었을까? 달리

* 라스콜니키 : 17~18세기에 주로 활약한 러시아 정교회의 보수파.

할 일이 없었기 때문에 그는 그 여자를 생각하고 있었다. 그 여자가 이 번잡한 도시에서 길을 잃고 못된 짓을 당할까봐 걱정했을까? 그렇다. 그는 그것을 걱정했고, 걱정하는 것도 당연했다. 그는 그녀를 만나기를 기대했을까? 그리고 필요하다면 그녀를 보호해주고 싶었을까? 아니다. 만나기는 어려울 것이다. 그리고 그가 무슨 권리로 그녀를 보호한단 말인가?

'이 유랑하는 부족들 속에 혼자 있다니!' 그는 혼잣말로 중얼거렸다. '하지만 현재의 위험은 앞으로 그 여자가 겪어야 할 위험에 비하면 아무것도 아니야. 시베리아! 이르쿠츠크! 나는 러시아를 위해, 황제를 위해 그 모든 위험을 무릅쓰려 하지만, 그 여자는 왜 위험을 무릅쓰려는 걸까? 누구를 위해? 무엇을 위해? 그 여자는 변경을 넘는 것을 허가받았어! 그런데 변경 너머에 있는 지방은 반란 상태에 있어! 스텝 지대는 타타르족 무리로 가득 차 있어!'

미하일 스트로고프는 잠시 걸음을 멈추고 생각했다.

'분명히 그 여자는 적이 침입하기 전에 여행을 떠나기로 결정했을 거야. 어쩌면 지금도 무슨 일이 일어났는지 모르고 있는지도 몰라. 아니야. 그럴 리는 없어. 상인들도 그 여자 앞에서 시베리아의 소동에 대해 이야기했고, 그런데도 그 여자는 놀라는 것 같지 않았어. 설명을 요구하지도 않았고. 그렇다면 그때 이미 알고 있었던 게 분명해. 알면서도 그곳에 가기로 굳게 결심하고 있어. 가엾어라! 그 여자가 여행하는 이유는 정말로 절박한 게 분명해! 하지만 그 여자가 용감하다 해도—아니, 그 여자는 확실히 용감해—체력이 없을 거야. 위험과 장애물은 제쳐 놓고라도, 그 여자는 그런 여행의 피로를 견뎌내지 못할 거야. 그 여자는 절대로 이르쿠츠크를 통과할 수 없어!'

미하일 스트로고프는 이런 생각에 잠긴 채 발길 닿는 대로 거리를 헤맸다. 하지만 이 도시를 잘 알고 있었기 때문에, 왔던 길을 어렵지 않게 되짚어갈 수 있다는 것을 알고 있었다.

한 시간쯤 돌아다닌 뒤에 그는 커다란 목조주택의 벽 앞에 놓인 벤치에 앉았다. 그 집은 탁 트인 넓은 공간에 수많은 오두막집과 함께 서 있었다.

그가 거기에 앉은 지 5분도 지나기 전에 손 하나가 그의 어깨에 묵직하게 얹혔다.

"여기서 뭘 하고 있지?" 살그머니 다가온 키 크고 힘센 사내가 거칠게 물었다.

"쉬고 있습니다." 미하일 스트로고프가 대답했다.

"밤새도록 벤치에 앉아 있을 작정인가?" 사내가 물었다.

"그러고 싶은 기분이 들면 그럴 겁니다." 미하일 스트로고프는 순박한 상인인 척하고 싶었지만, 그런 상인치고는 말투가 좀 지나치게 날카로웠다.

"그럼 앞으로 나와. 내가 볼 수 있도록." 사내가 말했다.

미하일 스트로고프는 무엇보다 조심성이 필요하다는 것을 기억해내고 본능적으로 물러섰다.

"그럴 필요는 없습니다." 그는 대답하고 침착하게 열 걸음쯤 뒤로 물러났다.

"여기서 뭘 하고 있지?"

미하일이 유심히 관찰해보니 그 사내는 박람회장에서 흔히 만날 수 있는 보헤미아인 특유의 생김새를 갖고 있는 것 같았다. 보헤미아인과 접촉하는 것은 신체적으로나 정신적으로나 불쾌한 일이다. 다가오는 어스름을 뚫고 좀더 주의 깊게 주위를 살펴본 미하일은 오두막 근처에 커다란 포장마차 한 대가 서 있는 것을 알아차렸다. 포장마차는 러시아에서 단 몇 푼이라도 벌 수 있는 곳이면 어디든 떼를 지어 몰려가는 집시들이 여행할 때 주로 이용하는 이동주택이다.

집시가 두세 걸음 앞으로 나와서 미하일 스트로고프를 좀더 바싹 다그치려 할 때 오두막 문이 열렸다. 그는 여자가 빠른 걸음으로 다가오는 것을 볼 수 있었다. 미하일 스트로고프는 여자의 말이 몽골어와 시베리아어가 뒤섞인 말이라는 것을 알았다.

"또 밀정이군요!" 여자가 말했다. "그 사람은 관두고 가서 저녁이나 먹어요."

미하일 스트로고프는 여자가 그에게 붙여준 '밀정'이라는 말에 저절로 웃음이 나왔다. 그는 무엇보다도 밀정을 두려워하고 있었기 때문이다.

보헤미아인은 말투는 여자와 전혀 다르지만 같은 방언으로 이렇게 대답했다.

"당신 말이 맞아, 상가레! 게다가 우리는 내일 출발이야."

"내일!" 여자는 놀란 말투로 사내의 말을 되풀이했다.

"그래, 상가레." 보헤미아인이 대답했다. "내일. '아버지'가 우리를 보내실 거야. 우리가 가려는 곳으로!"

이어서 남자와 여자는 집으로 들어가 조심스럽게 문을 닫았다.

'좋아!' 미하일 스트로고프는 혼잣말로 중얼거렸다. '저 집시들은 내 앞에서 말할 때 내가 알아듣는 것을 바라지 않는다면 다른 언어를 쓰는 편이 나을 거야.'

미하일 스트로고프는 시베리아 태생이었고 어린 시절을 스텝지대에서 보냈기 때문에 타타르 지방에서 북빙양에 이르는 지역에서 쓰이는 언어를 거의 다 이해했다. 집시와 그의 짝 사이에 오간 대화의 정확한 의미는 골머리를 앓지 않고도 쉽게 알 수 있었다. 그런데 왜 거기에 흥미를 갖겠는가?

그가 주막에 돌아가 눈을 붙일 생각을 했을 때는 벌써 밤이 이슥해져 있었다. 그는 이곳에 왔을 때처럼 볼가 강을 따라갔다. 강물은 수면에 떠 있는 수많은 배에 거의 가려져 있었다.

그는 강의 방향을 보고 방금 떠난 곳의 위치를 알았다. 그 포장마차들과 오두막들은 해마다 니즈니노브고로드의 주요 장이 열리는 커다란 광장을 차지하고 있었다. 이것은 세계 각지에서 몰려든 돌팔이와 집시들이 광장에 모여 있는 이유를 설명해주었다.

한 시간 뒤, 미하일 스트로고프는 외국인들에게는 너무 딱딱해 보이는 러시아 침대에서 곤히 잠들어 있었다. 그리고 이튿날인 7월 17일에 그는 동이 트자마자 깨어났다.

그는 니즈니노브고로드에서 아직도 다섯 시간을 더 보내야 했다. 다섯 시간이 그에게는 영원처럼 길게 느껴졌다. 어젯밤처럼 길거리를 이리저리 돌아다니지 않는다면 어떻게 아침 시간을 보낼 수 있겠는가? 아침식사를 끝내고 가방을 가죽끈으로 묶고 경찰서에 가서 포다로시나 검사를 받고 나면, 출발하는 것 말고는 할 일이 없을 것이다. 하지만 그는 해가 뜬 뒤에도 침대에 누워 빈둥거리는 남자가 아니었다. 그래서 그는 일어나서 옷을 입고 황제의 문장이 찍힌 편지를 여느 때처럼 코트 안감 속에 있는 비밀 주머니 바닥에 주의 깊게 집어넣고, 그 위에 허리띠를 두른 다음, 가방을 닫아서 어깨에 둘러멨다. 이 일이 끝나자, '콘스탄티노플 시' 주막으로 다시 돌아오고 싶은 마음이 전혀 없었기 때문에, 볼가 강의 부둣가에서 아침을 먹을 작정으로 숙박비를 치르고 주막을 나왔다. 미하일 스트로고프는 만약을 위해 우선 기선회사 사무실에 가서 '코카서스' 호가 정시에 출발하는 것을 확인했다. 그것을 확인하고 있을 때, 그 젊은 리보니아 여자가 페름에 간다면 역시 '코카서스' 호에 탈 가능성이 크고 그렇다면 그 여자와 동행하게 될 거라는 생각이 머리에 떠올랐다.

둘레가 2킬로미터이고 모스크바의 크렘린과 비슷한 성곽이 있는 위쪽 시가지는 완전히 버려져 있었다. 총독도 그곳에 살지 않았다. 하지만 위쪽 시가지가 죽은 사람들의 도시 같다면, 아래쪽 시가지는 어쨌든 살아 있었다.

미하일 스트로고프는 카자크 기병들이 지키는 배다리로 볼가 강을 건너 어젯밤 야영하는 집시들을 만난 광장에 이르렀다. 시내에서 얼마쯤 벗어난 이곳에서 라이프치히 박람회와는 비교도 되지 않는 니즈니노브고로드 박람회가 열렸다. 볼가 강 너머의 드넓은 평원에는 총독의 임시 관저가 솟아 있고, 그 고위관리는 황제의 명령에 따라 박람회 기간 내내 그곳에서 살았다. 박람회에 참가한 수많은 사람들 덕분에 이곳은 항상 주의 깊게 감시할 필요가 있었다.

이 평원은 이제 군중이 서로 부딪치지 않고 지나갈 수 있을 만큼 넓은 통로가 남도록 체계적으로 배열된 가게들로 뒤덮여 있었다.

크기와 모양이 다양한 이 가게들은 어떤 특정 분야의 상업에 종사하는 가게들끼리 모여서 별개의 구역을 이루고 있었다. 철물 구역, 모피 구역, 모직물 구역, 목재 구역, 건어물 구역 등이 있었다. 진기한 재료로 지어진 가게도 있었다. 덩어리 차를 벽돌처럼 쌓아올려 지은 가게도 있고, 소금에 절인 고깃덩어리로 지은 가게도 있었다. 이 덩어리 차나 고기는 그 가게에서 파는 물건의 견본이었다. 가게 주인들은 그런 식으로 거기에서 어떤 물건을 팔고 있는지를 손님들에게 알려주었다. 이것은 기묘하고 약간 미국적인 광고 방식이었다.

넓은 통로와 긴 샛길에는 벌써 많은 사람이 모여 있었다. 4시에 뜬 태양은 지평선 위로 한참 올라왔고, 러시아인·시베리아인·독일인·카자크인·투르크멘인·페르시아인·그루지야인·그리스인·투르크인·인도인·중국인 등 유럽인과 아시아인들이 뒤섞여서 이야기하고 다투고 열변을 토하고 흥정을 벌였다. 사거나 팔 수 있는 것은 모두 이 광장에 쌓여 있는 것 같았다. 짐꾼, 말, 낙타, 당나귀, 배, 포장마차 등 상품을 나를 수 있는 온갖 수송수단이 박람회장에 모여 있었다. 모피, 보석용 원석, 비단, 캐시미어 숄, 투르크산 카펫, 카프카스 지방에서 온 무기, 스미르나와 이스파한에서 온 얇은 천, 트빌리시 갑옷, 카라반이 가져온 차, 유럽산 청동, 스위스제 시계, 리옹에서 온 벨벳과 실크, 영국제 면직물, 마차용 마구, 과일, 채소, 우랄 산맥에서 온 광물, 공작석, 청금석, 향신료, 향료, 약초, 목재, 타르, 밧줄, 뿔, 호박, 수박 등—인도와 중국, 페르시아, 카스피 해와 흑해 연안, 미국과 유럽의 모든 생산품이 지구의 이 구석에 모였다.

굽이치는 물결처럼 이리저리 움직이는 사람들, 흥분과 혼잡과 소음을 묘사하는 것은 거의 불가능하다. 원주민과 하층계급은 감정을 노골적으로 드러냈지만 외지인들에게 완전히 압도당했다. 중앙아시아에서 온 상인들은 드넓은 평원을 가로질러 상품을 이곳까지 호송해오는 데 꼬박 1년이 걸렸고, 고향집을 다시 보려면 앞으로 또 1년을 기다려야 할 것이다. 요컨대 니즈니노브고로드의 이 박람회는 그만큼 중요해서, 거래액은 해마다 1억 루블을 밑돌지 않는다.

이 임시 도시의 구역들 사이에 펼쳐진 빈터에는 온갖 종류의 돌팔이가 우글거렸다. 악기의 소음과 시끄러운 외침소리로 방문객들의 귀청이 터지게 하는 어릿광대와 곡예사들, 그렇게 사람들이 많이 모인 곳에서는 항상 볼 수 있는 어수룩한 바보들에게 점을 쳐주는 집시들, 가장 격정적인 노래를 부르면서 가장 독창적인 춤을 추는 징가리,* 몰려든 관객들의 취향에 맞게 각색한 셰익스피어를 연기하는 외국 극단의 희극배우들. 긴 통로에서는 곰 흥행사들이 네발 달린 무용수들과 함께 걸어가고, 이

---

* [원주] 징가리: 고대 콥트인의 후예인 집시들을 러시아인들이 부르는 이름.

굽이치는 물결처럼 이리저리 움직이는 사람들……

동 동물원에서는 조련사들이 휘두르는 채찍이나 새빨갛게 달구어진 쇠몽둥이에 맞은 동물들의 울음소리가 울려 퍼졌다. 이 수많은 연예인들 외에도 중앙광장 한복판에서는 '볼가 강의 뱃사람'이라는 악단이 열성적인 팬들에게 네 겹으로 둘러싸인 채 배의 갑판에 주저앉듯 땅바닥에 주저앉아, 오케스트라 지휘자가 휘두르는 지휘봉에 맞춰 노를 젓는 동작을 흉내내고 있었다. 그 지휘자는 이 상상 속의 배를 인도하는 진짜 키잡이다!

별나고 유쾌한 관습! 니즈니노브고로드 박람회의 유서 깊은 관례에 따라 수많은 군중의 머리 위로 갑자기 새떼가 날아올랐다. 새장에 넣어 여기까지 데려온 새들을 새장에서 풀어준 것이다. 선량한 사람들이 자비롭게 내준 몇 코페이카에 대한 보답으로 새장수들은 포로들의 감옥 문을 열어주었고, 포로들은 즐거운 소리로 재잘거리며 수백 마리씩 감옥 밖으로 뛰쳐나왔다.

어쨌든 니즈니노브고로드 박람회에서 올해 영국과 프랑스를 대표한 것은 현대 문명의 가장 두드러진 산물인 해리 블라운트 씨와 알시드 졸리베 씨라는 점을 여기서 언급해두어야 한다.

타고난 낙천주의자인 알시드 졸리베는 모든 것이 마음에 드는 것 같았다. 숙소와 음식도 우연히 그의 취향에 맞았기 때문에 그는 니즈니노브고로드 시에 특별히 호의적인 메모를 수첩에 적어 넣었다.

반면에 해리 블라운트는 저녁을 먹으려고 돌아다녔지만 헛수고로 끝난 데다 야외에서 쉴 곳을 찾아야 했다. 그래서 그는 모든 것을 전혀 다른 관점에서 보았고, 주막에서 잠을 자면 '정신적으로나 육체적으로나' 시달리게 될 줄 뻔히 알면서도 재워만 달라고 간청하는 여행자들을 주막 주인들이 받아들이지 않는 도시에 대해 비판적인 기사를 준비하고 있었다.

한 손을 주머니에 찔러넣고 다른 손에는 벚나무 줄기로 만든 파이프를 든 미하일 스트로고프는 가장 무관심하고 가장 태평한 사람처럼 보였다. 하지만 그가 이따금 미간을 찌푸리는 것을 주의 깊게 지켜본 사람이 있다면, 그가 이곳을 빨리 떠나고 싶어서 좀이 쑤시고 있다는 것을 알아차렸을 것이다.

약 두 시간 동안 그는 거리를 돌아다녔지만, 언제나 박람회장으로 되돌아올 뿐이었다. 그는 물건을 사는 사람과 파는 사람들 사이를 지나가면서, 아시아에 있는 나라들에서 온 상인들이 몹시 불안해 보이는 것을 알아차렸다. 그 때문에 그들은 장사에서 상당한 손해를 보고 있었다.

그는 또 다른 증상도 알아차렸다. 러시아에서는 군복을 언제 어디서나 볼 수 있다. 군인들은 군중과 자유롭게 어울리는 것이 보통이고, 경찰은 거의 언제나 수많은 카자크 기병의 도움을 받는다. 카자크 기병은 어깨에 창을 메고 외지에서 온 30만 명의 군중 속에서 질서를 유지한다.

하지만 이번에는 병사들도 카자크 기병들도 이 거대한 시장에 모습을 나타내지 않았다. 갑작스러운 이동 명령이 내릴 것을 예상하고 막사에서 대기하고 있는 게 분명했다.

그런데 병사는 하나도 보이지 않았지만 장교는 그렇지 않았다. 어젯밤부터 부관들이 총독 관저를 나와 사방으로 달려갔다.

이례적인 움직임이 일어나고 있었다. 심각한 사태가 아니라면 그런 움직임이 일어날 리가 없었다. 블라디미르와 우랄 산맥으로 가는 길에는 수많은 전령들이 달리고 있었다. 모스크바와 상트페테르부르크 사이에는 전보가 쉴새없이 오가고 있었다.

미하일 스트로고프가 중앙광장에 있을 때, 전령이 경찰서장을 총독 관저로 불러들였다는 소문이 퍼졌다. 전령이 모스크바에서 가져온 중요한 전보 때문이라고 했다.

"박람회장이 폐쇄된대." 누군가가 말했다.

"니즈니노브고로드 연대가 행군 명령을 받았대." 다른 사람이 말했다.

"타타르족이 톰스크를 위협하고 있대!"

"저기 경찰서장이 온다!" 사방에서 사람들이 외쳤다.

갑자기 요란한 박수소리가 일어났다가 차츰 가라앉더니, 마침내 쥐죽은 듯 조용해졌다. 경찰서장이 중앙광장 한복판에 이르자, 그의 손에 전보 한 장이 쥐어져 있는 것을 모두 볼 수 있었다.

그는 큰 소리로 다음과 같은 포고문을 낭독했다.

"니즈니노브고로드 총독의 명령에 따라,

첫째, 모든 러시아 백성은 어떤 이유로도 주에서 떠나는 것을 금지한다.

둘째, 아시아 태생의 모든 외국인은 24시간 안에 주를 떠날 것을 명령한다."

그는 큰 소리로 포고문을 낭독했다

6
오누이

이 조치가 개인의 이익에 아무리 큰 손해를 준다 해도 현재 상황에서는 타당한 조치였다.

'모든 러시아 백성은 주를 떠나는 것을 금지한다.' 이반 오가 레프가 아직도 이 주에 있다면, 이 조치 때문에 어쨌든 그가 페오파르 칸과 다시 합류하여 칸의 만만찮은 부관이 되기는 어려울 것이다.

'아시아 태생의 모든 외국인은 24시간 안에 이 주를 떠날 것을 명령한다.' 그렇다면 중앙아시아에서 온 모든 상인들이 떠나게 될 테고, 타타르족이나 몽골족과 어느 정도 동조하고 박람회장에서 한데 모여 있는 보헤미아인과 집시 무리도 떠나야 할 것이다. 사람도 많고 밀정도 많은 상황 때문에 그들을 추방할 필요가 생긴 게 분명했다.

외지인이 우글거리고 러시아의 어느 지역보다도 상업이 발달한 니즈니노브고로드 같은 도시 위에 청천벽력처럼 터진 이 두 가지 조치가 어떤 결과를 낳았을지는 쉽게 이해할 수 있다. 그래서 시베리아 경계 너머에 볼일이 있는 원주민들은 적어도 당분간은 주를 떠날 수 없었다. 첫 번째 조항이 어떤 취지인지는 명백했다. 그 조항은 예외를 전혀 인정하지 않았다. 모든 개인의 이익은 공공의 복리에 양보해야 한다. 두 번째 조항에 들어 있는 추방 명령도 역시 핑계를 대고 어물쩍 빠져나가는 것을 전혀 인정하지 않았다. 이 조항과 관련된 것은 아시아 태생의 외국인뿐이었지만, 이들은 기껏 가져온 상품을 다시 꾸려서 왔던 길을 되짚어갈 수밖에 없었다. 상당한 수에 이르는 돌팔이들은 가장 가까운 변경에 도착하려면 거의 1000킬로미터를 가야 했고, 그들에게 이것은 정말 끔찍한 고통이었다.

처음에는 이 이례적인 조치에 항의하는 웅성거림과 절망에 빠진 외침소리가 일어났지만, 카자크 기병과 경찰들의 존재가 곧 그것을 억눌렀다.

당장 드넓은 평원에서의 대탈출이라고 부를 수 있는 움직임이 시작되었다. 가게 앞의 차양은 접혔고, 야외극장의 무대는 분해되었고, 노래와 춤은 그쳤다. 연예인들은 입을 다물었고, 불은 꺼졌다. 곡예사들의 밧줄은 내려지고, 여행용 마차를 끄는 늙은 말은 천식에 걸려 헐떡거리면서 마구간에서 도로 끌려왔다. 채찍이나 몽둥이를 든 경찰과 병사들이 꾸물거리는 이들을 재촉했고, 가엾은 보헤미아인들이 천막에서 미처 나오기도 전에 천막을 허물어뜨리는 것을 아무렇지도 않게 생각했다.

이런 강력한 조치로 니즈니노브고로드 광장은 저녁도 되기 전에 완전히 텅 비어버리고 소란스러웠던 박람회장은 사막처럼 조용해질 게 분명했다.

추방 명령의 주요 대상인 그 모든 유목민들은 시베리아의 스텝 지대로 가는 것도 금지되었기 때문에 카스피 해 남쪽의 페르시아나 투르크나 투르키스탄 평원으로 서둘러 갈 수밖에 없었다는 점을 다시 한번 강조해야 할 것이다. 그것이 이 엄격한 조치를 필연적으로 더욱 악화시켰기 때문이다. 그들은 우랄 강이나 우랄 산맥을 넘는 것도 허용되지 않았다. 우랄 산맥은 러시아 변경을 따라 흐르는 우랄 강의 연장 부분을 이룬다고 말할 수 있다. 따라서 그들은 1000킬로미터를 여행해야만 비로소 자유로운 땅을 밟을 수 있었다.

경찰서장이 포고문 낭독을 막 끝냈을 때, 미하일 스트로고프의 마음속에 한 가지 생각이 본능적으로 떠올랐다.

'기묘한 우연의 일치로군. 아시아 태생의 모든 외국인을 추방하는 이 포고문과 어젯밤 징가리족 두 집시가 나눈 대화가 딱 맞아떨어져. 그 노인네는 "아버지가 우리를 우리가 가려고 하는 곳으로 보내신다"고 말했지. 하지만 아버지는 황제야! 사람들은 황제를 항상 아버지라고 부르지. 그 집시들은 자기네한테 불리한 조치를 어떻게 예상할 수 있었을까? 어떻게 그것을 미리 알 수 있었을까? 그리고 그들은 어디로 가고 싶어하는 걸까? 수상쩍은 자들이야. 그들에게는 정부의 포고령이 해롭다기

보다는 오히려 이로울 것 같다는 생각이 들어.'

이 생각은 확실히 옳았지만, 또 다른 생각이 미하일의 마음속에서 다른 생각을 모조리 몰아냈다. 그는 징가리 집시들과 그들의 수상쩍은 말, 포고령이 낳은 기묘한 우연의 일치를 완전히 잊어버렸다. 젊은 리보니아 여자에 대한 기억이 갑자기 그의 마음에 떠올랐기 때문이다.

'가엾은 아이!' 그는 속으로 생각했다. '그 여자애는 이제 경계를 넘을 수 없어.'

사실 그 젊은 여자는 리가 출신이었다. 그녀는 리보니아인이었고, 따라서 러시아인이었다. 그래서 이제 러시아 영토를 떠날 수 없었다! 새 조치가 발표되기 전에 얻은 통행증은 이제 무용지물이 되고 말았다. 그녀가 시베리아로 가는 길은 막혀버렸다. 그녀가 이르쿠츠크에 가는 동기가 무엇이든 간에 이제는 그곳에 절대로 갈 수 없을 것이다.

이 생각이 미하일 스트로고프의 마음을 사로잡았다. 그는 자신의 중요한 임무를 조금도 소홀히 하지 않고 그 여자를 도와줄 수 있을지도 모른다고 생각했다. 처음에는 막연한 생각이었지만 그는 이 생각이 마음에 들었다. 그는 정력적이고 강건한 남자이고 그 지방의 길에도 익숙하지만, 그런 자신도 그곳을 통과할 때 얼마나 심각한 위험에 맞닥뜨려야 할지 알고 있었기 때문에, 보호자도 없는 무방비 상태의 젊은 여자에게는 그 위험이 엄청나게 크리라는 것은 감출 수 없는 사실이었다. 그녀는 이르쿠츠크로 가고 있으니까 그와 같은 길을 따라가야 할 테고, 따라서 그가 시도하려고 하는 것처럼 그 여자도 침략자들 사이를 지나가야 할 것이다. 게다가 그녀는 평상시에 여행할 때 필요한 자금만 가져왔을 가능성이 큰데, 최근 일어난 사건 때문에 여행은 더 위험해졌을 뿐만 아니라 비용도 더 많이 들 것이다. 이런 상황에서 그녀가 어떻게 목적지에 다다를 수 있겠는가?

'그 여자가 페름으로 가는 길을 택한다면 내가 그 여자와 우연히 마주치지 않는 건 거의 불가능해. 그 여자를 만나면 눈치 채지 못하게 지켜보자. 그 여자는 나만큼이나 간절히 이르쿠츠크에 가고 싶어하는 것 같으니까, 절대로 그 여자 때문에 내 일정이 늦어지지는 않을 거야.'

하지만 한 가지 생각은 또 다른 생각으로 이어지는 법이다. 미하일 스트로고프는 지금까지 친절하게 행동하고 도움을 준다는 가정 아래 추론을 전개했지만, 이제 다른 생각이 번개처럼 머리에 떠올랐다. 그 문제는 완전히 새로운 양상을 띠고 제기되었다.

'사실은 그 여자가 나를 필요로 하는 것보다 내가 훨씬 더 그 여자를 필요로 하고 있어. 그 여자가 있으면 나에 대한 의심을 떨쳐버리는 데 큰 도움이 될 거야. 스텝 지대를 혼자 여행하는 남자를 보면 황제의 밀사라는 것을 누구나 쉽게 짐작할 수 있어. 반대로 그 젊은 여자와 동행하면 나는 누가 보아도 내 포다로시나에 적혀 있는 니콜라이 코르파노프로 보일 거야. 그러니까 나는 반드시 그 여자와 동행해야 돼. 그러니까 나는 무슨 수를 써서라도 그 여자를 다시 찾아내야 돼. 어젯밤 이후 그 여자가 마차를 타고 니즈니노브고로드를 떠났을 가능성은 전혀 없어. 나

는 그 여자를 찾아야 돼. 하느님이 나를 인도해주시기를!'

미하일은 니즈니노브고로드의 대광장을 떠났다. 지시된 조치를 실행하느라 광장에서 벌어진 소동은 이제 최고조에 이르러 있었다. 추방 명령을 받은 외국인들의 비난, 그들을 무자비하게 다루는 경찰과 카자크 기병들의 고함소리가 한데 어우러져 형언할 수 없는 소란을 만들어냈다. 그가 찾는 여자가 거기에 있을 리는 없었다. 지금은 아침 9시였다. 기선은 12시가 되어야 떠날 것이다. 따라서 미하일 스트로고프가 길동무로 삼고 싶은 여자를 찾는 데 들일 수 있는 시간은 두 시간이나 되었다.

그는 다시 볼가 강을 건너 맞은편 구역에서 여자를 찾아다녔다. 이쪽은 군중이 강 건너편보다 훨씬 적었다. 그는 윗동네와 아랫동네의 길을 모두 샅샅이 뒤졌다. 비탄에 빠진 사람, 괴로워하는 사람들의 자연스러운 피난처인 교회에도 들어가 보았다. 하지만 어디에서도 그 젊은 리보니아 여자를 만나지 못했다.

'하지만 그 여자는 아직 니즈니노브고로드를 떠나지 못했을 거야. 다시 한번 찾아보자.'

미하일은 그렇게 두 시간을 돌아다녔다. 쉬지 않고 계속 걸었지만 피로는 전혀 느끼지 않았다. 다만 그에게 생각할 여유를 허락하지 않는 강력한 본능에 따랐을 뿐이다. 하지만 그것도 모두 헛수고로 끝났다.

그때 문득 그 여자가 포고령을 듣지 못했을지도 모른다는 생각이 떠올랐다. 하지만 그런 청천벽력 같은 사건이 터졌는데 그것을 듣지 못한 사람이 있다는 것은 도저히 있을 법하지 않은 일이었다. 분명 그 여자는 아무리 하찮은 소식이라도 시베리아에서 들어온 소식이라면 뭐든지 알고 싶어했다. 그런데 자신과 직접 관련되어 있는 총독의 조치를 모를 리가 있겠는가?

하지만 그 여자가 그것을 모른다면 한 시간 안에 부두로 갈 테고, 무자비한 경찰은 배에 타려는 그녀를 난폭하게 밀쳐낼 것이다. 무슨 수를 써서라도 그 여자를 미리 찾아내서, 그 여자가 그런 수모를 피할 수 있게 해주어야 한다.

하지만 그의 노력은 모두 허사였고, 마침내 그는 그 여자를 찾는 것을 거의 단념했다.

이제 11시였다. 미하일은 다른 상황에서라면 소용없는 일이었겠지만, 경찰서장에게 자신의 '포다로시나'를 제시하기로 마음 먹었다. 그는 비상사태를 예상했기 때문에 포고령을 듣고도 걱정하지 않았지만, 아무 방해도 받지 않고 이 도시를 떠나고 싶었다.

미하일은 경찰서가 있는 볼가 강 건너편으로 돌아갔다.

그곳에는 엄청난 군중이 모여 있었다. 외국인은 모두 떠나라는 명령을 받았지만, 떠나기 전에 일정한 절차를 거쳐야 했다.

이런 예방책을 취하지 않으면, 많든 적든 타타르족의 반란에 연루된 러시아인들이 변장하고 변경을 통과할 수 있었을 것이다. 포고령이 러시아에 붙잡아두고 싶어한 것은 바로 그런 자들이었다. 외국인들은 쫓겨났지만, 그래도 출국 허가를 받아야 했다.

돌팔이와 집시와 징가리들이 페르시아 · 투르크 · 인도 · 투르키스탄 · 중국 등지에서 온 상인들과 뒤섞여 경찰서 앞마당과 사무실을 가득 메우고 있었다.

추방당한 사람들은 수송수단을 찾아야 할 테고, 빨리 찾지 않으면 정해진 시간에 도시를 떠나지 못할 위험이 크고, 그러면 총독의 부하들한테 잔인한 취급을 받을 게 뻔했기 때문에, 모두 서두르고 있었다.

미하일 스트로고프는 힘센 팔꿈치 덕분에 앞마당을 가로지를 수 있었지만, 사무실 안으로 들어가 사무원의 작은 창구로 다가가는 것은 훨씬 어려웠다. 하지만 형사의 귀에 대고 속삭인 한마디와 적절하게 건네준 몇 루블은 꽉 막혔던 통로를 열어줄 만큼 강력했다.

그 형사는 미하일을 대기실로 데려간 뒤, 상급 사무원을 부르러 갔다.

미하일 스트로고프는 오래지 않아 경찰과의 문제를 모두 말끔히 처리하고 행동의 자유를 얻을 것이다.

그는 기다리는 동안 주위를 둘러보았다. 그런데 그는 무엇을 보았을까? 한 여자가 말없는 절망에 사로잡혀 벤치에 앉아 있다기보다 거의 쓰러져 있었다. 여자의 얼굴은 거의 보이지 않지만, 윤곽선만은 벽을 배경으로 또렷이 떠올라 있었다.

미하일 스트로고프가 잘못 볼 리는 없었다. 그는 젊은 리보니아 여자를 당장 알아보았다. 여자는 총독의 명령을 모르고 통행증에 서명을 받으러 경찰서에 왔다. 경찰은 서명하기를 거부했다. 그녀가 이르쿠츠크에 가도 좋다는 허가를 받은 것은 분명했다. 하지만 명령은 절대적이었다. 전에 발행된 통행증은 모두 무효가 되었고, 그녀가 시베리아에 갈 길은 막혀버렸다.

한 여자가 절망에 사로잡혀 벤치에 앉아 있었다

미하일은 그녀를 다시 찾아낸 것이 기뻐서 여자에게 다가갔다.

그녀는 잠깐 고개를 들었다. 길동무를 알아본 그녀의 얼굴이 환해졌다. 그녀는 본능적으로 일어나, 물에 빠진 사람이 지푸라기라도 움켜잡듯 그에게 도움을 청하려고 했다. 그 순간 경찰관이 미하일의 어깨를 잡았다.

"서장님이 만나시겠답니다."

"좋습니다." 미하일이 대답했다. 그리고 온종일 찾아다닌 여자한테는 한마디도 하지 않고, 몸짓으로 그녀를 안심시키지도 않고 경찰관을 따라 군중 속을 지나갔다. 그가 무슨 몸짓을 했다면 그 여자나 그 자신을 위태롭게 할 수도 있었다.

젊은 리보니아 여자는 도움을 청할 수 있는 유일한 상대가 사라지는 것을 보고 다시 벤치에 쓰러졌다.

미하일 스트로고프는 3분도 지나기 전에 경찰관과 함께 다시 나타났다. 그는 시베리아로 가는 길을 열어준 '포다로시나'를 손에 들고 있었다. 그는 다시 젊은 리보니아 여자에게 다가가서 손을 내밀었다.

"누이야⋯⋯." 그가 말했다.

그녀도 알아차렸다. 갑자기 어떤 영감이 떠오른 것처럼 그녀는 잠시도 망설이지 않고 벌떡 일어났다.

"누이야." 미하일 스트로고프가 되풀이 말했다. "우리는 이르쿠츠크로 계속 가도 좋다는 허가를 받았어. 너도 갈래?"

"저도 따라가겠어요, 오빠." 여자는 미하일 스트로고프의 손을 잡으면서 대답했다. 그들은 함께 경찰서를 나왔다.

"누이야……" 그가 말했다

7
볼가 강을 따라 내려가다

정오가 되기 조금 전, 기선에서 울려 퍼지는 종소리가 유별나게 많은 사람들을 볼가 강가의 부두로 끌어들였다. 원래 떠날 작정이었던 사람들만이 아니라 본의 아니게 떠나야 하는 사람들도 많았기 때문이다. '코카서스' 호의 보일러는 최고 압력을 받고 있었다. 가느다란 연기가 굴뚝에서 피어오르고, 배출구 끝과 밸브 뚜껑 위에는 하얀 김이 서려 있었다. 경찰관들이 '코카서스' 호의 출발을 주의 깊게 감시하고, 그들의 질문에 제대로 대답하지 못하는 여행자들을 무자비하게 다룬 것은 말할 나위도 없다.

수많은 카자크 기병들이 경찰관들을 도울 준비를 갖추고 부두를 오갔지만, 경찰관들의 명령에 조금이라도 저항할 엄두를 낸 사람은 아무도 없었기 때문에 그들이 참견할 필요는 없었다. 정시에 마지막 종소리가 울리고 밧줄이 던져졌다. 기선의 강력한 바퀴들이 물을 때리기 시작했다. '코카서스' 호는 니즈니노브고로드를 이루고 있는 두 시가지 사이를 빠른 속도로 지나갔다.

미하일 스트로고프와 젊은 리보니아 여자는 무사히 '코카서스' 호에 승선했다. 그들의 출항에는 아무 문제도 없었다. 알다시피 니콜라이 코르파노프 명의로 작성된 '포다로시나'는 이 상인이 시베리아로 가는 동안 길동무와 동행하는 것을 허락했다. 따라서 그들은 경찰의 보호를 받으며 여행하고 있는 오누이처럼 보였다. 고물에 나란히 앉은 그들은 둘 다 총독의 명령 때문에 몹시 불안해진 마음으로 멀어져가는 시가지를 바라보았다. 미하일은 아직 여자한테 아무 말도 하지 않았고, 질문도 하지 않았다. 필요하면 여자가 먼저 말을 걸 테고, 그는 그때까지 기다렸다. 여자는 그 도시를 무척 떠나고 싶어했고, 예기치 않게 나타난 이 보호자가 끼어들지 않았다면 그녀는 여전히 그 도시에 갇혀 있었을 것이다. 여자는 아무 말도 하지 않았지만, 눈빛이 고마워하는 마음을 대신 말해주었다.

고대에는 라 강이라고 불린 볼가 강은 유럽 전역에서 가장 큰 강으로 여겨지고, 전체 길이는 4000킬로미터를 밑돌지 않는다. 상류에서는 강물이 건강에 별로 좋지 않지만, 니즈니노브고로드에서는 러시아 중부지방에서 발원한 지류 오카 강이 빠르게 흘러드는 덕분에 상태가 나아진다.

러시아의 운하와 하천들이 이루는 수로망은 제국의 모든 지역으로 가지를 뻗은 거대한 나무에 비유되었다. 볼가 강은 이 나무의 줄기를 이루고, 카스피 해로 뚫려 있는 70개의 강어귀가 그 뿌리다. 트베리 주의 도시인 리예프까지 배가 들어갈 수 있으니까, 강줄기의 대부분을 항해할 수 있는 셈이다.

페름과 니즈니노브고로드 사이를 왕복하는 기선들은 카잔 시에서 이 도시까지의 거리인 350킬로미터를 빠르게 달린다. 이 배들이 볼가 강을 따라 내려가기만 하면 되는 것은 사실이다. 볼가 강의 물살 덕분에 배들은 자체의 속력보다 한 시간에 거의 3킬로미터를 더 빨리 달릴 수 있다. 하지만 카잔에서 조금 내려가 카마 강의 합류점에 다다르면, 배들은 볼가 강을 떠나 더 작은 강으로 들어가서 페름까지 물살을 거슬러 올라가야 한다. '코카서스' 호의 엔진은 힘이 세지만, 카마 강으로 들어간 뒤에는 흐름을 거슬러야 하기 때문에 기껏해야 한 시간에 15킬로미터밖에 갈 수 없었다. 카잔에서 한 시간 동안 서 있는 것을 포함하면, 니즈니노브고로드에서 페름까지 가는 데에는 60시간에서 62시간이 걸릴 것이다.

기선은 잘 정돈되어 있었고, 승객들은 사회적 지위나 재력에 따라 세 등급으로 분류된 선실을 차지했다. 미하일 스트로고프는 젊은 길동무가 언제든지 선실에 들어가 조용히 지낼 수 있도록 일등실을 두 칸 잡았다.

'코카서스' 호는 온갖 부류의 승객들로 가득 차 있었다. 수많은 아시아 상인들은 당장 니즈니노브고로드를 떠나는 것이 상책이라고 생각했다. 기선에서 일등실이 차지하고 있는 구역에서는 머리에 주교관 같은 모자를 쓰고 길고 낙낙한 옷을 입은 아르메니아인, 독특한 원뿔 모양의 모자를 쓴 유대인, 폭이 넓고 앞뒤가 트인 푸른색이나 보라색이나 검은색의 전통 의상을 입고 그 위에 소매가 넓고 재단법이 교황 예복을 연상시키는 두 번째 옷을 껴입은 부유한 중국인, 터번을 두른 투르크인, 네모난 모자를 쓰고 허리띠 대신 수수한 끈을 두른 힌두교도, 그중에서도 중앙아시아의 교역을 완전히 장악하고 있는 시카르푸르인, 끝으로 다채로운 색깔의 끈으로 장식된 장화를 신고 옷가슴을 수많은 자수로 장식한 타타르족을 볼 수 있었다. 이 상인들은 수많은 짐꾸러미와 궤짝을 선창이나 갑판에 쌓아놓아야 했다. 이 화물을 운반하려면 엄청난 돈이 들 것이다. 규정에 따르면 승객은 1인당 20파운드까지만 배에 실을 권리가 있었기 때문이다.

'코카서스'호의 뱃머리에는 더 많은 승객들이 모여 있었다. 그 무리에는 외국인만이 아니라 고향으로 돌아가는 것이 금지되지 않은 러시아인들도 끼어 있었다.

모자를 쓰고 폭넓은 외투 속에 체크무늬 셔츠를 입은 농민들, 바짓가랑이를 장화 속에 쑤셔넣고 끈으로 조인 장밋빛 면셔츠를 입고 펠트 모자를 쓴 볼가 강변의 농부들, 꽃무늬 면드레스를 입고 화려한 색깔의 앞치마를 두르고 머리에 화려한 손수건을 두른 여자들도 있었다. 이들은 주로 삼등실 승객이었다. 집으로 돌아가는 긴 여행을 앞두고도 다행히 그들은 별로 걱정하지 않았다. 요컨대 갑판의 이 구역은 만원이었다. 그들의 자리는 외륜 덮개 너머에 표시되어 있었고, 선실 승객들은 감히 이 잡다한 집단에 낄 엄두도 내지 못했다.

한편 '코카서스'호는 볼가 강의 양쪽 강둑 사이에서 빠르게 물갈퀴를 움직이고 있었다. 배는 온갖 종류의 상품을 싣고 니즈 니노브고로드를 향해 강을 거슬러 올라오는 수많은 배들을 지나쳤다. 그다음에는 대서양의 일부인 사르가소 해*에서 발견되는 끝없는 해초 덩어리만큼 긴 뗏목을 지나쳤고, 뱃전의 위쪽 끝까지 짐을 실어 물속에 거의 가라앉아 있는 거룻배들을 지나쳤다. 박람회가 시작되자마자 갑자기 중단되었기 때문에 거룻배들은 쓸데없는 항해를 하고 있었다.

기선이 일으킨 파도가 야생오리들로 뒤덮인 강둑에 부딪혀 물보라를 일으켰다. 오리들은 귀가 먹먹해질 만큼 요란한 소리를 내며 날아갔다. 강에서 조금 떨어진 곳에는 오리나무와 버드나무와 포플러나무로 둘러싸인 마른 들판에 검붉은 암소 몇 마리와 크기가 다양한 흑백의 돼지 떼가 흩어져 있었다. 메밀과 호밀이 드문드문 뿌려진 밭이 저 멀리 배경에 서 있는 반쯤 경작된 언덕까지 뻗어 있었지만, 전망이 썩 좋지는 않았다. 그림처럼 아름다운 경치를 찾아다니는 화가는 이 단조로운 풍경 속에서 그릴 만한 것을 전혀 찾아내지 못했을 것이다.

'코카서스' 호가 두 시간쯤 달렸을 때, 젊은 리보니아 여자가 미하일 스트로고프에게 말을 걸었다.

"오빠도 이르쿠츠크에 가세요?"

"그래, 누이야." 젊은 남자가 대답했다. "우리는 같은 방향으

---

* 사르가소 해: 북대서양 북위 20~35도, 서경 30~70도의 넓은 지역에 걸쳐 있는 바다. 모자반류의 해조가 떠 있고 바람도 약하여 항해하기 어렵기 때문에 마(魔)의 해역이라 불렸다.

로 가고 있어. 따라서 내가 가는 곳에 너도 가게 될 거야."

"내일이면 오빠는 내가 왜 발트 해 연안을 떠나 우랄 산맥 너머로 가고 있는지 알게 될 거예요."

"나는 아무것도 묻지 않겠다."

"그래도 다 알게 될 거예요." 여자는 희미한 미소를 지으며 대답했다. "누이는 오빠한테 아무것도 감추면 안 돼요. 하지만 오늘은 안 돼요. 저는 피로와 슬픔에 완전히 녹초가 되어버렸어요."

"선실에 가서 좀 쉬지 그러냐?" 미하일이 물었다.

"그럴게요. 그리고 내일……."

"그럼 가자……."

미하일은 아직도 모르고 있는 길동무의 이름으로 문장을 끝맺고 싶다는 듯 말을 마무리하지 않고 머뭇거렸다.

"나디아예요." 그녀가 손을 내밀면서 말했다.

"가자, 나디아." 미하일이 대답했다. "그리고 네 오빠 니콜라이 코르파노프를 네 마음대로 써먹으렴."

그는 기선의 휴게실에서 떨어진 곳에 잡아둔 선실로 그녀를 데려갔다.

갑판으로 돌아온 미하일 스트로고프는 자신의 여행과 관계가 있을지도 모르는 소식을 듣고 싶어서 승객들과 어울렸지만, 대화에는 끼어들지 않았다. 어쩌다 질문을 받고 대답을 피할 수 없는 경우에는 '코카서스' 호를 타고 변경으로 돌아가는 니콜라이 코르파노프라는 상인이라고 자신을 소개했다. 특별허가를 받고 시베리아로 여행한다는 사실을 눈치채이고 싶지 않았기 때문이다.

기선에 탄 외국인들이 화젯거리로 삼을 수 있는 것은 그날의 사건과 총독의 명령과 그 결과뿐이었다. 이 가엾은 사람들은 중앙아시아를 가로지르면서 쌓인 피로가 채 풀리기도 전에 그 길을 되돌아가야 했다. 그들이 분노와 절망을 큰 소리로 터뜨리지 않았다면, 그것은 감히 그럴 용기가 나지 않았기 때문이다. 경외심이 섞인 두려움이 그들을 억눌렀다. 승객을 감시하는 임무를 맡은 형사들이 몰래 '코카서스' 호에 탔을 가능성도 있었고, 따라서 침묵을 지키는 게 상책이었다. 어쨌든 요새에 갇히는 것보다는 추방당하는 편이 훨씬 나았다. 그래서 사람들은 침묵을 지키거나 무척 조심스럽게 대화를 나누고 있어서, 그들에게서 유용한 정보를 얻어내는 것은 거의 불가능했다.

그래서 미하일 스트로고프는 여기서 아무것도 알아내지 못했다. 하지만 그가 다가가면 사람들이 입을 다물 때가 많았다(그를 알지 못했기 때문에) 해도, 남이 듣든 말든 별로 신경쓰지 않는 한 사람의 목소리가 곧 그의 귀에 들어왔다.

힘찬 목소리를 가진 그 남자는 러시아어를 사용했지만 외국 말투였다. 그의 말에 좀더 서름하게 대답한 사람도 역시 같은 러시아어를 사용했지만, 러시아어는 그의 모국어가 아닌 게 분명했다.

"아니, 이런!" 첫 번째 사람이 말했다. "당신도 이 배를 탔군요. 우리는 모스크바의 제국 축제에서 만났고, 니즈니노브고로드에서도 얼핏 보았지요?"

"그렇소." 두 번째 사람이 냉담하게 대답했다.

"정말로 당신이 나를 이렇게 바싹 따라올 줄은 몰랐습니다."

"무슨 말씀을! 나는 당신을 따라다니는 게 아니라 당신보다 앞서가고 있어요."

"앞서간다고요? 그러면 행진하는 병사들처럼 둘이 보조를 맞추어 나란히 걸읍시다. 그리고 당신이 좋다면, 적어도 앞으로 당분간은 어느 쪽도 상대를 지나쳐 앞서가지 않기로 합의합시다."

"아니, 나는 당신을 앞서갈 거요."

"그건 전쟁터에서 알게 되겠지요. 하지만 그때까지는 길동무가 됩시다. 우리가 경쟁자가 될 시간과 기회는 나중에 얼마든지 있을 겁니다."

"경쟁자가 아니라 적이지요."

"당신이 원한다면 적이라고 해둡시다. 당신은 낱말 선택에 까다롭군요. 그 점이 특히 내 마음에 듭니다. 당신과 함께 있으면 무엇을 기대해야 할지 항상 알 수 있을 거예요."

"그래서 해로울 게 뭐죠?"

"해로울 건 전혀 없습니다. 그래서 나는 우리 각자의 상황을 분명히 말해두고 싶으니까 허락해주십시오."

"말해보세요."

"당신은 페름으로 가는 길이지요? 나처럼?"

"당신처럼."

"그리고 아마 페름에서 예카테린부르크로 가겠지요? 그게 우랄 산맥을 넘는 가장 편하고 안전한 길이니까."

"아마."

"일단 변경을 지나면 우리는 시베리아에 있게 될 겁니다. 다시 말해서 침략군 속으로 들어가게 되지요."

"그렇겠지요."

"그래요! 그때가 되면, 그리고 그때가 되어야만 비로소 우리는 이렇게 말할 겁니다. '각자 자기 힘으로, 그리고 하느님은…….'"

"나를 위해서."

"당신을 위해서, 오직 당신 혼자 힘으로! 좋습니다! 하지만 우리는 앞으로 일주일 동안은 중립이고, 도중에 뉴스가 쏟아져 들어오지 않을 것은 확실하니까, 다시 경쟁자가 될 때까지는 친구로 지냅시다."

"적이 될 때까지."

"예, 맞습니다. 적이죠. 하지만 그때까지는 함께 행동하고, 서로 상대를 파멸시키려고 애쓰지 맙시다. 그래도 역시 나는 내가 본 것을 모두 비밀로 하겠다고 약속하겠습니다."

"그리고 나는 내가 들은 것을 모두 비밀로 하겠소."

"그럼 합의된 건가요?"

"그렇습니다."

"악수합시다!"

"좋습니다."

다섯 손가락을 활짝 편 첫 번째 사람의 손이 냉정하게 뻗친 상대의 손가락 두 개를 잡고 힘차게 흔들었다.

"그런데 나는 오늘 아침 열 시 17분에 내 사촌누이한테 총독의 포고령을 전보로 알릴 수 있었습니다." 첫 번째 사람이 말했다.

"나는 열 시 13분에 〈데일리 텔레그래프〉로 그것을 보냈지요."

"브라보, 블라운트 씨!"

"좋습니다, 졸리베 씨."

"나도 그것과 맞먹을 수 있도록 애써보겠습니다."

"어려울 겁니다."

"하지만 노력해볼 수는 있지요."

이렇게 말하면서 프랑스 특파원은 영국인에게 정답게 인사했고, 영국인은 뻣뻣하게 절을 했다. 뉴스를 찾아다니는 이 두 사람은 러시아인도 아니고 아시아 태생의 외국인도 아니었기 때문에, 총독의 포고령은 그들과는 관계가 없었다.

하지만 그들은 떠났고, 똑같은 본능에 사로잡혀 있었기 때문에 함께 니즈니노브고로드를 떠났다. 그들이 같은 교통수단을 택하여 같은 노선을 따라 시베리아 스텝 지대로 가려고 한 것은 당연한 일이었다. 적이든 친구든 간에 길동무가 된 그들은 '사냥이 시작되기 전에' 일주일을 함께 보내야 했다. 그다음에는 가장 숙달된 전문가가 성공을 거둘 것이다. 알시드 졸리베가 먼저 협정을 제의했고, 해리 블라운트는 냉정하게 그 제의를 받아들였다.

하지만 바로 그날 점심시간에 여느 때처럼 활달하고 수다스럽기까지 한 프랑스인과 여전히 과묵하고 근엄한 영국인이 같은 식탁에서 진짜 클리코를 마시며 화기애애하게 이야기를 나누고 있는 모습이 눈에 띄었다. 한 병에 6루블인 그 술은 그 지방에서 나는 신선한 자작나무 수액으로 만든 것이었다.

미하일 스트로고프는 알시드 졸리베와 해리 블라운트가 잡담을 나누는 것을 들으면서 속으로 중얼거렸다.

'나는 앞으로도 저 무분별하고 호기심 많은 두 사람을 또 만나게 될 거야. 저 사람들과는 거리를 두는 게 현명해.'

젊은 리보니아 여자는 점심식사를 하러 오지 않았다. 그녀는 선실에서 자고 있었다. 미하일은 그녀를 깨우고 싶지 않았다. 저녁때가 되어서야 그녀는 '코카서스' 호 갑판에 다시 나타났다.

숨막힐 듯 더운 낮이 지나고 찾아온 긴 황혼은 대기를 식혀주었고, 승객들은 그 서늘함을 열심히 즐겼다. 밤이 깊어가도 대다수 승객은 휴게실이나 선실로 돌아갈 생각조차 하지 않았다. 그들은 벤치에 길게 드러누워 기선의 빠른 속도가 만들어낸 가벼운 산들바람을 기꺼이 들이마셨다. 이맘때 이 위도에서는 해질녘부터 동틀녘까지 하늘이 거의 어두워지지 않고, 조타수가 볼가 강을 오르내리는 수많은 배들 사이로 기선을 몰 수 있을 만큼 밝았다.

하지만 달이 초승달이어서 밤 11시에서 2시 사이에는 제법 어두웠다. 그러자 갑판에서는 거의 모든 승객이 잠들었고, 바퀴가 규칙적으로 물을 때리는 소리만이 적막을 깨뜨렸다. 미하일 스트로고프는 걱정으로 잠을 이루지 못했다. 그는 이리저리 걸어다녔지만, 항상 기선의 고물에서만 맴돌았다. 그러다가 한번은 우연히 기관실을 지나갔다. 그리고 문득 깨닫고 보니 그는 이등실과 삼등실 승객들의 구역에 들어와 있었다.

그곳에서는 모든 승객이 누워서 자고 있었다. 벤치만이 아니라 짐꾸러미 위에 누운 사람도 있고, 심지어는 갑판 바닥에 그대로 누운 사람도 있었다. 앞갑판에는 당직을 서는 선원들이 여기저기 흩어져 있었다. 초록색 전등과 붉은색 전등이 우현과 좌현 위에 걸려, 기선의 현장을 따라 빛줄기를 보내고 있었다.

사방에 누워서 자고 있는 사람들을 밟지 않으려면 상당히 조심할 필요가 있었다. 그들은 대부분 딱딱한 잠자리에 익숙한 농민들이었고, 갑판의 널빤지에 만족했다. 하지만 그래도 어떤 어줍은 녀석이 지나가다가 걸어차서 깨우면 그들도 마구 욕을 했을 것이다.

그래서 미하일 스트로고프는 아무도 방해하지 않으려고 조심했다. 그렇게 배 끝까지 걸어가면서 그는 좀더 긴 산책으로 잠과 맞서 싸울 생각밖에 하지 않았다.

그가 갑판의 반대쪽에 이르러 앞갑판 사다리를 올라가고 있을 때, 가까이에서 누군가의 말소리가 들렸다. 그는 멈춰 섰다. 그 목소리들은 외투와 덮개에 싸인 승객들 속에서 나오는 것 같았다. 그래서 어둠 속에서는 누구의 목소리인지 알아낼 수가 없었다. 하지만 이따금 기선의 굴뚝이 자욱한 연기 사이로 불꽃을 내보낼 때, 수천 개의 쇳조각이 갑자기 조명을 받은 것처럼 불똥이 사람들 속으로 떨어질 때가 있었다. 미하일이 사다리를 막 올라가려 할 때, 간밤에 박람회장에서 들었던 그 이상한 언어로 발음된 몇 마디 말이 그의 귀에 들어왔다.

그는 본능적으로 걸음을 멈추고 귀를 기울였다. 앞갑판의 그늘 덕분에 아무도 그를 알아볼 수 없었다. 이야기하고 있는 승객들을 볼 수는 없었기 때문에 그는 그저 듣기만 할 수밖에 없었다.

처음에 오간 말들은—적어도 그에게는—전혀 중요하지 않

그가 앞갑판 사다리를 올라가고 있을 때……

았지만, 그는 니즈니노브고로드에서 들은 남자와 여자의 목소리를 알아들을 수 있었다. 그래서 당연히 그는 더욱 주의를 기울였다. 그가 단편적인 대화를 엿들었던 집시들도 이제 동료들과 함께 추방되었으니까, 그들이 이 '코카서스'호에 탔을 가능성도 전혀 없지는 않았다.

그가 그들의 말을 들은 것은 다행이었다. 타타르어로 오간 질문과 대답을 분명히 들었기 때문이다.

"밀사가 모스크바에서 이르쿠츠크로 떠났대요."

"그렇다더군, 상가레. 하지만 그 밀사는 너무 늦게 도착하거나 아예 도착하지 못할 거야."

미하일 스트로고프는 자기와 직접 관련된 이 대답을 듣고 저도 모르게 흠칫 놀랐다. 그는 방금 이야기한 남자와 여자가 정말로 그 집시들인지 보려고 애썼지만, 어둠이 너무 깊어서 확인할 수가 없었다.

잠시 후 아무한테도 들키지 않고 고물로 돌아온 미하일 스트로고프는 혼자 앉아서 두 손에 얼굴을 묻었다. 남들은 그가 자고 있는 줄 알았을지도 모른다.

하지만 그는 자고 있지 않았고, 잠잘 생각조차 하지 않았다. 그는 생생한 불안을 안고 이 문제를 생각하고 있었다.

'내가 떠났다는 걸 누가 알고 있을까? 그리고 누가 거기에 관심을 가질 수 있을까?

8
카마 강을 거슬러 올라가며

이튿날인 7월 18일 아침 7시 20분 전에 '코카서스' 호는 카잔 시에서 7킬로미터 떨어진 부두에 도착했다.

카잔은 볼가 강과 카잔카 강의 합류점에 자리잡고 있다. 카잔 주의 수도인 카잔은 그리스정교의 대주교 관할구일 뿐만 아니라 대학 소재지이기도 하다. 주민은 체레미스족·모르드빈족·추바슈족·볼살크족·비줄리차크족·타타르족 등 다양한 민족으로 이루어져 있다. 마지막에 언급한 타타르족은 아시아인의 특징을 좀더 뚜렷이 보존하고 있다.

카잔 시는 상륙장에서 조금 떨어져 있었지만, 부두에는 많은 군중이 모여 있었다. 새로운 소식을 들으러 온 사람들이었다. 카잔 주의 총독은 니즈니노브고로드의 총독과 똑같은 포고령을 발표했다. 짧은 소매의 카프탄을 입고 전통적인 피에로를 연상시키는 넓은 챙이 달린 고깔모자를 쓴 타타르족도 눈에 띄었다. 긴 외투로 몸을 감싸고 작은 모자로 머리를 가린 사람들은 폴란드계 유대인처럼 보였다. 금속조각으로 반짝거리는 보디스를 입고 초승달 모양의 머리띠를 두른 여자들은 여러 무리로 나뉘어 이야기를 나누고 있었다.

경찰관들과 카자크 기병 몇 명이 손에 창을 들고 군중 사이에서 질서를 유지하고, '코카서스'호에서 내리는 승객과 올라타는 승객들을 꼼꼼히 조사하면서 그들을 위해 길을 열어주었다. 한쪽은 추방당하고 있는 아시아인들이고, 또 한쪽은 카잔에 들르는 몇몇 농민 가족들이었다.

미하일 스트로고프는 어느 부두에서나 기선이 도착하면 반드시 일어나는 소동을 무관심하게 바라보았다. '코카서스'호는 카잔에 한 시간 동안 머물 것이다. 한 시간이면 연료를 보급하기에 충분한 시간이었다.

미하일은 상륙할 생각조차 하지 않았다. 젊은 리보니아 여자가 아직 갑판에 다시 나타나지 않았기 때문에 그녀를 배에 혼자 남겨두고 싶지 않았다.

두 기자는 훌륭한 사냥꾼이 모두 그렇듯이 새벽에 일어났다. 그들은 강가로 내려가서 각자 독특한 행동방식을 고집하면서 군중과 어울렸다. 해리 블라운트는 다양한 유형의 사람들을 스케치하거나 관찰 내용을 기록했다. 알시드 졸리베는 질문하고 기억하는 것으로 만족했다. 그의 기억력은 절대로 그를 실망시키지 않았다.

반란과 침략이 상당한 규모에 이르렀다는 소문이 러시아 동쪽 경계 전역에 퍼져 있었다. 시베리아와 제국 사이의 통신은 이미 극도로 어려워졌다. 미하일 스트로고프가 '코카서스' 호 갑판을 떠나지 않은 채, 새로 배에 탄 사람들한테서 들은 정보는 이것뿐이었다.

이 정보는 그의 마음에 큰 불안을 불러일으키지 않을 수 없었다. 이 소문이 사실인지를 스스로 판단하고 장차 일어날 가능성이 있는 우발적인 사건에 대비할 수 있도록 우랄 산맥 너머로 가고 싶은 마음이 더욱 간절해졌다. 그가 카잔 주민한테 좀더 직접적인 정보를 얻을 방법을 궁리하고 있을 때 갑자기 그의 관심이 다른 곳으로 쏠렸다.

미하일은 '코카서스' 호에서 내리고 있는 승객들 중에서 전날 니즈니노브고로드 박람회장에 나타났던 집시 무리를 알아보았다. 갑판 위에는 그를 염탐했던 여자와 늙은 보헤미아인이 있었다. 그들과 함께 스무 명 남짓한 무용수와 가수가 상륙했다. 그들의 지시에 따라 행동하는 게 분명한 무용수와 가수들은 열다섯 살에서 스무 살 사이로 보였고, 반짝이는 금속조각으로 장식된 옷을 낡은 망토로 가리고 있었다. 아침 햇살 속에 얼핏 드러난 그 옷을 보고 미하일은 간밤에 보았던 기묘한 현상을 생각해냈다. 기선의 굴뚝에서 갑자기 솟아오른 밝은 불꽃을 받아 반짝반짝 빛난 저 금속조각들이 그의 주의를 끌었던 게 분명하다.

미하일은 속으로 중얼거렸다.

'저 집시들은 온종일 아래쪽에 머물러 있다가 밤에는 앞갑판

밑에 웅크리고 있었던 게 분명해. 저 집시들은 되도록 사람들 눈에 띄지 않으려고 애쓰는 걸까? 그런 건 집시들의 일상적인 관습에 어울리지 않아.'

미하일 스트로고프는 그가 들은 말, 분명히 그를 가리킨 그 말이 이 황갈색 피부를 가진 집단에서 나왔고, 늙은 집시와 그가 상가레라는 몽골식 이름으로 부른 여자 사이에 오간 대화라는 것을 이제 더는 의심하지 않았다.

미하일은 저도 모르게 건널판 쪽으로 움직였다. 집시 무리가 영원히 기선을 떠나고 있었기 때문이다.

늙은 보헤미아인은 집시의 자연스러운 태도인 뻔뻔함과는 잘 어울리지 않는 겸손한 태도를 보이고 있었다. 그는 남의 관심을 끌기보다는 오히려 관심을 피하려고 애쓰고 있는 것 같았다. 그는 온갖 풍토의 햇볕에 갈색으로 그을린 낡은 모자를 앞으로 잡아당겨 주름진 얼굴을 가리고 있었다. 날이 더운데도 낡은 망토로 몸을 완전히 감싸고, 활처럼 휜 등을 구부정하게 구부리고 있었다. 이 초라한 옷차림 때문에 그의 몸집이나 얼굴을 판단하기는 어려웠을 것이다. 그 옆에는 집시 여자인 상가레가 있었다. 서른 살쯤 된 그녀는 키가 크고 균형 잡힌 몸매에 올리브색 얼굴과 아름다운 눈, 금발과 더할 나위 없이 완벽한 자세를 지니고 있었다.

젊은 무용수들은 대부분 눈에 띄는 미모를 지녔고, 모두 윤곽이 뚜렷한 집시 특유의 이목구비를 갖고 있었다. 이 징가리들은 대체로 매력적이고, 기발함에서 영국인들과 경쟁하려고 애쓰는 러시아 귀족들 가운데에는 이 집시 여자들 중에서 주저

그 옆에는 집시 여자인 상가레가 있었다

없이 아내를 고른 사람도 여러 명이었다. 그 집시 여자 하나가 이상한 가락의 노래를 흥얼거리고 있었다. 첫 소절은 아마 이렇게 번역될 것이다.

나부끼는 내 까만 머리타래 속에서
황금이 찬란하게 빛나고
내 우아한 목에 두른 화려한 산호가
은은하게 빛나네.
하늘을 나는 새처럼 나는 드넓은 세상을 돌아다닌다네.

웃고 있는 여자는 노래를 계속했을 게 분명하지만, 미하일 스트로고프는 노래에 귀를 기울이는 것을 그만두었다.

사실은 바로 그때 집시 여자인 상가레가 미하일의 주의를 끌었다. 그녀는 마치 그의 이목구비를 기억 속에 지워지지 않게 새기고 싶은 것처럼 야릇한 눈으로 그를 바라보고 있었다.

그것은 아주 잠깐이었고, 상가레가 벌써 배를 떠난 노인과 그 일행을 뒤따라가고 있을 때였다.

'대담한 집시 여자로군.' 미하일은 속으로 중얼거렸다. '저 여자는 내가 니즈니노브고로드에서 얼핏 본 그 남자라는 걸 알아볼 수 있었을까? 저 패씸한 징가리들은 고양이 같은 눈을 갖고 있어. 어둠 속에서도 사물을 볼 수 있지. 저 여자도 아마 알고 있을……'

미하일 스트로고프는 상가레와 집시 무리를 따라가려다가 그만두었다.

'안 돼. 부주의한 행동은 안 돼. 저 늙은 점쟁이와 그 일행을 막으려 들다가는 내 정체가 탄로날 위험이 있어. 게다가 저 사람들은 지금 상륙했으니까, 그들이 변경을 넘기 전에 나는 벌써 우랄 산맥 너머에 있을 거야. 저들이 카잔에서 이심으로 갈 수도 있다는 건 나도 알지만, 그 노선은 여행자들한테 어떤 교통 수단도 제공하지 못해. 게다가 훌륭한 시베리아 말이 끄는 대형 사륜마차는 집시들의 달구지보다 빨리 달리지! 안심해, 친구 코르파노프. 마음을 느긋하게 가지라구.'

이때쯤 노인과 상가레는 이미 군중 속으로 사라졌다.

카잔은 '아시아의 관문'이라고 불리고, 시베리아와 부하라 상업의 중심지로 여겨진다. 두 개의 도로가 여기서 시작되어 우랄 산맥 너머로 이어지기 때문이다. 미하일 스트로고프가 페름과 예카테린부르크와 튜멘을 지나는 길을 택한 것은 매우 현명했다. 그것은 정부의 비용으로 역마가 충분히 공급되는 중요한 역참 도로이고, 이심에서 이르쿠츠크까지 뻗어 있다.

페름으로 우회하지 않는 두 번째 노선—미하일 스트로고프가 방금 언급한 노선 가운데 하나—도 카잔과 이심을 연결하고 있는 것은 사실이다. 그 길은 텔라부르크와 멘셀린스크 · 비르스크 · 즐라토우스트를 지난 다음 첼랴빈스크와 샤드린스크 · 쿠르간을 떠난다.

이 길이 다른 길보다 더 짧겠지만, 역마가 없고 길이 나쁘고 마을이 별로 없어서 거리가 짧다는 이점이 크게 줄어든다. 미하일 스트로고프가 자신의 선택에 만족한 것은 옳았다. 집시들은 카잔에서 이심으로 가는 두 번째 노선을 택할 것으로 예상되었고, 그렇게 되면 그가 그들보다 먼저 도착할 가능성이 높았다.

한 시간 뒤, '코카서스' 호에서 종이 울려 새 승객을 부르고 기존 승객들을 다시 배로 불러들였다. 이제 아침 7시였다. 항해에 없어서는 안 될 연료는 배에 실렸다. 수증기의 영향으로 배 전체가 진동하기 시작했다. 배는 떠날 준비가 되어 있었다.

카잔에서 페름으로 가는 승객들이 갑판 위에 빽빽이 들어차 있었다.

바로 그때 미하일은 두 기자 가운데 해리 블라운트만 기선에 다시 탄 것을 알아차렸다.

알시드 졸리베는 배를 놓친 것일까?

하지만 밧줄이 풀리고 있을 때 알시드 졸리베가 허둥지둥 달려왔다. 기선은 이미 방향을 바꾸고 있었고, 건널판은 부두로 끌어올려졌지만, 알시드 졸리베는 그런 사소한 문제에 구애받지 않고 어릿광대처럼 펄쩍 뛰어 '코카서스' 호 갑판 위에 있는 경쟁자의 품안에 착륙했다.

"나는 '코카서스' 호가 당신을 남겨놓고 떠나는 줄 알았소." 해리 블라운트가 말했다.

"훙!" 졸리베가 대꾸했다. "그랬다면 나는 내 사촌의 돈으로 배를 전세내거나 아니면 1킬로미터당 20코페이카를 내고 역참에서 파발마를 이용하여 당신을 따라잡아야 했을 겁니다. 나도 어쩔 도리가 없었어요. 부두에서 전신국까지 거리가 너무 멀었거든요."

알시드 졸리베는 배를 놓친 것일까?

"전신국에 갔다 왔소?" 해리 블라운트가 입술을 깨물며 물었다.

"그렇습니다!" 졸리베는 지극히 상냥한 미소를 지으면서 대답했다.

"전보는 아직 콜리반으로 가고 있나요?"

"그건 나도 모르지만, 카잔에서 파리로 가고 있는 것은 확실합니다."

"사촌한테 전보를 보냈군요?"

"열심히."

"그럼 당신은 알아……."

"이봐요. 러시아인들의 표현을 빌리자면, 아저씨." 알시드 졸리베가 대답했다. "나는 좋은 사람이고, 당신한테 아무것도 감추고 싶지 않습니다. 페오파르 칸을 앞세운 타타르족은 이미 세미팔라틴스크를 지나 이르티시 강을 따라 내려오고 있습니다. 이 정보를 가지고 당신 좋을 대로 하세요!"

뭐라고! 그렇게 중요한 소식을 해리 블라운트는 모르고 있었다. 그의 경쟁자는 아마 카잔 주민한테 그 소식을 들었을 테고, 벌써 파리로 소식을 보냈다. 영국 신문은 뒤처졌다! 해리 블라운트는 등 뒤에서 두 손을 교차시키고는 한마디도 하지 않고 그 자리를 떠나 고물에 앉았다.

아침 10시쯤 젊은 리보니아 여자가 선실을 나와 갑판에 나타났다. 미하일 스트로고프는 그녀에게 다가가서 손을 잡았다. 그러고는 '코카서스' 호의 뱃머리로 그녀를 데려가면서 말했다.

"저것 좀 봐, 누이!"

뱃머리에서 바라보이는 전망은 정말로 유심히 살펴볼 가치가 있었다.

'코카서스' 호는 그때 볼가 강과 카마 강의 합류점에 막 도착한 참이었다. 지금까지 볼가 강을 따라 400킬로미터가 넘는 거리를 내려온 배는 여기에서 볼가 강을 떠나 카마 강으로 들어가서 460킬로미터를 거슬러 올라가게 될 것이다.

카마 강은 이곳에서는 폭이 무척 넓었고, 나무가 우거진 강둑은 아름다웠다. 하얀 돛 몇 개가 반짝이는 물에 생기를 주었다. 지평선에는 포플러와 오리나무, 그리고 때로는 커다란 참나무로 뒤덮인 언덕들이 길게 늘어서 있었다.

하지만 이 자연의 아름다움은 젊은 리보니아 여자의 마음을 잠시도 사로잡지 못했다. 그녀는 길동무의 손에 자기 손을 맡긴 채 그를 돌아보았다.

"여기가 모스크바에서 얼마나 떨어져 있죠?" 그녀가 물었다.

"9백 킬로미터." 미하일이 대답했다.

"7천 킬로미터 중에 9백 킬로미터." 나디아가 중얼거렸다.

종소리가 아침식사 시간을 알렸다. 나디아는 미하일을 따라 식당으로 갔다. 그녀는 거의 먹지 않았다. 가진 돈이 적은 가난한 여자라면 대개 그럴 것이다. 미하일 스트로고프는 자신도 길동무가 만족한 만큼의 음식으로 만족하는 것이 상책이라고 생각했다. 20분도 지나기 전에 미하일 스트로고프와 나디아는 갑판으로 돌아왔다. 고물에 자리를 잡자 나디아가 불쑥 입을 열었다. 그녀는 미하일에게만 들리도록 목소리를 낮추어 말하기 시작했다.

"오빠, 전 유배자의 딸이고, 이름은 나디아 페도르예요. 어머니는 한 달 전에 리가에서 돌아가셨고, 전 아버지를 만나서 함께 유배생활을 하려고 이르쿠츠크로 가는 길이에요."

"나도 이르쿠츠크로 가는 길이야." 미하일이 대답했다. "나디아 페도르를 아버지 손에 무사히 넘겨줄 수 있다면 하늘에 감사하겠어."

"고마워요, 오빠." 나디아가 대답했다.

미하일 스트로고프는 자기가 시베리아에 갈 수 있는 특별 '포다로시나'를 얻었고, 러시아 관헌은 절대로 자기 앞길을 막을 수 없다고 덧붙여 말했다.

나디아는 더 이상 아무것도 묻지 않았다. 그녀는 운좋게 미하일을 만난 덕분에 아버지한테 더 빨리 갈 수 있을 거라고만 생각했다.

"저도 이르쿠츠크에 갈 수 있는 통행증을 얻었지만, 니즈니 노브고로드 총독의 명령으로 그게 무효가 되었어요. 오빠가 아니었다면 저는 그 도시를 떠나지 못했을 테고, 그랬다면 저는 그 도시에서 죽었을 거예요."

"그런데 나디아, 겁도 없이 혼자서 시베리아의 스텝 지대를 가로지를 생각이었나?"

"리가를 떠날 때는 타타르족이 침입한 걸 몰랐어요. 모스크바에 도착해서야 그 소식을 들었죠."

"그런데도 여행을 계속했군?"

"그건 제 의무였어요."

이 말이 용감한 그녀의 성격을 보여주었다.

이어서 그녀는 아버지인 바실리 페도르에 대해 이야기했다. 그는 리가에서 존경받는 의사였다. 하지만 그가 어떤 비밀결사와 관련되어 있다는 주장이 제기되자 그는 이르쿠츠크로 떠나라는 명령을 받았고, 명령서를 가져온 경찰은 지체 없이 그를 호송했다.

바실리 페도르는 병든 아내와 이제 곧 혼자 남겨질 딸을 포옹할 시간밖에 없었다. 그리고 그는 쓰라린 눈물을 흘리면서 끌려갔다.

남편이 떠난 지 1년 반 뒤에 페도르 부인은 딸의 품에서 세상을 떠났고, 그리하여 딸은 거의 무일푼으로 혼자 남겨졌다. 나디아 페도르는 이르쿠츠크에서 아버지와 함께 사는 것을 허락해 달라고 정부에 요청했고 쉽게 허락을 받았다. 그녀는 아버지에게 편지를 써서 곧 출발하겠다고 말했다. 이 긴 여행에 필요한 경비도 빠듯했지만, 그녀는 주저 없이 여행을 떠났다. 사람이 할 수 있는 일은 다 해보자. 그러면 나머지는 하느님이 해주실 것이다.

그동안에도 줄곧 '코카서스' 호는 강을 거슬러 올라가고 있었다.

9
마차 안에서 보낸 낮과 밤

이튿날인 7월 19일, '코카서스' 호는 카마 강의 마지막 기착지인 페름에 도착했다.

페름을 주도로 삼고 있는 페름 주는 러시아 제국에서 가장 큰 주 가운데 하나로서, 우랄 산맥을 넘어 시베리아 땅까지 뻗어 있다. 대리석과 소금, 백금과 황금, 석탄이 이곳 채석장과 광산에서 대규모로 채굴된다. 페름은 그 위치 때문에 중요한 도시가 되었지만, 진흙투성이에다 더럽고 자원이 전혀 없어서 결코 매력적인 도시는 아니다. 이 불편함은 러시아에서 시베리아로 가는 사람들에게는 전혀 중요하지 않다. 더 문명화된 지방에서 온 그들은 필요한 물건을 모두 갖추고 있기 때문이다. 하지만 중앙 아시아에서 길고 고된 여행 끝에 이곳에 도착한 사람들에게는 유럽과 아시아의 경계에 자리잡고 있는 페름이 러시아 제국에 들어와서 처음 만나는 유럽 도시인 만큼, 그곳에 상점이 더 많다면 더 만족스러울 게 분명하다.

페름에서 여행자들은 시베리아 평원을 가로지르는 긴 여행으로 손상된 탈것을 되판다. 또한 유럽에서 아시아로 넘어가는 사람들은 스텝 지대를 가로지르는 몇 달 동안의 여행을 떠나기 전에 이곳에서 여름에는 마차를 사고 겨울에는 썰매를 산다.

미하일 스트로고프는 이미 계획을 대충 짜두었기 때문에, 이제 그 계획을 실행에 옮기기만 하면 되었다.

평소에는 우편마차가 우랄 산맥을 넘어가지만, 지금은 물론 우편물 운반이 중단되었다. 그렇지 않다 해도 미하일 스트로고프는 아무한테도 의존하지 않고 되도록 빨리 여행하고 싶었기 때문에 우편마차를 타지는 않았을 것이다. 그는 현명하게도 마차를 사서 적당한 팁으로 마부의 열정을 자극하면서 역참을 따라 여행하는 쪽을 택했다.

불행히도 아시아 태생의 외국인들에게 내려진 조치 때문에 많은 여행자가 이미 페름을 떠났고, 따라서 탈것을 구하기가 어려워졌다. 미하일은 남들이 퇴짜놓은 탈것으로 만족해야 했다. 황제의 밀사는 시베리아에 들어가기 전에는 '포다로시나'를 제시해도 위험하지 않았다. 그것을 제시하면 역참에서는 그에게 우선적으로 말을 제공할 터였다. 하지만 일단 러시아의 유럽 지역을 벗어나면 오로지 화폐의 위력에만 의존해야 했다.

그런데 말들을 어떤 종류의 마차에 맬 것인가? 텔가가 좋을까? 타란타스가 좋을까?

텔가는 나무로 만든 네 바퀴 수레일 뿐이다. 바퀴·굴대·볼트·차체 모두 주위에 있는 나무로 만들어지고, 텔가를 이루는 부품들은 튼튼한 밧줄로 고정된다. 어떤 탈것도 그보다 더 원시적이고 불편할 수는 없을 것이다. 하지만 도중에 사고가 일어나면 그보다 더 쉽게 수리할 수 있는 탈것도 없었다. 러시아 변경 지방에는 어디에나 전나무가 널려 있고, 차축은 숲에서 저절로 자란다.

'페르클라드노이' 라는 이름으로 알려진 특별우편은 텔가를 이용한다. 텔가는 어떤 길도 다닐 수 있기 때문이다. 솔직히 말하면 때로는 부품을 서로 묶어놓은 밧줄이 끊어지기도 하고, 뒷부분은 늪지에 남겨둔 채 앞부분만 두 바퀴로 역참에 도착하는 경우도 있다. 하지만 이 결과는 지극히 만족스럽게 여겨진다.

미하일 스트로고프가 운좋게도 타란타스를 찾지 못했다면 어쩔 수 없이 텔가를 이용했을 것이다.

타란타스에도 텔가처럼 용수철이 없다. 쇠가 없기 때문에 나무는 아낌없이 사용된다. 하지만 2.4미터 내지 2.7미터 간격을 두고 있는 네 바퀴는 덜컹거리는 험한 길에서도 마차가 어느 정도 평형을 유지하게 해준다. 흙받이는 승객에게 진흙이 튀는 것을 막아주고, 승객의 머리 위로 잡아당길 수 있는 튼튼한 가죽 덮개는 여름의 무더위와 폭풍우를 막아준다.

미하일은 열심히 찾아다닌 끝에 간신히 이 타란타스를 발견했고, 페름 시내 전체에서 다른 타란타스는 찾을 수 없었을 것이다. 그런데도 그는 평범한 이르쿠츠크 상인인 니콜라이 코르파노프 역할을 해내기 위해 마차 삯을 놓고 오랫동안 형식적으로 옥신각신했다.

나디아도 길동무를 따라 적당한 마차를 찾아다녔다. 두 사람은 목적은 달랐지만 똑같이 이르쿠츠크에 가고 싶어했고, 따라서 빨리 떠나고 싶어했다. 같은 소망이 두 사람에게 활기를 주었다고 말할 수도 있었을 것이다.

"나디아, 너를 위해 좀더 편안한 마차를 찾을 수 있었다면 좋았을걸." 미하일이 말했다.

"아버지를 만나기 위해 필요하다면 저는 걸어서라도 갔을 텐데, 저한테 그런 말씀을 하시는 거예요?"

"네 용기를 의심하는 건 아니야. 하지만 여자가 견딜 수 없는 육체적 피로가 있어."

"그게 무엇이든, 저는 견뎌낼 거예요. 제 입에서 한마디라도 불평이 나오면 저를 길바닥에 내버려두고 혼자 떠나셔도 돼요."

30분 뒤, 미하일이 제시한 '포다로시나' 덕분에 역마 세 마리가 타란타스에 매어졌다. 긴 털에 덮인 그 말들은 꼭 다리가 긴 곰처럼 보였다. 시베리아산 말이어서 몸집은 작지만 원기왕성했다.

마부가 말들을 맨 방식은 이러했다. 우선 가장 큰 말을 두 개의 기다란 끌채 사이에 고정시켰다. 끌채 끝에는 장식술과 종이 달린 '두가'라는 둥근 고리가 있었다. 나머지 두 마리는 타란타스의 발판에 그냥 밧줄로 고정되었다. 여기에다 고삐로 사용하는 끈을 갖추면 완전한 마구가 되었다.

미하일 스트로고프도 나디아 페도르도 짐이 없었다. 미하일

30분 뒤, 역마 세 마리가 타란타스에 매어졌다

은 빠른 속도를 원했고, 여자는 돈이 별로 없었기 때문이다. 그것은 이 상황에서는 다행이었다. 그 타란타스는 짐과 승객을 둘 다 운반할 수 없었을 것이기 때문이다. 타란타스는 마부를 빼고 두 사람만 탈 수 있도록 되어 있었고, 마부는 좁은 마부석에서 놀랄 만큼 멋지게 균형을 유지했다.

마부는 역참에 도착할 때마다 바뀌었다. 처음에 타란타스를 몬 마부는 말들처럼 시베리아 태생이었고, 말들 못지않게 털북숭이였다. 이마에서 각지게 자른 긴 머리, 챙을 접어올린 모자, 붉은 허리띠, 단추에 제국의 문자가 찍혀 있고 끝동에 가로줄이 그어져 있는 코트. 마부는 말들을 끌고 다가오면서 승객들에게 호기심 어린 눈길을 던졌다. 짐이 없다니! 하지만 짐이 있었다면, 그 짐들을 도대체 어디에 실을 수 있었을까? 겉모습도 좀 초라해 보이는군. 마부는 경멸하는 표정을 지었다.

"까마귀들." 마부는 승객들이 귓결에 들든 말든 상관하지 않고 말했다. "까마귀들, 1킬로미터에 6코페이카!"

"아니, 독수리들이야!" 마부들의 은어를 잘 알고 있는 미하일이 말했다. "내 말 들려? 독수리들이라구. 1킬로미터에 9코페이카와 팁을 주지."

마부는 즐겁게 채찍을 한 번 휘둘러 딱 소리를 내는 것으로 대답을 대신했다.

러시아 마부들의 은어에서 '까마귀'는 인색하거나 가난한 여행자를 말한다. 이들은 역참에서 말을 빌릴 때 1킬로미터에 2코페이카나 3코페이카밖에 내지 않는다. '독수리'는 비용에 신경을 쓰지 않을 뿐만 아니라 팁까지 아낌없이 주는 여행자다. 따라서 까마귀는 제국의 새인 독수리만큼 빠르게 난다고 주장할 수 없었다.

나디아와 미하일은 당장 마차에 자리를 잡았다. 국가의 지시에 따라 역참에는 식량이 충분히 마련되어 있지만, 역참에 늦게 도착할 경우에 대비하여 약간의 식량이 상자에 담겨 있었다. 날씨가 못 견디게 더웠기 때문에 덮개를 잡아당겨 햇볕을 가렸고, 세 마리의 말이 끄는 마차는 정각 12시에 먼지 구름을 일으키며 페름을 떠났다.

러시아인이나 시베리아인이라면 마부가 말들의 보조를 유지하는 방식에 익숙해져 있지만, 그렇지 않은 여행자들은 그것을 보고 놀랐을 것이다. 다른 말들보다 덩치가 큰 우두머리 말은 오르막길이든 내리막길이든 상관없이 언제나 한결같이 긴 속보를 유지했다. 나머지 두 마리는 중심을 벗어나 뒷발로 껑충 뛰어오를 때가 많았지만, 전속력으로 달리는 구보가 아닌 다른 걸음걸이는 전혀 모르는 것 같았다. 하지만 마부는 채찍으로 딱 소리를 내어 말들을 몰아댈 뿐, 절대로 말을 때리지 않았다. 말들이 온순하고 성실한 동물답게 행동하면, 마부는 달력에 있는 모든 성인의 이름을 포함하여 온갖 별명을 말들에게 아낌없이 붙여주었다. 고삐 역할을 하는 끈은 그 원기왕성한 동물들에게 아무 영향력도 갖지 못했겠지만, 마부가 목구멍에서 나오는 쉰 목소리로 오른쪽 말에게는 '오른쪽으로', 왼쪽 말에게는 '왼쪽으로'라고 말한 것이 굴레나 재갈보다 훨씬 효과적이었다.

그리고 상황에 따라 마부는 더없이 상냥한 표현을 사용했다.

마차는 먼지 구름을 일으키며 페름을 떠났다

"계속 가거라, 비둘기들아! 곧장 가거라, 예쁜 제비들아! 날 아라, 내 작은 비둘기들아! 버텨라, 오른쪽에 있는 내 사촌아! 이랴, 왼쪽에 있는 내 아저씨!"

하지만 속도가 느려지면, 예민한 동물들이 당장 알아차릴 수 있는 모욕적인 표현이 튀어나왔다!

"계속 가, 고약한 달팽이야! 제기랄, 이 망할 놈의 느림보 같으니! 너를 산 채로 구워버리겠어, 이 거북 놈아!"

이런 식으로 말을 몰려면 마부에게는 근육이 잘 발달한 팔보다 튼튼한 목청이 더 필요하지만, 이런 방식 덕분이든 아니든 간에 타란타스는 시속 20킬로미터 내지 25킬로미터의 속도로 꾸준히 달렸다.

미하일 스트로고프는 이런 마차와 여행 방식에 익숙해져 있었다. 마차가 덜커덩거리거나 마구 뒤흔들려도 그는 불편을 느끼지 않았다. 그는 러시아 마부들이 길에 있는 돌멩이나 바큇자국, 수렁, 쓰러진 나무, 도랑 따위를 피하려 하지도 않는다는 것을 알고 있었다. 그런 것에도 그는 익숙해져 있었다. 그의 길동무는 타란타스가 격렬하게 흔들리면 다칠 위험이 있었지만, 그녀는 불평하지 않았다.

한동안 나디아는 아무 말도 하지 않았다. 그러다가 여행 목적지에 도착할 생각에 사로잡혔다.

"제가 계산해보니까 페름에서 예카테린부르크까지는 300킬로미터였어요." 그녀가 말했다. "맞나요?"

"맞아." 미하일이 대답했다. "예카테린부르크에 도착하면, 우리는 우랄 산맥을 넘어서 반대편 기슭에 있게 될 거야."

"산맥을 넘는 데 시간이 얼마나 걸릴까요?"

"밤낮으로 갈 테니까 48시간쯤 걸리겠지. 밤낮 없이 계속 갈 거야. 나는 잠시도 멈출 수 없고, 이르쿠츠크를 향해 쉬지 않고 계속 가야 하니까."

"저도 마찬가지예요. 단 한 시간도 지체할 수 없어요. 밤낮 가리지 말고 계속 가요."

"좋아. 타타르족의 침입으로 길이 막히지만 않았다면 20일 뒤에는 도착할 거야."

"전에도 거기까지 여행하신 적이 있군요?" 나디아가 물었다.

"그야 많지."

"겨울이라면 더 빠르고 안전하게 갔을 거예요. 그렇죠?"

"그래. 더 빨리 갔을 건 확실하지. 하지만 서리와 눈보라 때문에 고생이 심할 거야."

"무슨 상관이에요! 겨울은 러시아의 친구예요."

"그래. 하지만 그런 우정을 견뎌내려면 아주 강인한 몸을 가져야 돼! 나는 시베리아 스텝 지대의 기온이 영하 40도 이하로 내려가는 걸 자주 보았어! '다하'(순록 코트)를 입었는데도 심장이 오싹해지고, 팔다리가 뻣뻣해지고, 털양말을 세 켤레나 신었는데도 발이 꽁꽁 어는 걸 느꼈지. 썰매를 끄는 말들의 몸이 얼음으로 뒤덮이고, 입김이 콧구멍에 얼어붙는 것도 보았어. 내 술병에 든 브랜디가 칼로 자르려 해도 칼자국조차 남지 않는 단단한 돌덩이로 변한 것도 보았어. 하지만 내 썰매는 바람처럼 달렸지. 평원은 장애물 하나 없고, 시야 끝까지 하얗고 평탄했어. 어떤 강에서도 건널 수 있는 여울을 찾을 필요가 없었고, 배를 타고 건너야 하는 호수도 없었지. 어디나 단단한 얼음이었고, 길은 탁 트이고 안전했어. 하지만 그 대가로 얼마나 큰 고통을 겪어야 했는지는 그곳에서 끝내 돌아오지 못하고 시체마저 눈보라에 덮여버린 사람들만이 말할 수 있을 거야."

"하지만 오빠는 돌아오셨잖아요." 나디아가 말했다.

"그래. 하지만 나는 시베리아 사람이고, 어렸을 때 아버지를 따라서 사냥을 다녔기 때문에 이런 고생에 단련이 됐어. 하지만 나디아, 너는 겨울도 너를 막지 못했을 테고, 혼자서라도 갔을 테고, 험악한 시베리아 기후의 가혹함에 맞서 싸울 각오가 되어 있다고 말했지. 네가 그렇게 말했을 때 나는 눈보라 속에서 길을 잃고 쓰러져서 다시는 일어나지 못하는 네가 눈에 보이는 것 같았어."

"오빠는 겨울에 몇 번이나 스텝 지대를 건너셨어요?"

"세 번. 옴스크에 갈 때였지."

"그런데 옴스크에는 뭐 하러 가셨어요?"

"나를 기다리고 계시는 어머니를 만나러."

"저는 아버지가 기다리고 계시는 이르쿠츠크로 가고 있어요. 아버지한테 어머니의 마지막 유언을 전할 거예요. 오빠한테 말했듯이, 어떤 것도 제 발목을 붙잡지 못할 거예요."

"넌 정말 용감한 여자야, 나디아. 하느님이 몸소 너를 인도해 주실 거야."

역참마다 바뀌는 마부들은 온종일 타란타스를 빠른 속도로 몰았다. 산에 사는 독수리들도 길을 달리는 이 '독수리들'이 자기네 이름을 더럽혔다고 생각지 않았을 것이다. 여행자들은 말을 빌리기 위해 치른 많은 돈과 아낌없이 나누어준 팁으로 특별대우를 받았다. 역장들은 명령이 공포된 뒤에도 둘 다 러시아인이 분명한 젊은 오누이가 다른 사람에게는 막혀버린 시베리아를 자유롭게 횡단할 수 있는 것을 이상하게 여겼겠지만, 그들의 서류는 모두 규정에 맞았고, 그들은 역참을 통과할 권리를 갖고 있었다.

하지만 페름에서 예카테린부르크로 가는 여행자는 미하일 스트로고프와 나디아만이 아니었다. 첫 번째 역참에서 황제의 밀사는 마차 한 대가 그들보다 먼저 떠난 것을 알았지만, 말이 부족하지 않았기 때문에 그것을 걱정하지는 않았다.

낮에는 음식을 먹을 때만 멈춰 섰다. 역참에서는 숙소와 식량을 구할 수 있었다. 게다가 주막이 없으면 러시아 농부의 집에서도 주막 못지않게 후한 대접을 받을 수 있었을 것이다. 마을들은 거의 다 비슷했고, 하얀 벽에 초록 지붕을 인 예배당이 있었다. 어느 집이든 여행자가 문을 두드리면 기꺼이 문을 열어줄 것이다. 농부가 나와서 미소를 지으며 손님에게 손을 내밀 것이다. 그리고 손님에게 빵과 소금을 대접하고, 사모바르* 안에 불타는 숯을 넣고, 손님이 자기 집처럼 마음 편히 지낼 수 있게 해줄 것이다. 집이 비좁으면 오히려 농부 가족이 밖으로 나갈 것이다. 낯선 손님은 모든 사람의 친척이다. 그는 '하느님이 보낸 사람'이다.

* 사모바르 : 러시아 전래의 특유한 주전자. 중앙에 상하로 통하는 관이 있어서, 그 속에 숯불을 넣어 물을 끓인다.

그날 저녁 역참에 도착하자마자 미하일은 그들보다 앞선 마차가 몇 시간 전에 그 역을 통과했느냐고 본능적으로 역장에게 물어보았다.

"두 시간 전입니다." 역장이 대답했다.

"2인승 사륜마차인가요?"

"아니, 텔가입니다."

"몇 명이나 타고 있었습니까?"

"두 명입니다."

"빨리 달리고 있나요?"

"독수리들입니다!"

"되도록 빨리 말을 바꿔주세요."

미하일과 나디아는 한 시간도 쉬지 않기로 작정하고 밤새도록 달렸다.

공기는 무겁게 내려앉았고 차츰 전기를 띠어가고 있었지만, 날씨는 계속 좋았다. 하늘에는 구름 한 점 없었지만, 땅에서 일종의 안개가 피어올랐다. 산속에 있는 동안은 폭풍우가 일어나지 않기를 바라야 했다. 산속에서 폭풍우를 만나면 끔찍할 것이다. 대기의 조짐을 읽는 데 익숙한 미하일 스트로고프는 폭풍우가 다가오고 있는 것을 알았다.

그날 밤은 무사히 지나갔다. 타란타스는 덜컹덜컹 흔들렸지만, 나디아는 몇 시간 동안 잠을 잘 수 있었다. 마차 안의 공기가 숨막힐 듯 답답했기 때문에 덮개를 조금 올려서 되도록 많은 공기를 안으로 끌어들였다.

미하일은 마부석에서 툭하면 잠들어버리는 마부들을 믿지 못해 밤새도록 깨어 있었고, 역참에서나 길에서나 한 시간도 낭비하지 않았다.

이튿날인 7월 20일 아침 8시쯤, 비로소 동쪽에 우랄 산맥이 어렴풋이 보이기 시작했다. 하지만 러시아의 유럽 지역과 시베리아를 가르는 이 산맥은 아직도 멀리 떨어져 있어서, 그날 밤까지는 거기에 도착하기를 바랄 수 없었다. 따라서 밤에 산길을 지나가야 했다.

하늘에는 온종일 구름이 잔뜩 끼어 있어서 기온은 견딜 만했지만, 날씨는 험악했다.

밤에 산을 올라가지 않는 편이 아마 더 현명했을 테고, 기다릴 시간이 있었다면 미하일도 밤에 산을 올라가지는 않았을 것이다. 하지만 마지막 역참에서 마부가 바위들 사이에서 메아리치고 있는 천둥소리를 들어보라고 말했을 때 미하일은 이렇게 대꾸했다.

"텔가가 아직도 우리 앞에 있나요?"

"예."

"얼마나 앞서 있습니까?"

"거의 한 시간입니다."

"갑시다. 내일 아침까지 예카테린부르크에 도착하면 팁을 세 배로 드리지요."

10
우랄 산맥에서 만난 폭풍우

우랄 산맥은 유럽과 아시아 사이에 거의 3000킬로미터의 길이로 뻗어 있다. 타타르어로는 우랄 산맥이고 러시아어 이름은 포야 산맥이지만, 둘 다 정확한 표현이다. 우랄과 포야는 둘 다 '벨트'를 의미하기 때문이다. 우랄 산맥은 북극해 연안에서 시작하여 카스피 해 연안에 이른다. 미하일 스트로고프가 러시아의 시베리아 지역에 들어가려면 그런 장벽을 넘어야 했고, 앞에서도 말했듯이 그는 현명하게도 페름에서 우랄 산맥 동쪽 비탈에 자리잡은 예카테린부르크까지 뻗어 있는 길을 택했다. 이 길은 중앙아시아의 상인들이 이용하는 교역로였기 때문에 가장 편하고 안전한 길이었다. 아무 사고도 일어나지 않으면 하룻밤 만에 산맥을 넘을 수도 있었다. 불행히도 멀리서 웅얼거리고 있는 우렛소리는 폭풍우가 가까이 다가온 것을 알려주었다. 대기

속의 전기가 팽팽한 긴장 상태를 유지하고 있어서, 거대한 폭발이 일어나지 않고는 그것이 발산될 수 없었다. 대기가 이렇게 유별난 상태일 때 일어나는 폭발은 무시무시할 터였다.

미하일은 젊은 길동무를 최대한 보호하려고 신경을 썼다. 덮개는 바람에 쉽게 날아가버릴 수 있기 때문에 덮개 위쪽과 뒤쪽에서 밧줄을 교차시켜 더욱 단단히 고정시켰다. 마차와 말을 연결한 줄은 두 배로 늘리고, 바퀴를 더욱 보강하는 한편, 어두운 밤중에 피할 수 없는 덜컹거림을 줄이기 위해 추가로 바퀴통에 짚을 채워 넣었다. 마지막으로 타란타스의 차축으로 연결된 차체 앞부분과 뒷부분을 가로대로 연결하고 못과 나사로 고정시켰다.

나디아는 다시 마차에 자리를 잡았고, 미하일은 그 옆에 앉았다. 내려진 덮개 앞에는 가죽커튼 두 개가 늘어져 있었다. 그것은 비바람을 어느 정도 막아줄 터였다.

마부석 왼쪽에 매달린 초롱 두 개가 희미한 불빛을 던져 간신히 길을 밝혔지만, 다른 마차가 그들과 충돌하는 것을 막아주는 경고등 구실은 충분히 해냈다.

험악한 날씨가 예상되는 밤에 이런 예방조치를 모두 취한 것은 잘한 일이었다.

"나디아, 준비가 다 끝났어." 미하일 스트로고프가 말했다.

"그럼 출발하죠." 젊은 여자가 대답했다.

출발 명령이 마부에게 내려졌고, 타란타스는 우랄 산맥의 첫 번째 비탈을 덜거덕거리며 올라가기 시작했다.

8시였다. 이 위도에서는 해질녘의 어스름이 오랫동안 지속되지만, 그래도 어둠이 다가오고 있었다. 아직 바람에 흩어지지 않은 수증기 덩어리들이 하늘에 매달려 있었다. 그 덩어리들은 옆으로는 전혀 움직이지 않았지만, 땅으로 점점 다가오고 있는 것은 분명했다. 짙은 붉은색 빛을 내는 이 구름덩이 가운데 일부는 더 위에 있는 폭풍우에 쫓기듯 내려오면서 산들을 뒤덮었다. 길은 이 짙은 구름을 향해 뻗어 있었다. 구름이 빨리 비로 변하지 않으면, 짙은 안개 때문에 타란타스는 절벽에서 굴러 떨어질 위험을 무릅쓰지 않고는 앞으로 나아갈 수 없을 것이다.

우랄 산맥은 고도가 별로 높지 않다. 최고봉도 1500미터를 넘지 않는다. 만년설은 없고, 시베리아의 겨울에 쌓이는 눈은 여름 햇볕에 금세 녹아버린다. 관목과 교목이 상당한 높이까지 자란다. 철광과 구리 광산만이 아니라 보석용 원석이 나는 광산도 있어서, 꽤 많은 일꾼들을 그 지역으로 끌어들였다. 또한 그곳에서는 '가보디'라고 불리는 마을들을 자주 만나고, 중요한 고갯길은 우편마차들이 쉽게 지나다닐 수 있다.

하지만 날씨가 좋고 환한 대낮일 때는 아주 쉬운 일도 폭풍우가 격렬한 전투를 벌이고 여행자들이 그 전쟁터 한복판에 있을 때는 무척 어렵고 위험해진다.

미하일 스트로고프는 산속의 폭풍우가 어떤지 경험으로 알고 있었다. 아마 이번 폭풍우는 겨울에 격렬하게 폭발하는 눈보라만큼 지독할 것이다.

비는 아직 내리지 않았다. 그래서 미하일은 마차 내부를 보호하는 가죽커튼을 들치고 밖을 내다보며, 흔들리는 초롱 불빛이 만들어낸 환상적인 그림자들로 가득 찬 길 양쪽을 유심히 살폈다.

나디아는 팔짱을 긴 채 꼼짝도 하지 않았지만, 길동무가 마차 밖으로 몸을 반쯤 내밀고 하늘과 땅을 번갈아 살피는 동안 자기도 앞을 뚫어지게 바라보았다. 대기는 너무 고요해서 위협적이었다. 공기는 바람 한 점 없이 잔잔했다. 자연의 여신이 반쯤 질식하여 더는 숨을 쉬지 못하는 것 같았다. 여신의 허파, 즉 그 음침하고 짙은 구름이 기능을 발휘하지 못하는 듯했다. 마차 바퀴가 길 위에서 삐걱거리는 소리, 차축과 바닥의 널빤지가 삐걱거리는 소리, 말들이 콧김을 내뿜는 소리와 편자가 자갈 사이에서 덜거덕거리는 소리, 사방으로 날아가는 불꽃만 없다면 쥐죽은 듯 고요했을 것이다.

길에는 아무도 없었다. 이 험악한 밤, 타란타스는 우랄 산맥의 좁은 골짜기에서 걸어가는 사람도 말탄 사람도 만나지 않았고, 어떤 탈것과도 마주치지 않았다. 숲속에서는 화로에서 타오르는 숯불도 보이지 않았고, 광산 근처에는 광부들의 야영지도 보이지 않았고, 덤불숲에는 오두막 한 채도 보이지 않았다.

이런 상황이라면 산을 넘는 여행은 아침까지 미루는 것이 바람직했을지도 모른다. 하지만 미하일 스트로고프는 망설이지 않았다. 그는 멈출 권리가 없었다. 하지만 앞서가는 텔가에 탄 여행자들은 도대체 무엇 때문에 그렇게 무모한 짓을 하고 있을까? 미하일은 불안을 느끼기 시작했다.

그래서 미하일은 한동안 감시를 계속했다. 11시쯤 하늘에서 번개가 치기 시작했다. 거대한 소나무들의 그림자가 섬광 속에서 다양한 높이로 나타났다 사라졌다. 이따금 타란타스가 길가로 다가가면, 발밑에 아가리를 딱 벌리고 있는 깊은 골짜기를 섬광 속에서 볼 수 있었다. 이따금 마차가 여느 때보다 더 심하게 기울어지면, 그들은 도끼로 대충 잘라서 깊은 골짜기에 걸쳐 놓은 나무다리를 건너고 있다는 것을 알았다. 그럴 때는 정말로 밑에서 천둥이 울리는 것 같았다. 게다가 우르르 꽝 하는 소리가 공기를 가득 채웠고, 그 소리는 더 높이 올라갈수록 점점 커졌다. 이런 다양한 소음과 함께 마부의 외침소리도 높아졌다. 그는 험한 길보다 오히려 공기의 압박에 더 시달리고 있는 가엾은 말들을 꾸짖기도 하고, 때로는 살살 달래기도 했다. 끌채에 달린 방울도 더는 말들의 기운을 북돋워주지 못했고, 말들은 계속 비틀거렸다.

"언제쯤이면 산마루에 도착할까요?" 미하일이 마부에게 물었다.

"한 시쯤 될 거요. 과연 거기에 도착할 수 있다면 말이지만." 마부는 고개를 저으며 대답했다.

"산속에서 폭풍우를 만난 게 이번이 처음은 아니겠지요?"

"물론 아니오. 그리고 제발 마지막도 아니었으면 좋겠소!"

"겁이 납니까?"

"무섭지는 않지만, 되풀이 말하건대 아무래도 당신이 출발한 건 잘못인 것 같소."

"출발하지 않았다면 훨씬 더 나빴을 겁니다."

"똑바로 걸어, 비둘기들아!" 마부가 소리쳤다. 마부의 본분은 이의를 제기하는 것이 아니라 명령에 복종하는 것이었다.

바로 그때, 조금 전만 해도 그토록 고요했던 공기를 뚫고 멀리서 날카로운 휘파람 같은 소리가 들렸다. 눈부신 번갯불이 번득이자마자 무시무시한 우렛소리가 울려 퍼졌다. 미하일은 높은 산꼭대기에 서 있는 거대한 소나무들이 바람에 휘는 것을 볼 수 있었다. 바람은 이제 사슬에서 풀려났지만, 아직은 위쪽 공기만 휘저어진 상태였다. 나무가 쓰러지는 요란한 소리가 잇따라 들려왔다. 그것은 얕게 뿌리를 내린 고목들이 맹렬한 폭풍에 저항하지 못했음을 보여주었다. 마차 앞쪽으로 50미터 떨어진 곳에서 산산조각난 나무줄기들이 산사태처럼 길을 가로질러 왼쪽 낭떠러지로 돌진했다.

말들이 우뚝 멈춰 섰다.

"가자, 내 귀여운 비둘기들아!" 마부가 우르릉거리는 우렛소리에 요란한 채찍소리를 더하면서 소리쳤다.

미하일은 나디아의 손을 잡았다.

"누이야, 졸리니?" 그가 물었다.

"아뇨, 오빠."

"마음의 준비를 해. 폭풍이 다가오고 있어."

"전 준비됐어요."

미하일 스트로고프가 가죽커튼을 치자마자 폭풍이 그들을 덮쳤다.

마부는 마부석에서 벌떡 일어나 말들의 머리를 움켜잡았다. 무서운 위험이 일행 전체를 위협했기 때문이다.

마차는 길모퉁이를 돌자마자 멈춰 섰다. 폭풍이 길을 휩쓸며

"마음의 준비를 해. 폭풍이 다가오고 있어."

내려가고 있었다. 말들의 머리를 바람 불어오는 쪽으로 유지할 필요가 있었다. 바람이 마차의 옆면을 때리면, 마차는 틀림없이 뒤집혀서 낭떠러지로 굴러 떨어질 게 뻔했기 때문이다. 놀란 말들은 뒷발로 일어섰고, 마부는 말들을 진정시키지 못했다. 마부의 상냥한 말씨는 가장 모욕적인 욕설로 바뀌었다. 어떤 것도 소용이 없었다. 번개에 눈이 멀고, 바위 사이에서 끊임없이 대포처럼 울려 퍼지는 우렛소리에 겁을 먹은 짐승들은 당장이라도 줄을 끊고 달아날 태세였다. 마부는 더 이상 말들을 통제하지 못했다.

그 순간, 미하일 스트로고프가 마차에서 뛰어내려 마부를 도우러 달려갔다. 보통 사람보다 훨씬 강한 힘을 타고난 그는 어렵지 않게 말들을 제어할 수 있었다.

이제 폭풍은 더욱더 격렬해졌다. 돌과 나무줄기가 사태를 이루어 위쪽 산비탈에서 굴러 내려오기 시작했다.

"여기서 멈출 수는 없어요." 미하일이 말했다.

"어디에서도 멈출 수 없소." 공포에 사로잡혀 완전히 무기력해진 마부가 대꾸했다. "이제 곧 폭풍이 우리를 산기슭까지 날려 보낼 거요. 그것도 가장 빠른 지름길로."

"그 말을 잡아요. 겁쟁이 같으니라구." 미하일이 대꾸했다. "나는 이 말을 맡을 테니까."

다시 불어닥친 폭풍에 그는 말을 끊었다. 마부와 그는 바람에 날려가지 않도록 땅바닥에 납작 웅크려야 했다. 하지만 그들과 말들이 그렇게 애를 썼는데도 불구하고 마차는 점점 뒤로 밀려나고 있었다. 나무줄기가 막아주지 않았다면, 마차는 벼랑 끝을

그는 어렵지 않게 말들을 제어할 수 있었다

넘어 낭떠러지로 떨어졌을 것이다.

"겁내지 마, 나디아!" 미하일 스트로고프가 외쳤다.

"전 무섭지 않아요." 젊은 여자가 대답했다. 그 목소리는 어떤 감정도 드러내지 않았다.

우렛소리가 잠시 그치고, 무서운 강풍이 아래쪽 골짜기로 휘몰아쳐 들어갔다.

"돌아갈 거요?" 마부가 물었다.

"아니, 계속 가야 합니다! 이 모퉁이만 지나면 비탈이 바람을 막아줄 거예요."

"하지만 말들이 움직이려 하질 않아요!"

"내가 하는 대로 말들을 끌어당겨요."

"폭풍이 돌아올 거요!"

"내 말에 복종할 겁니까?"

"당신이 명령하는 거요?"

"아버지의 명령이에요!" 미하일은 처음으로 전능한 황제의 이름을 들먹이며 대답했다.

"가자, 내 제비들아!" 마부가 말 한 마리를 잡고 소리쳤다. 미하일도 다른 말을 붙잡았다.

그렇게 재촉하자 말들도 앞으로 나아가려고 애쓰기 시작했다. 말들은 이제 더는 뒷발로 일어설 수 없었고, 다른 말들한테 방해받지 않은 가운데 말은 길 한가운데의 위치를 지킬 수 있었다. 인간과 짐승들은 어렵사리 바람에 맞설 수 있었고, 세 걸음 전진하면 한두 번은 다시 뒤로 밀려나야 했다. 그들은 미끄러지고 넘어지고 다시 일어났다. 마차가 박살날 위험도 있었다. 덮개가 단단히 고정되지 않았다면 벌써 오래전에 바람에 날아갔을 것이다. 미하일 스트로고프와 마부가 거리는 반 킬로미터밖에 안 되지만 폭풍의 채찍질을 고스란히 받고 있는 이 짧은 길을 올라가는 데에는 두 시간이 넘게 걸렸다. 여행자들을 후려치는 바람만 위험한 것이 아니라, 머리 위에서 공기를 뚫고 날아오는 돌멩이와 부러진 나무줄기도 위험했다.

번갯불 속에서 갑자기 한 덩어리를 이룬 바위와 나무줄기가 마차를 향해 산비탈을 굴러 내려오는 것이 보였다.

마부가 소리를 질렀다.

미하일 스트로고프는 말들을 채찍질했지만 아무 소용이 없었다. 말들은 움직이려 하지 않았다.

하지만 1~2미터만 앞으로 가면 그 덩어리는 그들 뒤쪽을 지나갈 것이다!

미하일은 바위가 마차를 들이받고 나디아를 짓뭉개는 것이 눈앞에 보이는 듯했다. 그는 마차에서 그녀를 끌어낼 시간이 없다는 것을 알았다.

이 위기의 순간, 초인적인 힘에 사로잡힌 그는 마차 뒤로 달려가 땅바닥에 두 발을 앙버티고 온힘을 다해 마차를 밀었다. 마차는 간신히 위험에서 벗어났다.

거대한 덩어리가 지나가면서 그의 가슴을 스쳤다. 그는 대포알에라도 맞은 것처럼 숨이 턱 막혔다. 덩어리는 길바닥에 부싯돌을 흩뿌리면서 아래쪽 골짜기로 굴러 떨어졌다.

"오빠!" 번갯불 속에서 그 광경을 지켜본 나디아가 외쳤다.

"나디아! 아무것도 두려워하지 마!"

"저 때문에 두려워하는 게 아니에요!"

"하느님이 우리와 함께 계셔!"

"정말로 하느님은 저와 함께 계세요. 오빠를 저한테 보내주셨으니까요!" 젊은 여자가 중얼거렸다.

타란타스가 받은 추진력은 사라지지 않았고, 지친 말들은 다시 한번 앞으로 움직였다. 말들은 미하일과 마부한테 질질 끌려서 남북으로 뻗어 있는 좁은 산길을 향해 나아갔다. 그 길로 접어들면 폭풍을 직접 맞지 않을 수 있을 것이다. 한쪽 끝에는 거대한 바위가 툭 튀어나와 있었고, 그 꼭대기 주위에 회오리바람이 소용돌이치고 있었다. 바람막이가 되어주는 바위 뒤쪽은 비교적 평온했다. 하지만 일단 회오리바람의 영역 안에 들어간 이상, 사람도 짐승도 그 위력에 저항할 수는 없었다.

실제로 이 피난처 위로 우뚝 솟아 있는 전나무들은 거대한 낫에 베인 것처럼 우듬지가 순식간에 잘려버렸다.

폭풍은 이제 절정에 이르러 있었다. 번갯불이 좁은 골짜기를 가득 채웠고, 우렛소리는 끊이지 않고 길게 하나로 이어졌다. 충격을 받은 땅이 진동했다. 우랄 산맥 전체가 토대까지 뒤흔들리는 듯했다.

다행히 마차는 폭풍을 비스듬히 받을 수 있는 곳에 자리를 잡을 수 있었다. 하지만 비탈을 따라 마차 쪽으로 돌아오는 역류는 그렇게 잘 피할 수 없었고, 역류가 너무 격렬해서 마차는 당장이라도 바위에 부딪혀 산산조각으로 부서질 것만 같았다.

나디아는 자기 자리를 떠나야 했고, 미하일은 초롱불빛에 의지하여 광부의 곡괭이 자국이 남아 있는 구덩이 하나를 찾아냈다. 다시 떠날 준비가 될 때까지 나디아는 그 구덩이 안에서 안전하게 쉴 수 있을 것이다.

바로 그때—시각은 밤 1시였다—비가 억수같이 쏟아지기 시작했다. 바람에다 비까지 가세하자 폭풍우는 정말로 무시무시해졌다. 하지만 번갯불은 그 세찬 비에도 꺼지지 않았다. 지금 여행을 계속하는 것은 불가능했다. 게다가 이 고갯길에 도착한 이상 이제는 우랄 산맥의 산비탈을 내려가야 했지만, 이 비바람의 소용돌이 속에서 수많은 산골짝의 급류로 파혜쳐진 길을 지금 내려가는 것은 미친 짓이었다.

"기다리는 건 정말 중대한 문제지만, 훨씬 더 오래 지체하지 않으려면 기다려야 돼." 미하일이 말했다. "폭풍우의 기세를 보니 다행히 오래가진 않을 것 같아. 세 시쯤에는 동이 트기 시작할 거야. 어둠 속에서는 너무 위험해서 내려갈 수 없지만, 해가 뜬 뒤에는 내려갈 수 있을 거야. 쉽지는 않겠지만 적어도 그렇게 큰 위험은 없겠지."

"기다려요, 오빠." 나디아가 대답했다. "하지만 오빠가 늦어지면, 제가 피곤하든 위험하든 상관하지 말고 계속 가세요."

"나디아, 네가 어떤 것과도 용감하게 맞설 각오가 되어 있다는 것은 나도 알지만, 우리가 둘 다 위험에 빠진다면 나는 네 목숨보다 차라리 내 목숨을 걸겠어. 나는 내 임무, 모든 것에 우선

해서 수행해야 하는 그 의무를 다하지 못하고 있어."

"의무!" 나디아가 중얼거렸다.

바로 그때 눈부신 섬광이 하늘을 환히 밝히고 비를 휘발시키는 것 같았다. 이어서 요란한 우렛소리가 울려 퍼졌다. 공기는 숨막힐 듯한 유황 증기로 가득 찼고, 마차에서 스무 걸음도 채 떨어지지 않은 곳에서 벼락을 맞은 소나무 숲은 거대한 횃불처럼 타올랐다.

마부는 그 충격으로 땅바닥에 쓰러졌지만, 다행히 다친 데가 없는 것을 알고 다시 일어났다.

마지막 우렛소리가 산의 깊숙한 구석으로 사라졌을 때, 미하일은 나디아의 손이 그의 손을 꽉 잡는 것을 느꼈고, 그녀가 그의 귀에 속삭이는 소리를 들었다.

"외침소리예요, 오빠! 들어보세요!"

"외침소리예요, 오빠! 들어보세요!"

11
곤경에 빠진 여행자들

그후 사방이 잠깐 조용해지자, 마차에서 그리 멀리 떨어지지 않은 앞길에서 누군가가 외치는 소리를 또렷이 들을 수 있었다. 그것은 진지한 호소였고, 곤경에 빠진 여행자의 외침소리가 분명했다.

미하일은 주의 깊게 귀를 기울였다.

마부도 귀를 기울였지만, 어떤 도움도 줄 수 없다고 생각한 듯 고개를 저었다.

"여행자들이 도움을 청하고 있어요." 나디아가 외쳤다.

"저 사람들은 우리한테 아무것도 기대하면 안 됩니다." 마부가 대답했다.

"왜 안 되죠?" 미하일이 외쳤다. "우리가 비슷한 상황에 빠졌을 때 저 사람들이 해줄 일을 우리도 저 사람들한테 해주어야 하지 않습니까?"

"마차와 말을 위험에 노출시키면 안 돼요!"

"걸어가겠습니다." 미하일은 마부의 말을 가로막으면서 대꾸했다.

"오빠, 저도 가겠어요." 젊은 여자가 말했다.

"안 돼, 나디아. 넌 여기 남아 있어. 마부가 너랑 함께 있을 거야. 마부를 혼자 남겨두고 싶지 않아."

"그럼 남겠어요." 나디아가 대답했다.

"무슨 일이 있어도 이 자리를 떠나지 마."

"지금 이 자리에서 꼼짝도 하지 않겠어요."

미하일은 나디아의 손을 꼭 잡아주고, 산비탈의 모퉁이를 돌아 어둠 속으로 사라졌다.

"아가씨 오빠는 틀렸어요." 마부가 말했다.

"아니, 오빠가 옳아요." 나디아는 짤막하게 대답했다.

한편 미하일 스트로고프는 빠르게 성큼성큼 걸어갔다. 그는 여행자들을 돕기 위해 서둘렀지만, 한편으로는 폭풍우를 무릅쓰고 출발한 여행자들이 누군지도 꼭 알고 싶었다. 그 외침소리가 오랫동안 타란타스보다 앞서 달린 그 텔가에서 들려왔다고 확신했기 때문이다.

비는 그쳤지만, 바람은 더욱 맹렬하게 휘몰아치고 있었다. 바람에 실려 오는 외침소리는 점점 또렷해졌다. 나디아가 남아 있는 고갯길은 보이지 않았다. 길은 굽이굽이 이어졌고, 번갯불은 길 위의 비탈만 비추었다. 길모퉁이에서 가로막힌 돌풍은 위험하

길모퉁이에서 가로막힌 돌풍은……

기 짝이 없는 회오리바람을 이루었다. 다리를 잘리지 않고 회오리바람을 통과하기 위해 미하일은 있는 힘을 다 발휘해야 했다.

그는 비명을 지른 여행자들이 그리 멀지 않은 곳에 있다는 것을 곧 알아차렸다. 그래도 어두워서 아직은 그들을 볼 수 없었지만, 그들의 말소리는 또렷이 들렸다.

"돌아오고 있나? 멍텅구리야."

"너는 다음 역참에서 몽둥이맛을 봐야 해."

"들리냐? 이 악마의 마부야! 이봐! 거기 아래!"

"이게 바로 이 나라에서 마차가 승객을 실어가는 방식입니다!"

"그래요. 이게 바로 텔가라고 불리는 마차죠!"

"그 지긋지긋한 마부 녀석! 우리를 뒤에 남겨두고 간 것도 알아차리지 못하고 계속 가고 있는 모양입니다!"

"그놈은 나도 속였어요! 명예로운 영국인인 나를! 나는 대법원에 고소해서 그놈을 교수형에 처할 작정이오."

그는 무척 화난 투로 말했지만, 미하일은 그의 동료가 갑자기 웃음을 터뜨려 그 말을 가로막고 외치는 소리를 들었다.

"이건 정말 웃기는 일이군요."

"감히 웃다니!" 영국인이 성난 목소리로 말했다.

"정말입니다. 친애하는 동지. 게다가 나는 진심으로 그렇게 생각합니다. 맹세코 말하지만, 이 상황은 너무 우스워서 여기에 필적하는 것은 지금까지 본 적이 없어요."

바로 그때 요란한 우렛소리가 골짜기에 메아리친 뒤 먼 산봉우리 사이로 사라져갔다. 마지막 우렛소리가 그치자, 쾌활한 목소리가 말을 이었다.

"정말 웃기는 일이에요. 이 기계는 절대로 프랑스에서 온 게 아닙니다. 확실해요."

"영국에서 온 것도 아닙니다." 다른 사람이 대답했다.

20미터쯤 앞에 기묘한 탈것이 놓여 있고, 그 안에 두 여행자가 나란히 앉아 있는 것을 번갯불이 비추었다. 마차의 바퀴는 길바닥에 생긴 바큇자국에 깊이 파묻혀 있었다.

미하일은 그들에게 다가갔다. 한 사람은 입이 귀에 걸리도록 활짝 웃고 있었지만, 또 한 사람은 우울한 얼굴로 생각에 잠겨 있었다. 미하일은 그들이 '코카서스' 호를 타고 니즈니노브고로드에서 페름까지 함께 온 두 기자인 것을 알아보았다.

"안녕하십니까?" 프랑스인이 소리쳤다. "여기서 만나니 정말 기쁘군요. 내 절친한 적수인 블라운트 씨를 소개하겠습니다."

영국인 기자는 절을 하고, 사교계의 규칙에 따라 이번에는 자기가 알시드 졸리베를 미하일에게 소개하려고 했다. 그때 미하일이 그를 가로막았다.

"그러실 필요 없습니다. 우리는 이미 서로 아는 사이니까요. 볼가 강을 함께 항해했지요."

"아아, 예! 맞습니다! 성함이……."

"니콜라이 코르파노프. 이르쿠츠크의 장사꾼입니다." 미하일이 대답했다. "하지만 무슨 일이 일어났는지 말씀해주시겠습니까? 동료한테는 불운이지만 당신을 그렇게 즐겁게 해주는 일이 뭔지?"

"물론이죠, 코르파노프 씨." 알시드가 대답했다. "생각해보세요! 우리 마부가 마차 뒤쪽에 앉아 있는 우리를 남겨둔 채, 이 터무니없는 마차의 앞부분만 끌고 가버렸지 뭡니까. 그래서 우리는 텔가의 반쪽 중에서도 더 나쁜 여기 반쪽에 앉아 있는 겁니다. 마부도 없고 말도 없이. 우습지 않습니까?"

"전혀 웃을 일이 아니에요." 영국인이 말했다.

"정말 우스운 일이에요, 친구. 당신은 사물의 밝은 면을 보는 법을 모르고 있어요."

"우리는 어떻게 여행을 계속하죠?" 해리 블라운트가 물었다.

"그건 세상에서 가장 쉬운 일이에요." 알시드가 대답했다. "가서 우리 마차의 나머지 부분을 당신 몸에 묶으세요. 내가 고삐를 잡고 진짜 마부처럼 당신을 '내 귀여운 비둘기'라고 부르면, 당신은 진짜 역마처럼 종종걸음으로 달려가는 겁니다."

"졸리베 씨." 영국인이 받았다. "그 농담은 좀 지나치군요. 모든 한계를 넘어……."

"당신이 지치면, 그땐 내가 교대하겠습니다. 내가 빠른 속도로 당신을 끌고 가지 못하면, 나를 천식에 걸린 달팽이나 늙어빠진 거북이라고 부르세요."

알시드는 더없이 쾌활하게 이 말을 했기 때문에 미하일은 웃지 않을 수 없었다.

"좋은 계획이 있습니다." 미하일이 말했다. "우리는 지금 우랄 산맥에서 가장 높은 등성이에 도달했어요. 따라서 앞으로는 산비탈을 내려가기만 하면 됩니다. 내 마차가 가까이 있는데, 뒤쪽으로 200미터밖에 떨어져 있지 않습니다. 내 말 가운데 한 마리를 빌려드릴 테니, 그 말을 텔가의 나머지 부분에 매세요.
아무 사고도 일어나지 않는다면 우리는 내일 예카테린부르크에
함께 도착할 수 있을 겁니다."

"코르파노프 씨, 그건 정말 고마운 제안이군요." 알시드가
말했다.

"사실은 내 타란타스에 당신네 자리를 마련해드리고 싶지만,
그 마차엔 자리가 두 개뿐이고 내 누이동생과 내가 이미 그 자
리를 차지하고 있어서요."

"정말이지 당신 말과 우리의 반쪽짜리 텔가가 있으면 내 동료
와 나는 세상 끝까지라도 갈 수 있을 겁니다." 알시드가 대답했다.

"당신의 고마운 제안을 기꺼이 받아들이겠습니다." 해리 블
라운트가 말했다. "그런데 저 마부는……."

"당신들과 비슷한 불운을 만난 여행자는 전에도 많았습니
다." 미하일이 대답했다.

"그런데 우리 마부는 왜 돌아오지 않는 걸까요? 우리를 뒤에
남겨두고 간 걸 잘 알고 있을 텐데. 비열한 놈 같으니라구!"

"그 사람은 전혀 알아차리지 못했을 겁니다."

"뭐라고요? 제 텔가의 반쪽을 뒤에 남겨두고 간 걸 모른다고
요?"

"전혀 모를 겁니다. 예카테린부르크까지 앞부분만 몰고 갈
게 분명합니다."

"이건 정말 우스운 일이라고 내가 말했잖아요?" 알시드가 영
국인에게 소리쳤다.

"나를 따라오세요." 미하일 스트고로프가 말했다. "우리 마차로 돌아가서……."

"하지만 텔가는 어떻게……." 영국인이 말했다.

"텔가가 날아가버릴 염려는 털끝만큼도 없어요, 친애하는 블라운트!" 알시드가 외쳤다. "땅에 너무 깊이 뿌리를 내려서, 내년 봄까지 여기 남겨두면 싹이 나기 시작할 거예요."

"그럼 갑시다." 미하일 스트로고프가 말했다. "가서 타란타스를 가져옵시다."

프랑스인과 영국인은 자리에서 내려와 미하일을 따라갔다. 앞부분이 떨어져나갔기 때문에 그들의 좌석은 이제 뒷자리가 아니었다.

함께 걸으면서 알시드 졸리베는 여느 때처럼 변함없이 쾌활하게 지껄여댔다.

"코르파노프 씨, 정말로 당신은 우리를 지독한 곤경에서 구해주셨어요."

"내 입장이었다면 누구나 했을 일을 한 것뿐입니다." 미하일이 대답했다. "여행자들이 서로 돕지 않는다면, 길이 아예 없는 편이 나을 겁니다."

"어쨌든 당신은 우리한테 친절을 베풀어주셨어요. 당신이 이 스텝 지대를 계속 여행한다면 아마 또 만날 수 있을 테고, 그러면……."

알시드 졸리베는 미하일이 어디로 가고 있는지 직접 묻지는 않았지만, 미하일은 무언가를 감추고 있는 게 아닐까 의심받기

싫어서 곧바로 대답했다.

"나는 옴스크로 가는 길입니다."

"블라운트 씨와 나는 위험을 확실히 찾을 수 있는 곳, 그리고 뉴스도 틀림없이 찾을 수 있는 곳에 가는 길입니다." 알시드가 대답했다.

"침략당한 지방에?" 미하일이 진지하게 물었다.

"그렇습니다, 코르파노프 씨. 우리는 아마 거기서 또 만날 수 있을 거예요."

"사실 나는 대포알이나 창끝을 별로 좋아하지 않고, 천성적으로 평화를 너무 사랑하기 때문에, 싸움이 벌어지고 있는 곳에는 감히 갈 엄두도 내지 않습니다." 미하일이 말했다.

"유감입니다. 유감이에요. 우리가 그렇게 빨리 헤어져야 하다니, 그저 유감스러울 뿐이에요! 하지만 예카테린부르크를 떠날 때, 단 며칠만이라도 함께 여행할 수 있다면 우리는 행운으로 여길 겁니다."

"당신들도 옴스크까지 가십니까?" 미하일은 잠깐 생각한 뒤에 물었다.

"아직은 모릅니다." 알시드가 대답했다. "하지만 이심까지 가는 건 확실합니다. 일단 거기에 도착하면 상황에 따라 행동을 결정해야겠지요."

"그렇다면 이심까지는 길동무가 되겠군요."

미하일은 혼자 여행하고 싶었지만, 같은 길을 가고 있는 두 기자한테서 떨어지려 애쓰면 오히려 이상해 보일 게 뻔했다. 게

다가 알시드와 그의 동료는 이심에 한동안 머물 작정이기 때문에, 거기까지는 그들과 함께 여행하는 게 오히려 더 편리하겠다고 생각했다.

그는 더없이 무심한 어조로 말했다.

"타타르족이 침입한 곳이 어디인지, 확실히 알고 계십니까?"

"사실은 우리도 페름에서 들은 것밖에 몰라요." 알시드가 대답했다. "페오파르 칸의 타타르족이 세미팔라틴스크를 침략했고, 며칠 동안 강행군을 하여 이르티시 강을 따라 내려오고 있답니다. 그들보다 먼저 옴스크에 도착하고 싶으면 서둘러야 합니다."

"그래야죠." 미하일이 맞장구쳤다.

"오가레프 대령이 변장을 하고 변경을 통과하는 데 성공했고, 반란을 일으킨 지방에서 지체 없이 칸과 합류할 거라는 소문도 있더군요."

"하지만 사람들이 그걸 어떻게 알죠?" 어느 정도 사실인 그 뉴스와 직접 관계가 있는 미하일이 물었다.

"늘 그렇듯이 이런 일들은 풍문으로 퍼진답니다."

"그럼 당신은 정말로 오가레프 대령이 시베리아에 있다고 생각할 만한 이유가 있습니까?"

"나는 그가 카잔에서 예카테린부르크로 가는 길을 택할 거라는 소문을 들었어요."

"아하! 당신은 그걸 알고 있군요, 졸리베 씨?" 해리 블라운트가 침묵에서 깨어나 말했다.

"그럼요. 알고 있었지요." 알시드가 대답했다.

"그럼 대령이 집시로 변장하고 갔다는 것도 알고 있습니까?" 블라운트가 물었다.

"집시라고요?" 미하일이 거의 무심결에 소리쳤다. 그리고 니즈니노브고로드에서 본 늙은 보헤미아인의 얼굴과 그 노인이 '코카서스' 호를 타고 강을 따라 내려가 카잔에서 내린 것을 기억해냈다.

"내 사촌누이한테 보낸 편지에 그 문제를 몇 마디 언급할 수 있을 만큼은 알고 있지요." 알시드가 빙긋 웃으면서 대답했다.

"카잔에서 시간을 낭비하진 않았군요." 영국인이 냉담하게 말했다.

"물론이죠! '코카서스' 호가 연료를 보급받고 있는 동안 나름대로 많은 정보를 얻고 있었지요."

미하일은 해리 블라운트와 알시드 졸리베가 나누는 재치문답에 더 이상 귀를 기울이지 않았다. 그는 집시 무리와 아직 얼굴을 보지 못한 그 징가리 노인의 동행인 그 이상한 여자, 그리고 그녀가 그에게 던진 그 기묘한 눈짓을 생각하고 있었다. 그가 세부적인 사항을 모두 기억해내려고 애쓰고 있을 때, 멀지 않은 곳에서 총소리가 들렸다.

"아아! 빨리 갑시다!" 그가 외쳤다.

'어이구!' 알시드가 혼잣말로 중얼거렸다. '총알이라면 질겁하는 게 장사꾼인데, 이 조용한 상인은 오히려 총알이 날아다니는 곳에 빨리 가려고 서두르는군!'

알시드는 서둘러 미하일을 따라갔고, 위험한 곳에 혼자 뒤처져 있을 사람이 아닌 해리 블라운트도 얼른 그 뒤를 따랐다. 다음 순간, 세 사람은 길모퉁이에 불쑥 튀어나와 타란타스를 보호하고 있는 바위 반대편에 도착했다.

벼락을 맞은 소나무 숲은 아직도 활활 타고 있었다. 아무도 보이지 않았지만 미하일은 틀리지 않았다. 분명히 총성이 그의 귀에 들렸던 것이다.

갑자기 무시무시하게 으르렁거리는 소리가 들리더니, 비탈 가까이에서 또다시 총성이 들렸다.

"곰이다!" 그 으르렁거리는 소리를 잘못 들을 리 없는 미하일이 외쳤다. "나디아! 나디아!"

미하일은 허리띠에서 단검을 빼내면서 버팀벽을 돌아갔다. 젊은 여자는 그 버팀벽 뒤에서 기다리겠다고 약속했었다.

불길에 휩싸인 소나무들이 사납게 날뛰는 눈부신 빛을 현장에 던지고 있었다.

미하일이 마차에 이르렀을 때 거대한 짐승이 그를 향해 뒷걸음쳤다.

엄청나게 큰 곰이었다. 폭풍으로 우랄 산맥의 비탈진 숲에서 쫓겨난 곰은 피난처를 찾아 이 동굴로 왔다. 곰은 여느 때에도 이 동굴을 피난처로 삼고 있는 게 분명했지만, 그때는 나디아가 동굴을 차지하고 있었다.

거대한 짐승이 나타나자 겁을 먹은 말 두 마리는 줄을 끊고 달아나버렸다. 자기 말밖에 생각지 않는 마부는 나디아 혼자 곰과 맞서도록 내버려두고 말들을 쫓아갔다.

하지만 용감한 여자는 당황하지 않았다. 곰도 처음에는 나디

170

아를 보지 못하고, 남아 있는 말을 공격했다. 나디아는 웅크리고 있던 피난처에서 나와 마차로 달려가서 미하일의 권총을 꺼낸 다음, 곰에게 가까이 다가가서 권총을 쏘았다.

어깨에 가벼운 상처를 입은 곰은 나디아에게 덤벼들었다. 나디아는 마차 뒤에 숨으려고 달려갔지만, 그때 말이 줄을 끊으려고 애쓰는 것을 보았다. 그 말이 달아나고 다른 말들도 되찾지 못하면 여행을 계속할 수 없다는 것을 깨달은 나디아는 침착하게 다시 곰에게 다가갔고, 곰이 그녀를 향해 앞발을 들어 올린 순간 두 번째 총열에 들어 있던 총알을 곰에게 쏘았다.

이것이 미하일이 방금 들은 총성이었다. 순식간에 그는 현장에 이르렀다. 그리고 또 한 번 펄쩍 뛰어서 곰과 여자 사이에 끼어들었다. 그의 팔이 한 번 허공을 휘두르자 그 무시무시한 칼에 베인 짐승은 생명이 없는 덩어리가 되어 땅바닥에 고꾸라졌다. 미하일은 시베리아 사냥꾼들의 유명한 기술을 멋지게 실행한 것이다. 시베리아 사냥꾼들은 비싼 값에 팔리는 귀중한 곰의 털가죽을 손상시키지 않으려고 애쓴다.

"누이야, 안 다쳤니?" 미하일이 젊은 여자 옆으로 뛰어가면서 물었다.

"괜찮아요, 오빠." 나디아가 대답했다.

그 순간 두 기자가 다가왔다. 알시드는 말의 머리를 잡았고, 강한 손목으로 순식간에 말을 제압했다. 알시드와 그의 동료는 미하일의 재빠른 칼솜씨를 보았다.

"브라보!" 알시드가 외쳤다. "코르파노프 씨, 상인치고는 사

"누이야, 안 다쳤니?"

냥꾼 칼을 달인처럼 능숙하게 다루는군요."

"정말 달인 같습니다." 해리가 덧붙였다.

"시베리아에서는 뭐든지 조금씩은 할 줄 알아야 합니다." 미하일이 대꾸했다.

알시드는 주의 깊게 그를 바라보았다.

눈부신 번개 불빛을 받은 그의 칼에서는 피가 뚝뚝 떨어지고 있었다. 후리후리한 키, 단호한 태도, 거대한 곰의 시체를 단단히 밟고 있는 발은 정말로 볼만했다.

'만만찮은 친구로군.' 알시드는 속으로 중얼거렸다.

그러고는 모자를 벗어 들고 젊은 여자에게 공손히 다가가서 인사를 했다.

나디아도 가볍게 고개를 숙였다.

알시드는 동료를 돌아보며 말했다.

"그 오빠에 그 누이군요! 내가 곰이라면 이렇게 용감하고 매력적인 남매를 건드리지는 않을 겁니다."

해리 블라운트는 모자를 벗어 들고 조금 떨어진 곳에 꼿꼿이 섰다. 동료의 느긋한 태도는 평상시에도 딱딱한 그의 태도를 더욱 딱딱하게 만들 뿐이었다.

그 순간, 말 두 마리를 잡는 데 성공한 마부가 다시 나타났다. 그는 땅바닥에 누워 있는 짐승을 새들의 먹이로 남겨두고 가기가 싫어서 아쉬워하는 눈길을 죽은 말에게 던진 다음, 붙잡아온 말들을 다시 마차에 매기 시작했다.

미하일은 두 여행자의 사정을 마부에게 말하고, 말 한 마리를 그들에게 양보할 작정이라고 말했다.

"좋으실 대로." 마부가 대답했다. "다만 마차는 한 대가 아니라 두 대요."

"좋습니다." 알시드가 마부의 말뜻을 알아차리고 말했다. "운임은 두 배로 드리지요."

"그럼 가자. 내 멧비둘기들아!" 마부가 외쳤다.

나디아는 다시 마차에 올라탔고, 미하일과 두 기자는 걸어서 그 뒤를 따랐다.

3시였다. 폭풍우는 여전히 좁은 골짜기를 가로질러 무서운 기세로 휘몰아쳤다. 그들은 나머지 오르막길을 빨리 올라갔다.

새벽의 첫 햇살이 나타났을 때, 타란타스는 아직도 바퀴 중간까지 바큇자국에 깊이 박혀 있는 텔가에 이르렀다. 이런 사정이라서, 갑자기 마차가 덜컹거리면 앞부분과 뒷부분이 어떻게 분리될지는 쉽게 이해할 수 있었다. 타란타스의 양옆에 묶였던 말들 가운데 한 마리를 텔가의 나머지 부분에 끈으로 묶고, 기자들은 그 요상한 마차에 자리를 잡았다. 그리고 마차 두 대는 동시에 출발했다. 이제는 우랄 산맥의 비탈을 내려가기만 하면 되었고, 그것은 조금도 어렵지 않았다.

여섯 시간 뒤에 마차 두 대는 타란타스가 앞서고 텔가는 그 뒤를 따라 예카테린부르크에 도착했다. 산을 내려올 때는 이렇다 할 일이 일어나지 않았다.

기자들이 역참 문간에서 맨 처음 발견한 사람은 바로 그들의 마부였다. 마부는 그들을 기다리고 있는 듯이 보였다.

이 훌륭한 러시아인은 더없이 천진하고 태연한 표정이었다. 그는 조금도 망설이지 않고 미소를 지으며 여행자들에게 다가오더니, 손을 내밀고 조용한 어조로 통상적인 '팁'을 요구했다.

이 뻔뻔스러운 요구가 해리 블라운트의 분노를 최고한도까지 끌어올렸다. 마부가 현명하게 물러나지 않았다면, 영국의 진짜 권투선수처럼 스트레이트로 뻗은 주먹이 그에게 앙갚음했을 것이다.

알시드 졸리베는 해리 블라운트가 이렇게 분노를 폭발시키는 것을 보고 웃음을 터뜨렸다. 전에는 한 번도 그런 식으로 웃은 적이 없었다.

"하지만 저 녀석이 옳아요!" 그가 외쳤다. "우리가 저 친구를 따라가는 방법을 몰랐다 해도, 그건 저 사람 잘못이 아니죠."

그러고는 주머니에서 몇 코페이카를 꺼냈다.

"자, 받아요. 이 돈을 받을 자격이 없다 해도, 그건 당신 잘못이 아니죠."

이것이 블라운트 씨의 분노를 더욱 부채질했다. 심지어 그는 텔가 주인을 고소하겠다고 말했다.

"러시아에서 고소를 하겠다고요?" 알시드가 받았다. "소송이 끝나려면 정말로 상황이 달라져야 합니다! 어느 가엾은 젖먹이를 열두 달 동안 젖 먹여 키운 대가를 달라고 요구한 유모 이야기를 못 들었습니까?"

"들어본 적이 없는데요." 해리 블라운트가 대답했다.

"그렇다면 유모한테 유리한 판결이 내려졌을 때쯤에는 그 젖먹이가 어떻게 되었는지 아십니까?"

마부가 현명하게 물러나지 않았다면……

"뭐가 되었는데요?"

"황제 근위대 대령이 되었답니다."

이 대답에 모두 웃음을 터뜨렸다.

이 농담이 마음에 든 알시드는 수첩을 꺼내 다음과 같은 메모를 했다. 이 메모는 앞으로 나올 '프랑스어-러시아어 사전'에 수록될 것이다.

'텔가: 출발할 때는 바퀴가 네 개지만 목적지에 도착할 때는 두 개인 러시아 마차.'

12
도발

예카테린부르크는 지리적으로 아시아 대륙에 있는 도시다. 우랄 산맥 너머, 그 산맥의 동쪽 끝 산비탈에 자리잡고 있기 때문이다. 그런데도 이 도시는 페름 주에 속해 있고, 그래서 유럽 쪽 러시아의 주요부에 포함된다. 마치 시베리아의 일부가 러시아의 입 속에 들어 있는 것 같다.

예카테린부르크만큼 큰 도시라면, 미하일이나 그의 길동무들이 여행을 계속할 교통수단을 얻는 데 조금이라도 어려움을 겪을 것 같지는 않았다. 이 도시는 1723년에 세워졌고, 여기에 제국의 조폐창이 있기 때문에 그후 상당히 큰 도시가 되었다. 이 도시에는 광산들을 관리하는 관청도 있다. 그래서 이 도시는 주로 금과 백금을 채굴하고 정련하는 공장이 많은 중요한 지역의 중심지다.

지금 예카테린부르크의 인구는 많이 늘어난 상태였다. 타타르족의 침입에 위협당한 많은 러시아인과 시베리아인이 이미 페오파르 칸의 무리와 키르기스족에게 침략당한 지역에서 쫓겨나 이곳으로 모여들었기 때문이다. 키르기스족의 나라는 이르티시 강 남서쪽으로 투르키스탄 경계 지방까지 뻗어 있다.

따라서 예카테린부르크로 갈 때는 말과 마차를 찾기가 어려웠지만, 이 도시를 떠날 때는 아무 어려움도 없었다. 현재 상황에서 과감하게 시베리아로 가고자 하는 여행자는 거의 없었기 때문이다.

그래서 블라운트와 알시드가 그들을 간신히 예카테린부르크까지 데려다준 그 유명한 반쪽짜리 마차를 온전하고 튼튼한 텔가로 바꾸는 데에는 아무 문제도 없었다. 미하일은 우랄 산맥을 넘는 동안 별로 상하지 않은 타란타스를 그대로 쓰기로 했다. 이르쿠츠크까지 빠르게 데려다줄 팔팔한 말 세 마리를 마차에 매기만 하면 되었다.

튜멘까지, 또는 그 너머에 있는 노보자임카까지는 완만한 오르막길과 내리막길이 이어진다. 이 완만한 기복은 우랄 산맥 비탈이 시작되는 첫 조짐이다. 하지만 노보자임카를 지나면, 거의 크라스노야르스크까지 1700킬로미터에 걸쳐 뻗어 있는 방대한 스텝 지대가 시작된다.

앞에서 말했듯이, 기자들은 예카테린부르크에서 630킬로미터쯤 떨어진 이심에 머물 작정이었다. 그곳에서 뉴스를 추적하는 그들의 본능이 이끄는 대로 둘이 함께, 또는 따로 헤어져서 침략당한 지방을 가로지를 것인지 어떤지는 상황에 따라 결정할 생각이었다.

예카테린부르크에서 이심까지 가는 이 길은 미하일이 택할 수 있는 유일한 길이었다. 하지만 그는 뉴스를 추적하지 않았고, 오히려 침략자들에게 유린당한 지방을 피하고 싶었기 때문에 어디에서도 머물지 않기로 결심했다.

"나는 기꺼이 당신들과 함께 여행하고 싶지만, 옴스크에 빨리 도착하고 싶습니다. 누이와 나는 어머니를 만나러 가는 길이니까요. 타타르족이 도착하기 전에 우리가 먼저 그곳에 갈 수 있을지는 아무도 모릅니다! 그래서 나는 말을 바꾸는 데 필요한 시간만 역참에 머물고, 밤낮없이 여행해야 합니다."

"우리도 바로 그렇게 할 작정입니다." 블라운트가 대답했다.

"좋습니다. 하지만 잠시도 시간을 낭비하지 맙시다. 마차를 사거나 빌려서······."

"뒷바퀴가 앞바퀴와 동시에 도착하는 것이 보장된 마차를 고릅시다." 알시드가 덧붙였다.

30분 뒤, 부지런한 프랑스인은 미하일의 탈것과 비슷한 타란타스를 한 대 찾아내어 당장 동료와 함께 자리를 잡았다.

미하일과 나디아는 다시 마차에 올라탔고, 12시에 마차 두 대는 예카테린부르크를 함께 떠났다.

나디아는 마침내 시베리아 지역에 들어와, 이르쿠츠크로 뻗어 있는 그 긴 길을 달리고 있었다. 그때 그녀는 무슨 생각을 하고 있었을까? 아버지가 고국에서 멀리 떨어진 이곳에서 얼마나

부지런한 프랑스인은 타란타스를 한 대 찾아내어……

오랫동안 유배생활을 해야 하는지는 그녀도 알지 못했다. 튼튼하고 빠른 말 세 마리가 그 유형지를 가로질러 그녀를 아버지에게 데려가고 있었지만, 그 광활한 스텝 지대를 타란타스가 굴러가고 있는데도 그녀는 그것을 거의 알아차리지 못했다. 그녀의 눈은 지평선을 뚫어지게 바라보고 있었기 때문이다. 그 지평선 너머에 유배된 아버지가 있다는 것을 그녀는 알고 있었다. 그녀는 타란타스가 시속 15킬로미터의 속도로 달리고 있는 땅을 전혀 보지 않았다. 동부와는 전혀 다른 서부 시베리아의 이 지역을 전혀 보지 않았다. 사실 이곳은 경작지가 거의 없었다. 그곳은 불모지였다. 적어도 지표면의 흙은 메말라 있었지만, 땅속에는 철과 구리 · 백금 · 황금이 잔뜩 감추어져 있었다. 바쁘게 돌아가는 공장도 많았지만 농장은 드물었다. 땅 밑에 굴을 파는 것이 더 이익인데, 땅을 갈고 씨를 뿌리고 농작물을 거두어들일 일손을 어떻게 찾을 수 있겠는가? 어디에서나 곡괭이가 일하고 있었지만, 삽은 어디에도 없었다.

하지만 나디아의 생각은 이따금 바이칼 지방을 떠나 현재의 상황으로 돌아왔다. 아버지의 모습은 서서히 사라지고, 친절한 길동무가 블라디미르 철길에 처음 나타났을 때의 모습이 그 자리를 대신 차지했다. 그녀는 여행을 하는 동안 그가 자상하게 자신을 배려해준 것을 생각했다. 경찰서에 와서 순수한 마음으로 자기를 누이동생이라고 부르고, 볼가 강을 따라 내려올 때도 자기를 친절하게 대해준 것을 생각했다. 그리고 우랄 산맥에서 폭풍우를 만난 그 무서운 밤, 그가 목숨을 걸고 자기를 구해준 것을 생각했다.

그렇게 나디아는 미하일을 생각했다. 그렇게 용감하고 친절한 보호자, 그렇게 너그럽고 현명한 친구를 보내주신 하느님께 감사했다. 그 옆에서 그의 보호를 받으면 안전하다는 것을 그녀는 알았다. 어떤 오빠도 그보다 더 잘해줄 수는 없었을 것이다. 모든 장애물이 제거된 것 같았다. 그녀가 무사히 여행을 끝마치는 것은 시간문제일 뿐이었다.

미하일은 깊은 생각에 잠겨 있었다. 그도 역시 나디아를 만나게 해준 하느님께 감사했다. 나디아를 만난 덕에 훌륭한 행동을 할 수 있었고, 자신의 진짜 신분을 감출 수 있는 수단이 늘어났다. 그는 젊은 여자의 침착하고 대담한 태도가 마음에 들었다. 나디아가 정말로 내 누이동생인 건 아닐까? 아름답고 용감한 길동무에 대한 그의 감정은 애정이라기보다는 오히려 존경심이었다. 그는 나디아의 마음이 누구나 존경하는 순수하고 보기 드문 마음이라는 것을 느꼈다.

하지만 이제 시베리아 땅에 도착했기 때문에, 위험은 지금부터 시작이었다. 기자들의 말이 맞다면, 이반 오가레프가 정말로 변경을 넘었다면, 모든 행동을 극도로 조심해야 한다. 이제 사정이 달라졌다. 시베리아에는 타타르족 밀정이 우글거렸다. 황제의 밀사라는 그의 신분이 탄로나면 여행은 끝이었고, 아마 그의 목숨도 끝날 것이다. 미하일은 자신의 책임이 어느 때보다도 무거운 짐으로 느껴졌다.

첫 번째 마차에 타고 있는 사람들이 이런 생각에 잠겨 있는 동안, 두 번째 마차에서는 어떤 일이 일어나고 있었을까? 놀랄 만한 일은 일어나지 않았다. 알시드는 문장으로 이야기했고, 블라운트는 몇 마디로 짤막하게 대꾸했다. 두 사람은 매사를 자신의 관점에서 보았고, 서부 시베리아를 가로지르는 동안 여행길에 일어난 사건들—몇 가지밖에 안 되지만 꽤 다양한 사건들—을 기록했다.

역참에 도착할 때마다 기자들은 마차에서 내려 미하일을 만났다. 나디아는 역참에서 식사를 할 때만 마차를 떠났다. 아침식사나 저녁식사를 해야 할 때면 나디아는 식탁에 앉았지만 언제나 조심스러웠고, 좀처럼 대화에 끼어들지 않았다.

알시드는 엄격한 예절의 한계를 넘어서지 않고, 젊은 여자에게 깊은 인상을 받았음을 분명히 드러냈다. 그는 그렇게 길고 힘든 여행의 피로를 견뎌내고 있는 나디아의 조용한 힘에 감탄했다.

여행 도중에 어쩔 수 없이 멈추는 것은 미하일에게는 조금도 기분 좋은 일이 아니었다. 그래서 그는 역참에서 말을 바꿀 때마다 출발을 서둘렀고, 주막 주인을 깨우고, 마부를 재촉하고, 마차에 빨리 말을 매라고 재촉했다. 서둘러 식사를 끝내면—코스 요리를 느긋하게 즐기는 블라운트는 지나치게 급한 식사가 마음에 들지 않았다—그들은 곧바로 출발하여 독수리처럼 달렸다. 그들은 왕자처럼 돈을 냈고, 알시드의 말마따나 '러시아 독수리'*로 값을 치렀기 때문이다.

블라운트가 식탁에서 나디아에게 신경을 쓰지 않은 것은 말

* 〔원주〕러시아 독수리: 러시아의 5루블짜리 금화. 1루블짜리 은화는 100코페이카에 해당한다.

할 나위도 없다. 이 영국 신사는 한꺼번에 두 가지 일을 하는 버릇이 없었다. 나디아는 또한 그가 길동무와 이야기하기를 꺼리는 화제 가운데 하나였다.

한번은 알시드가 그에게 그 여자의 나이를 몇 살쯤으로 생각하느냐고 물었다.

"어떤 여자 말이오?" 블라운트는 눈을 반쯤 감고 진지하게 되물었다.

"니콜라이 코르파노프의 누이동생 말입니다."

"그 여자가 그 사람 누이동생인가요?"

"아니, 할머니예요!" 알시드는 동료의 무관심에 화가 나서 대답했다. "당신은 그 여자가 몇 살이라고 생각하세요?"

"그 여자가 태어날 때 내가 그 자리에 있었다면 알았을지도 모르죠." 블라운트는 퉁명스럽게 대답했다.

그때 그들이 지나가고 있던 지방은 거의 사막이었다. 날씨는 좋았다. 하늘에는 구름이 좀 끼어 있고, 기온도 꽤 견딜 만했다. 마차에 용수철만 있었다면 여행자들은 불평할 거리가 아무것도 없었을 것이다. 그들은 우편마차와 같은 속도로 여행하고 있었다. 그것은 상당히 빠른 속도라는 뜻이다.

하지만 들에서 일하는 시베리아 농부는 거의 보이지 않았다. 시베리아 농부는 창백하고 근엄한 얼굴로 유명하다. 어느 유명한 여행가는 그들의 얼굴이 카스티야* 사람과 비슷하지만 카스

* 카스티야: 에스파냐 중부의 고원 지대.

티야인처럼 오만하지는 않다고 말했다. 벌써 버려진 마을이 여기저기 보이는 것은 타타르족 무리가 다가오고 있음을 말해주었다. 마을 주민들은 양떼와 낙타, 말을 멀리 쫓아버리고 북쪽 평원으로 피난해 있었다. 유랑하는 키르기스족 가운데 반란을 일으키지 않은 일부 부족은 침략자들의 약탈을 피해 이르티시 강과 오브 강 너머로 천막을 옮겼다.

다행히 우편마차의 통행은 아직 차단되지 않았고, 전선으로 이어진 마을들 사이에서는 아직도 전신으로 연락을 주고받을 수 있었다. 모든 역참에서는 여느 때와 같은 조건으로 말을 구할 수 있었다. 모든 전신국에서는 사무원들이 그들에게 송달된 통신문을 발신했고, 국가의 급송 공문서가 있을 때에만 일반 업무 처리를 뒤로 미루었다.

지금까지 미하일의 여행은 만족스럽게 이루어졌다. 황제의 밀사는 아무 방해도 받지 않았다. 페오파르 칸의 타타르족이 정복한 한계점인 크라스노야르스크에 도착할 수만 있다면 그들보다 먼저 이르쿠츠크에 도착할 수 있다는 것을 그는 알았다. 마차 두 대가 예카테린부르크를 떠난 이튿날, 그들은 아침 7시에 탈리차라는 작은 도시에 도착했다. 이렇다 할 사건도 전혀 일어나지 않은 채 220킬로미터를 달려온 것이다.

이곳에서 그들은 식사를 하는 데 30분을 바쳤다. 식사가 끝나자 그들은 다시 한번 빠른 속도로 출발했다. 이런 속도는 몇 코페이카를 주겠다는 약속으로만 얻을 수 있었다. 그날은 7월 22일이었고, 같은 날 저녁에 그들은 60킬로미터 떨어진 튜멘에 도착했다.

7월 22일 저녁에 그들은 튜멘에 도착했다

튜멘의 인구는 여느 때에는 1만 명이지만, 그때는 두 배나 되는 인구를 안고 있었다. 러시아인들이 시베리아에 세운 최초의 산업도시로서, 훌륭한 금속제련소와 종(鐘) 주조공장이 자리잡고 있는 이 도시가 이렇게 활기찬 양상을 보인 적은 일찍이 없었다. 특파원들은 당장 뉴스를 찾으러 나갔다. 전쟁터에서 피난한 시베리아인들이 가져온 소식은 전혀 위안을 주지 못했다. 그들은 페오파르 칸의 군대가 빠른 속도로 이심 계곡을 향해 다가오고 있다고 말했다. 또한 그들은 칸이 오가레프 대령과 합류하지 않았다면 이제 곧 합류할 거라는 소문이 사실이라고 확인해 주었다. 따라서 동시베리아에서는 군사작전이 매우 활발하게 추진될 거라는 결론에 도달한 것은 자연스러운 일이었다.

한편 러시아는 주로 유럽 지역에서 군대를 소집할 필요가 있었지만, 아직도 꽤 멀리 떨어져 있었기 때문에 러시아군은 침략에 대응하지 못했다. 하지만 토볼스크 주의 카자크 기병대가 타타르족 부대의 행렬을 중간에서 차단하려고 톰스크를 향해 강행군으로 진격하고 있었다.

저녁 8시, 마차 두 대는 75킬로미터가 넘는 거리를 달려 얄루토로프스크에 도착했다.

재빨리 말을 바꾸고, 도시를 떠나자마자 나룻배를 타고 토볼 강을 건넜다. 강물이 잔잔해서 건너기가 쉬웠다. 하지만 나룻배를 타고 강을 건너는 일은 이 여행에서 여러 번 되풀이해야 할 테고, 그때는 아마 조건이 이렇게 유리하지 않을 것이다.

55킬로미터를 더 달린 뒤, 한밤중에 노보자임카라는 도시에 도착했다. 여행자들은 이제 나무로 덮인 언덕들이 드문드문 솟아 있는 지방을 떠났다. 이 언덕들은 우랄 산맥의 마지막 흔적이었다.

여기서 크라스노야르스크 근처까지 뻗어 있는 시베리아의 스텝 지대가 시작되었다. 스텝 지대는 끝없는 평원, 풀로 뒤덮인 거대한 사막이다. 여기서는 하늘과 땅이 컴퍼스로 그린 동그라미처럼 뚜렷한 원을 이룬다. 스텝 지대에는 길게 늘어선 전신주, 산들바람에 하프의 현처럼 떨리는 전깃줄을 빼고는 주의를 끄는 것이 아무것도 없다. 도로는 마차의 바퀴 밑에서 피어오르는 자욱한 흙먼지로 평원의 나머지 부분과 구별할 수 있을 뿐이다. 시야 끝까지 뻗어 있는 이 하얀 띠가 없었다면 여행자들은 자신들이 사막에 들어왔다고 생각했을지도 모른다.

미하일과 그의 길동무들은 또다시 스텝 지대를 가로질러 빠르게 전진했다. 마부의 재촉을 받은 말들은 땅 위를 나는 것 같았다. 말들을 방해하는 장애물이 전혀 없었기 때문이다. 마차는 이심을 향해 곧장 가고 있었다. 두 특파원은 계획을 바꿀 만한 일이 일어나지 않으면 이심에 머물 작정이었다.

이심과 노보자임카 사이의 거리는 거의 200킬로미터였다. 시간을 낭비하지 않으면 이튿날 저녁 8시까지는 그 거리를 달릴 수 있을 테고, 또 달리게 될 것이다. 여행자들이 지체 높은 영주나 고위관리가 아니더라도 '팁'을 후하게 준다는 점에서는 그런 영주나 고위관리가 되기에 충분하다는 것이 마부들의 의견이었다.

이튿날인 7월 23일 오후, 마차 두 대는 이심에서 30킬로미터 밖에 떨어지지 않은 곳에 이르렀다. 그때 갑자기 미하일이 마차

한 대를 보았다. 그들보다 앞서 달리고 있는 마차를 자욱한 먼지 사이로 간신히 알아볼 수 있었다. 미하일의 말들은 앞서 달리고 있는 여행자의 말보다 덜 지친 게 분명했으니까, 미하일은 오래지 않아 그 여행자를 추월하게 될 터였다. 그 마차는 타란타스나 텔가가 아니라 2인승 베를린이었다. 온통 먼지로 뒤덮인 베를린은 긴 여행을 한 것처럼 보였다. 베를린의 마부는 힘껏 말들을 채찍질하고 있었고, 오로지 욕설과 채찍질로만 말들의 속력을 유지했다. 베를린은 노보자임카를 통과하지 않은 게 확실했고, 그렇다면 사람들이 자주 다니지 않는 길로 스텝 지대를 가로질러야만 이르쿠츠크 가도를 만날 수 있었을 것이다.

베를린을 보고 미하일의 머리에 맨 처음 떠오른 생각은, 팔팔한 말들을 확보할 수 있으려면 베를린을 추월하여 역참에 먼저 도착해야 한다는 것이었다. 그가 마부들에게 한마디 하자 마부들은 곧 베를린을 따라잡았다.

미하일 스트로고프가 먼저 접근했다.

그가 지나갈 때 베를린의 창문에서 머리 하나가 불쑥 튀어나왔다.

그는 그 머리가 어떻게 생겼는지 볼 시간이 없었지만, 베를린 옆을 쏜살같이 지나갈 때 그 사람이 오만한 투로 이렇게 말하는 것을 분명히 들었다.

"서라!"

하지만 그들은 멈추지 않았고, 두 대의 타란타스는 순식간에 베를린과 거리를 벌렸다.

이제는 정식 경주가 되었다. 베를린을 끄는 말들은 다른 말들의 모습과 속도에 흥분한 것이 분명했다. 그래서 기운을 되찾아 몇 분 동안 뒤처지지 않고 같은 속도로 따라왔다. 마차 세 대는 자욱한 먼지구름 속에 파묻혔다. 이 먼지구름 속에서 채찍소리와 흥분한 외침소리 그리고 성난 고함소리가 뒤섞여 들려왔다.

그래도 우세한 쪽은 여전히 미하일과 길동무들이었다. 역참에 말이 부족하다면, 먼저 도착하는 것이 그들에게 매우 중요할 수 있다. 역장은 적어도 짧은 시간에는 마차 두 대에 말을 공급하기가 벅찰 것이다.

30분 뒤, 베를린은 멀찌감치 뒤처져서 스텝 지대의 지평선에 찍힌 작은 점처럼 보였다.

마차 두 대가 이심에 도착한 것은 저녁 8시였다.

타타르족의 침략에 관한 소식은 점점 악화되었다.

도시 자체가 타타르족 전위부대에 위협을 당했고, 이틀 전에는 행정당국이 토볼스크로 후퇴할 수밖에 없었다. 이심에는 관리도 군인도 남아 있지 않았다.

역참에 도착하자마자 미하일 스트로고프는 말을 요구했다.

그가 베를린을 앞지른 것은 다행이었다.

당장 마차에 맬 수 있을 만큼 상태가 좋은 말은 세 마리뿐이었다. 나머지는 모두 먼 길을 달리고 기진맥진한 상태로 방금 도착한 말들이었다.

역장은 말을 내주라고 명령했다.

두 기자는 이심에 머물 작정이었기 때문에 애써 수송수단을

이심의 역참

찾을 필요가 없었고, 그래서 그들의 마차를 치우게 했다.

10분 뒤, 미하일은 타란타스가 출발 준비를 끝냈다는 말을 들었다.

"좋습니다." 그가 말했다.

그러고는 두 기자 쪽으로 돌아서서 말했다.

"댁들은 이심에 남을 테니까, 이제 헤어져야겠군요."

"아니, 이심에서 한 시간도 머물지 않을 겁니까?" 알시드 졸리베가 말했다.

"예. 우리가 앞지른 베틀린이 도착하기 전에 역참을 떠나고 싶습니다."

"그 여행자가 말을 놓고 당신과 다툴까봐 걱정하는 건가요?"

"나는 어떤 다툼도 피하고 싶습니다."

"그렇다면 코르파노프 씨, 당신이 베풀어준 도움에 다시 한 번 감사하고, 당신과 함께 여행하면서 누린 즐거움에 감사하는 일만 남았군요."

"며칠 안에 옴스크에서 다시 만날 수도 있을 겁니다." 블라운트가 덧붙였다.

"그럴 수도 있겠죠." 미하일이 대답했다. "나는 곧장 그곳으로 갈 테니까요."

"안녕히 가세요, 코르파노프 씨." 졸리베가 말했다. "하늘이 당신을 지켜주실 겁니다."

두 기자가 진심으로 미하일과 악수를 하려고 손을 내밀었을 때, 밖에서 마차 소리가 들렸다.

곧이어 문이 활짝 열리고 한 사내가 나타났다.

베를린에 타고 있던 여행자였다. 군인처럼 보이는 사내는 마흔 살쯤 되어 보이고, 키가 크고 건장한 체격에 어깨는 딱 바라지고, 머리는 꼿꼿하게 세우고 있고, 불그레한 구레나룻과 짙은 콧수염을 기르고, 장식이 없는 군복을 입고 있었다. 옆구리에는 기병용 군도가 매달려 있고, 손에는 손잡이가 짧은 채찍을 쥐고 있었다.

"말을 주시오." 그는 명령하는 데 익숙한 사람의 태도로 요구했다.

"지금은 준비된 말이 한 마리도 없습니다." 역장이 공손히 절을 하면서 대답했다.

"나는 지금 당장 몇 마리를 써야겠소."

"그건 불가능합니다."

"문간에 있는 타란타스에 방금 매어진 그 말들은 뭐요?"

"그 말들은 이분 것입니다." 역장은 미하일 스트로고프를 가리키며 대답했다.

"그 말들을 푸시오!" 여행자는 어떤 대답도 허용하지 않겠다는 투로 말했다.

그때 미하일이 앞으로 나섰다.

"그 말들은 내가 빌린 겁니다."

"그게 무슨 상관이야? 나는 그 말들을 써야겠어. 어서. 낭비할 시간이 없어."

"나도 낭비할 시간이 없습니다." 미하일은 침착하려고 애쓰면서 대답했지만, 자신을 억제하기가 어려웠다.

가까이 있던 나디아도 침착했지만, 피하는 편이 훨씬 나았을 소동에 남몰래 불안을 느끼고 있었다.

"그만!" 여행자가 말했다.

그러고는 역장에게 다가가더니, 위협적인 몸짓을 하며 소리쳤다.

"말들을 타란타스에서 풀어서 내 마차에 매시오."

당황한 역장은 누구 말에 따라야 할지 몰라 쩔쩔매면서, 분명히 여행자의 부당한 요구를 물리칠 권리가 있는 미하일을 쳐다보았다.

미하일은 잠시 망설였다. '포다로시나'를 이용하고 싶지는 않았다. 그것을 제시하면 주목을 받을 것이다. 하지만 말을 양보해서 여행을 지연시키고 싶지도 않았다. 그래도 그의 임무 수행을 위태롭게 할 수도 있는 싸움에는 말려들지 않는 것이 중요했다.

두 기자는 미하일이 도움을 청하면 언제든지 지원할 준비를 갖추고 그를 쳐다보았다.

"내 말들은 내 마차에 그대로 있을 겁니다." 미하일이 말했다. 하지만 평범한 이르쿠츠크 상인에게 어울리지 않을 만큼 목청을 높이지는 않았다.

여행자는 미하일에게 다가와서 어깨에 무겁게 손을 올려놓았다.

"그래?" 그가 거친 목소리로 말했다. "말을 양보하지 않겠다?"

"그렇습니다."

"좋다. 그렇다면 우리 둘 중에 누가 말을 차지할 수 있는지 보자. 자, 덤벼라! 사정 봐주지 않을 테니까!"

이렇게 말하면서 여행자는 칼집에서 군도를 빼들었다. 그러자 나디아가 미하일 앞으로 몸을 던졌다.

블라운트와 알시드 졸리베도 미하일 쪽으로 한 걸음 나섰다.

"나는 싸우지 않겠소." 미하일은 가슴팍에 조용히 팔짱을 끼면서 말했다.

"싸우지 않겠다고?"

"그렇소."

"이래도?" 여행자가 소리쳤다. 그리고 누가 미처 말리기도 전에 채찍 손잡이로 미하일의 어깨를 때렸다. 이 모욕에 미하일의 얼굴은 백짓장처럼 하얘졌다. 그 짐승 같은 놈을 때려눕히고 싶은 듯 두 손이 부르르 떨렸다. 결투! 그것은 시간이 지체되는 것보다 더 나빴다. 어쩌면 임무 수행에 실패할지도 모른다. 차라리 몇 시간을 손해보는 편이 나을 것이다. 그래. 하지만 이 모욕을 참아야 하다니!

"이젠 싸울 거냐? 겁쟁이 놈아!" 여행자는 잔인한 것도 모자라서 상스럽게 되풀이했다.

"아니요." 미하일은 꼼짝도 하지 않고 상대의 얼굴을 똑바로 바라보며 대답했다.

"지금 당장 말을 푸시오." 사내는 역장에게 말하고 방에서 나갔다.

역장은 어깨를 으쓱하더니, 미하일에게 조금도 호의적이 아

"자, 덤벼라! 사정 봐주지 않을 테니까!"

닌 눈길을 던진 다음, 사내를 따라 나갔다.

이 사건이 기자들에게 준 인상도 결코 미하일에게 유리하지
않았다. 그들은 눈에 띄게 당황했다. 이 힘센 젊은이가 어떻게
그런 식으로 얻어맞고도 가만있을 수 있단 말인가? 그런 모욕
을 당하고도 어떻게 명예회복의 기회를 요구하지 않을 수 있단
말인가? 그들은 미하일에게 고개를 끄덕여 보이고 말없이 물러
났지만, 졸리베는 블라운트에게 이렇게 말했다.

"저 친구가 우랄 산맥의 곰들을 끝장내는 데에는 그렇게 능
숙하다는 것을 나는 믿지 못했을 겁니다. 같은 사람이 때로는
용감할 수 있고 때로는 겁쟁이가 될 수 있다는 게 사실인가요?
정말 이해할 수가 없군요."

잠시 후, 바큇소리와 채찍소리가 들려왔다. 그 소리는 타란타
스에 묶여 있던 말들이 베를린을 끌고 빠르게 역참을 빠져나가
고 있다는 것을 알려주었다.

방에는 꼼짝도 하지 않는 나디아와 여전히 부들부들 떨고 있
는 미하일만 남았다.

황제의 밀사는 가슴팍에 팔짱을 긴 채 동상처럼 꼼짝도 않고
앉아 있었다. 하지만 창백했던 얼굴은 불그레한 색으로 변해 있
었다. 그의 얼굴이 붉어진 것은 수치심 때문일 리가 없었다.

나디아는 미하일이 그런 사내한테 그렇게 심한 굴욕을 당하고
도 묵묵히 참은 데에는 강력한 이유가 있었을 거라고 확신했다.

나디아는 니즈니노브고로드 경찰서에서 그가 다가왔듯이 그
에게 다가가면서 말했다.

"손을 주세요, 오빠."

그와 동시에 그녀의 손은 길동무의 눈에서 솟아나온 눈물을
어머니 같은 몸짓으로 닦아주었다.

13
모든 것에 우선하는 의무

  바른 마음을 가진 여성답게 명석한 통찰력을 지닌 나디아는 어떤 은밀한 동기가 미하일 스트로고프의 모든 행동을 결정하고 있을 거라고 짐작했다. 그는 그녀가 모르는 이유 때문에 자기 뜻대로 행동할 수 없고, 자신이 원하는 일을 할 권한이 없고, 특히 이번 경우에 그는 그토록 심한 모욕을 받고도 그 모욕에 대한 분노마저 자신의 의무를 위해 영웅적으로 희생했을 거라고 그녀는 생각했다.

  그래서 나디아는 미하일에게 아무 설명도 요구하지 않았다. 그가 그녀에게 말할 수 있었을지도 모르는 모든 것에 대한 대답은 나디아가 그에게 뻗은 손이 벌써 대신하지 않았는가?

  미하일은 저녁 내내 말이 없었다. 역장은 이튿날 아침까지 팔팔한 말들을 제공할 수 없었기 때문에, 꼬박 하룻밤을 역참에서 지내야 했다. 이 시간을 이용하여 나디아는 휴식을 취할 수 있었고, 그래서 나디아가 묵을 방이 마련되었다.

나디아는 길동무 곁을 떠나고 싶지 않았지만, 그가 혼자 있고 싶어하는 것을 느끼고 자기 방에 갈 준비를 했다.

막 방으로 가려던 그녀는 미하일에게 다가가서 밤인사를 하고 싶은 마음을 억누르지 못했다.

"오빠." 그녀가 속삭였다.

하지만 그는 몸짓으로 그녀를 제지했다. 여자는 한숨을 내쉬고 방을 나갔다.

미하일 스트로고프는 자리에 눕지 않았다. 아마 그는 한 시간도 잠을 자지 못했을 것이다. 잔인한 여행자에게 맞은 어깨가 불에 덴 것처럼 느껴졌다.

"조국과 아버지를 위하여." 그는 저녁 기도를 끝내면서 중얼거렸다.

미하일은 특히 자기를 때린 사내가 누구인지, 어디에서 왔고 어디로 가고 있는지 알고 싶었다. 사내의 이목구비는 그의 기억에 깊이 새겨져 그 얼굴을 잊어버릴 염려는 전혀 없었다.

미하일은 마침내 역장을 불렀다. 역장은 곧 방으로 들어와서 경멸하는 눈으로 젊은이를 바라보며 그의 질문을 기다렸다.

"이 고장 사람이세요?" 미하일이 물었다.

"그렇소만."

"내 말을 빼앗아간 그 사람을 아십니까?"

"아니요."

"조국과 아버지를 위하여." 그는 중얼거렸다

"지금까지 그 사람을 본 적이 없나요?"

"한 번도."

"그 사람이 누구라고 생각하세요?"

"말 한마디로 남을 복종시킬 줄 아는 사람이지요."

미하일은 날카로운 눈길로 역장을 쏘아보았지만, 역장은 전혀 기죽지 않은 표정이었다.

"감히 나를 비판하는 거요?" 미하일이 소리쳤다.

"그렇소. 평범한 상인도 받으면 반드시 돌려주어야 하는 게 있으니까."

"주먹질 말이오?"

"그렇소, 젊은이. 나는 당신한테 그렇게 말할 수 있을 만큼 힘도 세고 나이도 많소."

미하일은 역장에게 다가가서 힘센 두 손을 역장의 어깨에 올려놓았다.

그러고는 묘하게 차분한 어조로 말했다.

"꺼져. 어서 꺼져! 당신을 죽일 수도 있으니까."

역장이 이번에는 이해했다.

"그래서 나는 그 사람이 더 좋아." 역장은 중얼거린 다음, 다른 말은 덧붙이지 않고 물러났다.

이튿날인 7월 24일 아침 8시, 튼튼한 말 세 마리가 타란타스에 매였다. 미하일과 나디아는 자리를 잡았고, 이심은 곧 불쾌한 기억과 함께 뒤에 남겨졌다.

그날 들른 여러 역참에서 미하일 스트로고프는 베를린이 아

"꺼져. 어서 꺼져! 당신을 죽일 수도 있으니까."

직도 그들보다 앞서 이르쿠츠크로 가고 있고, 그들 못지않게 서두르고 있는 여행자는 시간을 잠시도 낭비하지 않고 스텝 지대를 가로지르고 있다는 것을 확인했다.

오후 4시에 그들은 75킬로미터 떨어진 아바츠카야에 도착했다. 여기서 이르티시 강의 주요 지류 가운데 하나인 이심 강을 건너야 했다.

이 강을 건너는 것은 토볼 강을 건너는 것보다 어려웠다. 사실 이심 강의 흐름은 바로 그 지점에서 아주 빨랐다. 시베리아에서는 겨울이면 강들이 모두 수십 센티미터 두께로 꽁꽁 얼어붙기 때문에 쉽게 다닐 수 있고, 강바닥이 스텝 지대 전체에 질펀하게 펼쳐진 눈밭 아래로 사라져버리기 때문에 여행자들은 거기가 강인 줄도 모르고 강을 건너기까지 한다. 하지만 여름에는 강을 건너기가 무척 어려울 때가 있다.

실제로 이심 강을 건너는 데에는 두 시간이 걸렸다. 그래서 미하일은 몹시 화가 났고, 특히 뱃사공들이 타타르족의 침입에 대해 걱정스러운 소식을 전해준 것이 그의 분노를 더욱 부채질했다.

그들이 전해준 내용은 다음과 같았다.

페오파르 칸의 정찰대가 이미 토볼스크 주 남부에 있는 이심 강 하류의 양쪽 기슭에 나타났다. 옴스크가 위협을 받았다. 그들은 키르기스족이 많이 모여 사는 경계 지방에서 시베리아군과 타타르족 사이에 벌어진 전투에 대해 이야기했다. 그쪽에서는 러시아인이 수적으로 열세여서, 전투는 러시아 쪽에 유리하게 전개되지 않았다. 그래서 러시아군은 퇴각했고, 그 결과 그 지방의 모든 농민이 다른 곳으로 이주했다. 뱃사공들은 침략자들이 저지른 끔찍한 잔학행위―약탈·도둑질·방화·살인―를 이야기했다. 그것이 타타르족의 전쟁 방식이었다.

사람들은 페오파르 칸 앞에서 사방으로 달아났다. 도시와 마을의 인구가 줄어들면 교통수단을 구할 수 없게 되지나 않을까 하는 것이 미하일 스트로고프의 걱정이었다. 그래서 그는 한시라도 빨리 옴스크에 도착하고 싶었다. 이 도시를 떠나면 이르티시 강 계곡을 따라 내려오고 있는 타타르족 정찰대의 기선을 제압할 수 있을 테고, 이르쿠츠크까지 가는 길도 활짝 열릴 것이다.

타란타스가 강을 건넌 바로 그곳에서 군대용어로 '이심 연쇄'―시베리아의 남쪽 경계에서 400킬로미터에 걸쳐 사슬처럼 뻗어 있는 망루나 작은 요새들―라고 부르는 것이 끝났다. 전에는 카자크 기병 분견대가 이 요새들을 지키면서 타타르족만이 아니라 키르기스족의 침입도 막아냈다. 하지만 이들 유목민 무리가 정부에 절대 복종하게 되었다고 모스크바 정부가 믿게 된 뒤 요새들은 버려졌고, 요새들이 가장 유용하게 쓰였을 지금은 그것을 쓸 수 없게 되었다. 이 요새들은 이제 대부분 잿더미가 되었다. 뱃사공들은 남쪽 지평선에서 피어오르는 연기를 미하일에게 가리키기까지 했다. 그 연기는 타타르족 전위부대가 다가오고 있음을 보여주었다.

나룻배가 마차와 승객들을 이심 강 오른쪽 강둑에 내려놓자마자 스텝 지대를 최대한 빠른 속도로 가로지르는 여행이 다시 시작되었다.

저녁 7시였다. 하늘은 흐렸다. 이따금 소나기가 쏟아져 흙먼지를 가라앉힌 덕분에 도로 사정이 훨씬 좋아졌다. 미하일 스트로고프는 이심을 떠났을 때부터 거의 입을 열지 않았다. 하지만 항상 나디아에게 마음을 써주었고, 나디아가 잠시도 쉬지 않고 오랫동안 여행하는 피로를 견딜 수 있도록 도와주었다. 하지만 나디아는 절대로 불평하지 않았다. 그녀는 말에 날개라도 달아주고 싶었다. 길동무는 자기보다 훨씬 더 간절히 이르쿠츠크에 도착하고 싶어하는 게 아닐까 하고 그녀는 생각했다. 그런데 이르쿠츠크는 아직도 얼마나 멀리 떨어져 있는가!

타타르족이 옴스크에 들어가면, 그곳에 살고 있는 미하일의 어머니가 위험해질 거라는 생각도 떠올랐다. 미하일은 그런 사태를 걱정하고 있을 것이고, 이것은 그가 하루라도 빨리 어머니에게 가고 싶어서 안달하는 이유를 충분히 설명하고도 남았다.

마침내 나디아는 그의 어머니인 마르파 이야기를 꺼내고, 이 난리통에 노부인이 얼마나 무방비 상태로 놓여 있는지를 이야기했다.

"침략이 시작된 뒤 어머니 소식은 들었나요?" 나디아가 물었다.

"아니. 어머니가 보낸 마지막 편지에는 좋은 소식만 들어 있었어. 어머니는 용감하고 활기찬 시베리아 여자야. 나이는 많지만, 정신력은 그대로 유지하고 계시지. 어머니는 견디는 법을 아셔."

"저도 그분을 만나겠어요, 오빠." 나디아가 재빨리 말했다. "오빠가 저를 누이라고 부르는 이상, 전 그분의 딸이에요."

미하일이 대답하지 않았기 때문에 나디아가 덧붙여 말했다.

"어머니는 옴스크를 떠나실 수 있을까요?"

"그럴 수도 있겠지. 그래서 나는 어머니가 토볼스크에 가셨기를 바라고 있어. 어머니는 타타르족을 싫어해. 스텝 지대를 잘 아시니까, 그냥 지팡이를 짚고 이르티시 강을 따라 내려가는 것쯤은 조금도 두려워하지 않으실 거야. 그 지방에 어머니가 모르는 곳은 한 군데도 없어. 아버지랑 함께 그 고장 곳곳을 수없이 여행하셨으니까. 나도 어릴 적에 부모님을 따라 시베리아 사막을 여러 번 가로질렀지. 그래, 어머니는 틀림없이 옴스크를 떠나셨을 거야. 난 그렇게 믿어."

"그럼 오빠는 언제 어머니를 만나실 거예요?"

"어머니를 만나는 건…… 돌아오는 길에."

"하지만 어머니가 아직 옴스크에 계시면, 한 시간쯤 짬을 내어 어머니를 만나러 갈 수 있나요?"

"나는 어머니를 만나러 가지 않을 거야."

"어머니를 만나지 않겠다고요?"

"그래, 나디아." 미하일은 여자의 질문에 계속 대답해서는 안 된다고 느꼈기 때문에, 가슴을 부풀리면서 대답했다.

"그렇다고요? 아니, 오빠. 어머니가 아직 옴스크에 계시는데 무슨 이유로 만나지 않겠다는 거죠?"

"무슨 이유냐고? 무슨 이유냐고 묻는군." 미하일이 소리쳤다. 그의 목소리가 완전히 달라졌기 때문에 나디아는 흠칫 놀랐다. "내가 비겁하게 그 악당의 모욕을 참은 것과 같은 이유……."

그는 말을 끝맺지 못했다.

"진정하세요, 오빠." 나디아가 부드러운 목소리로 말했다. "저는 한 가지만 알고 있을 뿐이에요. 아니, 알지는 못하지만 느껴요. 지금 오빠의 모든 행동은 아들과 어머니를 맺어주는 의무감보다 더 신성한 의무감에 지배되고 있다는 거예요. 그런 의무가 존재할 수 있다면 말이지만……."

나디아는 입을 다물었고, 그 순간부터 어떤 식으로든 미하일의 특별한 상황과 관련된 화제는 절대로 꺼내지 않았다. 그는 나디아가 존중해주어야 할 은밀한 동기를 가지고 있었고, 나디아는 그것을 존중했다.

이튿날인 7월 25일 오전 3시, 타란타스는 이심 강을 건넌 뒤 120킬로미터를 달려서 튜칼린스크에 도착했다.

그들은 역참에서 재빨리 말을 바꿨다. 하지만 여기서 처음으로 마부가 출발하는 데 난색을 보였다. 마부는 타타르족 분견대가 스텝 지대를 돌아다니고 있다면서, 여행자와 말과 마차는 그런 떼강도한테 좋은 전리품이 될 거라고 주장했다.

뇌물을 듬뿍 쥐어주고서야 미하일은 내켜하지 않는 마부의 마음을 돌릴 수 있었다. 다른 경우와 마찬가지로 이 경우에도 미하일은 '포다로시나'를 제시하고 싶지 않았기 때문이다. 마지막 칙령은 전보로 송달되었기 때문에 시베리아 지방에도 알려져 있었다. 이 명령에 따라야 할 의무를 특별히 면제받은 러시아인은 사람들의 주목을 받았을 것이다. 이것은 황제의 밀사가 무엇보다도 피해야 할 일이었다. 마부가 출발을 망설인 것은 그가 여행자의 초조감을 이용했거나 아니면 정말로 불운을 두려워할 이유가 있었기 때문일 것이다.

하지만 마침내 마차는 출발하여 아주 순조롭게 달렸기 때문에, 오후 3시에는 80킬로미터 떨어진 쿨라친스크에 도착했다. 한 시간 뒤, 마차는 이르티시 강기슭에 있었다. 이제 옴스크는 20킬로미터밖에 떨어져 있지 않았다.

이르티시 강은 큰 하천이고, 아시아 북부를 향해 흘러가는 주요한 강들 가운데 하나다. 알타이 산맥에서 발원한 이 강은 남동쪽에서 북서쪽으로 7000킬로미터를 흐른 뒤 오브 강으로 흘러든다.

시베리아 분지의 모든 강이 여느 때보다 훨씬 불어나는 이맘때는 이르티시 강의 수위도 아주 높았다. 그래서 흐름이 급류로 바뀌어 건너기가 무척 어려웠다. 아무리 힘센 사람도 그 강을 헤엄쳐 건널 수는 없었을 것이다. 나룻배를 타고 건너는 것도 위험했다.

하지만 어떤 위험도 견뎌내기로 결심한 미하일과 나디아는 그 위험 앞에서 꽁무니를 뺄 생각은 꿈에도 하지 않았다.

미하일은 짐의 무게로 배가 더 위험해지지 않을까 걱정했다. 그래서 자기가 마차와 함께 배를 타고 먼저 강을 건너가서 마차를 건너편 기슭에 내려놓고, 되돌아와서 나디아를 데려가겠다고 제안했다.

나디아는 거절했다. 그러면 한 시간이 지체될 테고, 오직 자신의 안전 때문에 여행을 지연시키지는 않겠다는 거였다.

짐을 배에 싣는 것도 쉽지 않았다. 강기슭의 일부가 물에 잠겨 배가 기슭에 가까이 접근할 수 없었기 때문이다.

하지만 30분 동안 애쓴 끝에 사공들은 마차와 말 세 마리를 나룻배에 실었다. 미하일과 나디아와 마부도 배에 올라탔고, 나룻배는 출발했다.

몇 분 동안은 만사가 순조로웠다. 강을 조금 거슬러 올라가자 기슭에서 불쑥 튀어나온 기다란 곶이 강물의 흐름을 방해하며 소용돌이를 이루고 있었지만, 배는 쉽사리 그 소용돌이를 건넜다. 두 사공은 기다란 장대를 교묘하게 다루며 배를 몰았다. 하지만 강 복판에 이르자 수심이 점점 깊어져서 결국에는 장대가 강바닥에 닿지 않게 되었다. 장대 끝이 수면 위로 한 뼘밖에 올라와 있지 않아서 장대를 쓰기가 어려워졌고, 충분히 쓸 수도 없었다. 미하일과 나디아는 고물에 앉아서 사공들을 불안한 눈으로 지켜보았다.

"조심해!" 한 사공이 동료에게 외쳤다.

그가 소리를 지른 것은 배가 빠른 속도로 방향을 틀고 있었기 때문이다. 배는 급류에 휘말려 하류로 내려가고 있었다. 사공들은 장대 끝을 뱃전 밑에 뚫린 여러 개의 구멍에 집어넣고 부지런히 장대를 움직여 간신히 배를 급류에서 끌어낸 뒤, 오른쪽 기슭을 향해 비스듬히 느린 속도로 배를 몰았다.

그들은 상륙 지점보다 하류 쪽으로 5~6킬로미터 내려간 곳에 배가 닿을 거라고 계산했다. 하지만 사람과 짐승이 무사히 상륙할 수만 있다면 그것은 중요하지 않을 터였다. 건장한 두 사공은 뱃삯을 갑절로 주겠다는 약속에 더욱 고무되어, 이르티시 강을 건너는 이 어려운 일에 틀림없이 성공할 거라고 확신했다.

하지만 그들은 자신들이 막을 수 없는 사건을 무시했고, 그들의 열의나 숙련된 기술도 그 상황에서는 어쩔 도리가 없었을 것이다.

배는 양쪽 기슭에서 거의 같은 거리만큼 떨어져 있는 강 복판에 떠서 시속 2킬로미터의 속력으로 내려가고 있었다. 그때 미하일이 벌떡 일어나 상류 쪽으로 눈길을 돌렸다.

물살과 노의 도움을 받은 여러 척의 배가 빠른 속도로 그들을 향해 다가오고 있었다.

미하일이 미간을 찌푸렸다. 외침소리가 그의 입에서 터져나왔다.

"무슨 일이에요?" 여자가 물었다.

하지만 미하일이 미처 대답하기도 전에 사공 하나가 공포에 질린 어조로 외쳤다.

"타타르족이다! 타타르족이야!"

정말로 그 배들은 병사들로 가득 차 있었다. 몇 분만 지나면 배들은 나룻배에 닿을 것이다. 나룻배는 짐을 너무 무겁게 실어서 달아날 수가 없었다.

겁에 질린 사공들은 절망의 비명을 지르며 장대를 떨어뜨렸다.

"용기를 내요, 친구들!" 미하일이 외쳤다. "용기를 내! 저 배들이 우리를 따라잡기 전에 오른쪽 강둑에 도착하면 50루블을 주겠소."

이 말에 힘을 얻은 사공들은 다시 씩씩하게 일하기 시작했지만, 타타르족한테서 도망칠 수 없다는 것은 곧 분명해졌다.

타타르족이 그들을 공격하지 않고 지나칠 가능성은 거의 없었다. 반대로, 그들이 강도들을 두려워해야 할 이유는 충분했다.

"겁내지 마, 나디아." 미하일이 말했다. "무슨 일이든 할 준비를 갖추고 있어."

"전 준비가 되어 있어요."

"내가 말하면 물속에 뛰어들 각오도 되어 있지?"

"오빠가 말하면 언제든지."

"나를 믿어, 나디아."

"믿어요. 진심으로."

타타르족의 배들은 이제 30미터밖에 떨어져 있지 않았다. 배에는 옴스크 주위를 정찰하러 가는 부하라 칸국의 분견대가 타고 있었다.

나룻배는 아직도 강기슭에서 배 길이의 두 배나 떨어져 있었다. 사공들은 더욱 힘을 내어 열심히 장대를 움직였다. 미하일도 장대를 잡고 초인적인 힘으로 장대를 휘둘렀다. 그가 마차와 말들을 상륙시킨 다음 마차를 타고 달아날 수 있다면, 말을 타지 않은 타타르족을 따돌릴 가능성도 있었다.

하지만 그들의 노력은 모두 헛수고로 끝났다.

"사린 나 키추!" 첫 번째 배에서 병사들이 외쳤다.

미하일은 타타르족의 이 함성을 알아들었다. 육지에서 그 함성을 들었을 때의 반응은 대개 납작 엎드리는 것이다.

미하일도 사공들도 이 명령에 따르지 않았기 때문에 타타르족은 일제히 총을 쏘았고, 말 두 마리가 치명상을 입었다.

다음 순간, 격렬한 충격이 느껴졌다. 배들이 나룻배에 부딪친 것이다.

"가자, 나디아!" 미하일은 뱃전 너머로 뛰어내릴 준비를 하고 외쳤다.

여자가 막 그를 따르려 할 때 창이 그를 찔렀다. 그는 물속으로 내던져졌다. 그는 잠시 수면 위로 손을 들어 올리고 물살에 휩쓸려가다가 사라졌다.

나디아는 소리를 질렀지만, 그를 따라 물속으로 뛰어들기 직전에 붙잡혀 타타르족의 배로 끌려갔다.

몇 분 만에 사공들은 살해되었고, 나룻배는 그대로 떠내려갔고, 타타르족은 이르티시 강을 따라 계속 내려갔다.

나디아는 붙잡혀 타타르족의 배로 끌려갔다

14
어머니와 아들

옴스크는 서부 시베리아의 공식 수도다. 하지만 같은 이름의
주에서 가장 중요한 도시는 아니다. 톰스크가 그보다 크고 주민
도 많기 때문이다. 그래도 아시아 쪽 러시아의 절반인 옴스크
주의 총독이 주재하는 곳은 옴스크 시다.

정확히 옴스크라고 불리는 두 도시는 사실 별개의 두 도시
로 이루어져 있다. 하나는 행정당국과 공무원들만 있는 곳이
고, 또 하나는 좀더 특별하게 시베리아 상인들에게 바쳐진 곳
이다. 하지만 그 점에 관해서 말하자면 사실 옴스크는 상업적
으로 별로 중요하지 않다.

이 도시의 주민은 약 1만 2천 명 정도다. 도시는 성벽으로 둘
러싸여 있고 양옆에는 요새가 있지만, 이 성벽과 요새들은 흙
으로 되어 있어서 도시를 충분히 보호하지 못했다. 그래서 이

런 사실을 잘 알고 있는 타타르족은 이 시기에 주력부대를 투입하여 옴스크를 함락시키려 했고, 겨우 며칠을 투자한 끝에 성공을 거두었다.

2천 명으로 줄어든 옴스크 수비대는 용감하게 저항했다. 하지만 칸의 군대에 압도당하여 옴스크의 상업지구에서 조금씩 밀려난 수비대는 고지대로 피난할 수밖에 없었다.

총독과 관리들과 병사들은 거기에 참호를 구축했다. 그들은 집과 교회에 총안을 설치하여 옴스크의 고지대를 일종의 요새로 만들었고, 지금까지는 임시변통으로 만든 이곳에서 잘 버티고 있었다. 하지만 약속된 지원군이 올 가망은 별로 없었다. 사실 이르티시 강을 따라 내려오고 있는 타타르족 군대는 날마다 증원군을 새로 받았고, 더 중대한 문제는 당시 그들이 한 장교의 지휘를 받고 있었다는 점이다. 그 장교는 조국에는 배신자지만 아주 유명한 남자였고, 어떤 비상사태에도 꿈쩍하지 않을 만큼 대담무쌍했다.

그 남자는 바로 이반 오가레프 대령이었다.

타타르족의 족장들 중에서 가장 야만적인 족장만큼 무서운 이반 오가레프는 교육받은 군인이었다. 아시아 태생인 어머니한테서 몽골족의 피를 물려받은 그는 기만전술이나 매복작전을 좋아했고, 비밀을 캐내거나 함정을 파고 싶을 때는 수단 방법을 가리지 않았다. 천성적으로 사기꾼 기질을 타고난 그는 아무리 야비한 속임수도 거리낌 없이 써먹었다. 필요할 때는 납작 엎드려 있었고, 온갖 위장과 속임수에 뛰어났다. 게다가 잔인해서 몸소 사형을 집행하기까지 했다. 그는 이 야만적인 전쟁에서 페오파르 칸의 의도를 잘 보좌할 수 있는 부관이었다.

미하일 스트로고프가 이르티시 강기슭에 도착했을 때 이반 오가레프는 이미 옴스크의 지배자였고, 타타르군의 주력부대가 막 집결한 톰스크로 서둘러 돌아가야 했기 때문에 옴스크의 고지대에 대한 포위 공격을 더욱 열심히 밀어붙이고 있었다.

사실 톰스크는 며칠 전 페오파르 칸에게 점령되었다. 중부 시베리아의 지배자인 침략자들은 이 톰스크에서 이르쿠츠크로 행군할 예정이었다.

이르쿠츠크가 이반 오가레프의 진짜 목표였다.

가짜 이름으로 대공의 환심을 사서 신임을 얻은 다음, 때가 되면 이르쿠츠크와 대공을 타타르족의 손에 넘기는 것이 반역자의 계획이었다.

이르쿠츠크 같은 도시와 대공 같은 인질을 손에 넣으면, 시베리아의 아시아 지역 전체가 침략자들의 손아귀에 들어갈 게 뻔했다.

이 음모를 황제가 알고 있다는 것은 잘 알려져 있었고, 미하일 스트로고프가 중요한 서신을 맡아서 가져가고 있는 것은 그 음모를 좌절시키기 위해서였다. 그래서 젊은 밀사는 신분을 감추고 침략당한 지역을 통과하라는 엄격한 지시를 받았던 것이다.

이 임무를 그는 이제까지는 충실하게 수행했지만, 그것을 성공적으로 완수할 수 있을까?

미하일 스트로고프가 받은 타격은 다행히 치명적인 게 아니었다. 그는 몸을 완전히 감추는 방식으로 헤엄을 쳐서 오른쪽

218

기슭에 도착한 뒤, 기진맥진하여 덤불 속에 쓰러졌다.

그가 정신을 차려보니 농부의 오두막에 누워 있었다. 농부는 쓰러져 있는 그를 데려다가 돌봐주어 그의 목숨을 구해주었다. 그는 이 용감한 시베리아인의 오두막에 얼마나 오랫동안 있었을까? 그것은 짐작도 가지 않았다. 하지만 눈을 떴을 때 그는 턱수염을 기른 잘생긴 얼굴이 허리를 구부리고 동정하는 눈길로 자신을 내려다보고 있는 것을 보았다. 여기가 어디냐고 막 물으려 할 때, 농부가 앞질러 말했다.

"말하지 마세요. 아무 말도 마세요! 당신은 아직 너무 허약해요. 여기가 어디인지, 그리고 내가 당신을 이곳에 데려온 뒤 일어난 일을 모두 말씀드리지요."

이어서 농부는 그가 목격한 여러 사건들—타타르족의 배들이 나룻배를 공격한 일, 타란타스를 빼앗고 사공들을 죽인 일—을 미하일 스트로고프에게 말해주었다.

하지만 미하일 스트로고프는 더 이상 듣지 않고 옷 속으로 슬며시 손을 집어넣어, 황제의 편지가 아직 품안에 안전하게 있는 것을 확인했다.

그는 안도의 한숨을 내쉬었다. 하지만 그게 전부가 아니었다.

"젊은 여자가 함께 있었는데요." 그가 말했다.

"그 여자는 죽지 않았습니다." 농부는 손님의 눈 속에서 불안을 보고 앞질러 대답했다. "놈들은 그 여자를 자기네 배에 태우고 이르티시 강을 계속 내려갔어요. 놈들이 톰스크에 붙잡아두고 있는 수많은 포로가 하나 더 늘어날 뿐이죠!"

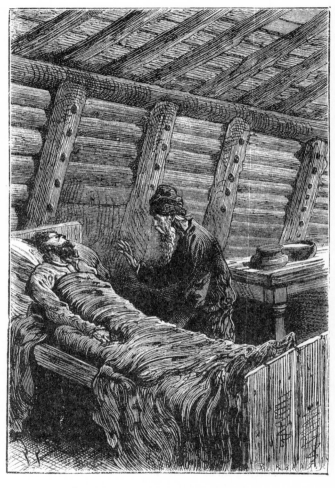

"말하지 마세요. 당신은 아직 너무 허약해요."

미하일 스트로고프는 대답할 수가 없었다. 그는 두근거리는 심장 고동을 억제하려고 손으로 가슴을 눌렀다.

  하지만 이런 시련에도 불구하고 그의 영혼을 지배한 것은 의무감이었다.

  "여기가 어딥니까?" 그가 물었다.

  "이르티시 강 오른쪽 기슭이에요. 옴스크에서 5킬로미터 정도 떨어져 있지요." 농부가 대답했다.

  "내가 어떤 상처를 입었기에 이렇게 몸이 쇠약해진 겁니까? 총상은 아니겠지요?"

  "아닙니다. 머리를 창에 찔렸는데, 지금은 상처가 아물고 있답니다. 며칠만 쉬고 나면 여행을 계속할 수 있을 겁니다. 당신은 강에 빠졌지만, 타타르족은 당신한테 손을 대지도 않았고 당신 몸을 뒤지지도 않았어요. 당신 지갑은 아직 주머니 속에 있습니다."

  미하일 스트로고프는 농부의 손을 움켜잡았다. 그러다가 갑자기 냉정을 되찾으려고 애쓰면서 말했다.

  "내가 이 집에 얼마나 오래 있었습니까?"

  "사흘입니다."

  "사흘을 허비하다니!"

  "사흘 동안 당신은 인사불성으로 누워 있었어요."

  "혹시 팔 말이 있습니까?"

  "떠나고 싶으세요?"

  "지금 당장."

"나는 말도 마차도 없습니다. 타타르족이 지나간 곳에는 아무것도 남지 않아요!"

"그럼 옴스크까지 걸어가서 말을 찾겠습니다."

"몇 시간만 더 쉬면 여행을 계속하기에 더 좋은 상태가 될 텐데요."

"한 시간도 쉴 수 없습니다!"

"그럼 갑시다." 농부는 손님의 의지를 꺾으려고 애써봤자 소용없다는 것을 알아차리고 대답했다. "내가 직접 안내하겠습니다. 게다가 옴스크에서는 그래도 아직은 러시아인의 세력이 강합니다. 당신도 아마 눈에 띄지 않고 그곳을 지나갈 수 있을 겁니다."

"나한테 해준 모든 일은 하늘이 보상해줄 겁니다." 미하일 스트로고프가 말했다.

"보상이라고요? 지상에서 보상을 기대하는 건 바보들이나 하는 짓이지요." 농부가 대답했다.

미하일 스트로고프는 오두막에서 나왔다. 걸으려고 애썼지만, 심한 현기증이 그를 덮쳤다. 농부가 도와주지 않았다면 기절하여 쓰러졌을 것이다. 하지만 신선한 공기를 마시자 곧 기운이 났다. 그는 머리에 난 상처를 만져보았다. 창의 위력이 줄어든 것은 그의 모피모자 덕분이었다. 강한 체력을 가진 그는 그런 사소한 일에 굴복할 남자가 아니었다. 그의 눈앞에는 오로지 한 가지 목표만 놓여 있었다. 멀리 떨어져 있는 이르쿠츠크! 반드시 그곳에 도착해야 한다! 하지만 옴스크에 머물지 말고 그곳을 통과해야 한다.

'하느님이 어머니와 나디아를 지켜주시겠지!' 그는 속으로 중

얼거렸다. '나는 이제 어머니와 나디아를 생각할 권리가 없어!'

미하일 스트로고프와 농부는 곧 옴스크의 상업지구에 도착했다. 이 지역은 타타르군에 점령되어 있었지만 그들은 어렵지 않게 그곳에 들어갔다. 도시를 둘러싼 토성은 곳곳이 무너졌고, 페오파르 칸의 군대를 따라온 비적들이 뚫어놓은 구멍도 있었다.

옴스크 거리와 광장에는 타타르족 병사들이 개미떼처럼 우글거렸지만, 엄격한 압제자가 그들에게 별로 익숙지 않은 규율을 강요하고 있다는 것을 쉽게 알 수 있었다. 실제로 그들은 어디에서도 혼자 다니지 않았고, 기습 공격에 대비하여 반드시 무장한 상태로 무리를 지어 다녔다.

야영지로 바뀐 중앙광장에서는 2천 명의 타타르족이 야영을 하고 있었고, 많은 보초들이 야영지를 지키고 있었다. 말들은 말뚝에 매여 있었지만, 안장을 얹은 채 명령이 떨어지자마자 출발할 준비를 갖추고 있었다. 이 타타르족 기병대에는 옴스크가 임시 주둔지일 뿐이었다. 그들은 동시베리아의 비옥한 평원을 더 좋아했다. 그곳의 도시들은 더 부유하고 시골들은 더 비옥하고, 따라서 약탈하기에도 유리했다.

이반 오가레프는 상업지구 위쪽에 있는 행정지구를 여러 번 강력하게 공격했지만, 용감한 저항에 부딪혀 아직도 굴복시키지 못한 상태였다. 흉벽 모양의 요철이 있는 그곳 성벽 위에는 러시아 국기가 펄럭이고 있었다.

미하일 스트로고프와 그의 안내인은 국기에 경례하고 충성을 맹세하면서 진정한 자부심을 느끼지 않을 수 없었다.

옴스크 시를 훤히 알고 있는 미하일 스트로고프는 전에 자주 다녔던 거리를 피하려고 조심했다. 누가 그를 알아볼까봐 두려웠기 때문은 아니었다. 이 도시에서 그의 이름을 부를 수 있는 사람은 어머니뿐이겠지만, 그는 어머니를 만나지 않겠다고 맹세했고, 실제로 어머니를 만나지 않았다. 게다가 어머니는 스텝 지대의 평온한 곳으로 피난했을지도 모른다. 그는 어머니가 피난했기를 진심으로 바랐다.

천만다행히도 농부는 돈만 주면 마차나 말을 빌려주거나 팔라는 요구를 거절하지 않을 역장을 알고 있었다. 옴스크 시를 떠나야 하는 어려움이 남아 있었지만, 성벽에 뚫린 구멍들은 확실히 그의 출발을 도와줄 것이다.

그래서 농부는 미하일을 역참으로 곧장 데려갔다. 그런데 도중에 좁은 도로를 지날 때 미하일이 갑자기 멈춰 서더니 불쑥 튀어나온 담장 뒤로 재빨리 몸을 숨겼다.

"무슨 일입니까?" 농부가 이 갑작스러운 행동에 깜짝 놀라서 물었다.

"쉿! 조용히!" 미하일 스트로고프는 손가락을 입술에 대고 서둘러 대답했다.

그 순간, 분견대가 중앙광장에서 미하일 스트로고프와 농부가 방금 걸어가고 있었던 길로 몰려나왔다.

아주 소박한 군복 차림의 장교가 20명의 기병으로 이루어진 분견대를 선두에서 이끌고 있었다. 장교는 재빠른 눈길로 길 양쪽을 살폈지만, 미하일 스트로고프가 황급히 물러났기 때문에 그를 보지는 못했을 것이다.

분견대는 전속력으로 좁은 거리에 들어왔다. 장교도 호위대도 주민들을 전혀 걱정하지 않았다. 그들이 지나가는데 미처 길을 비키지 못한 사람도 여러 명이었다. 그래서 숨죽인 외침소리가 몇 번 터져 나왔고, 분견대는 당장 창을 휘두르는 것으로 거기에 응답했다. 그러면 순식간에 길이 훤히 뚫렸다.

호위대가 사라지자 미하일 스트로고프는 농부를 돌아보며 물었다.

"저 장교는 누굽니까?"

질문하는 동안 그의 얼굴은 송장처럼 창백했다.

"그놈이 바로 이반 오가레프예요." 시베리아인은 증오심을 나타내는 낮고 굵은 목소리로 대답했다.

"그놈이!" 미하일 스트로고프는 외쳤다. 그의 입에서 새어나온 그 말에는 억누를 수 없는 분노가 담겨 있었다.

그는 그 장교가 이심의 역참에서 자신을 때린 여행자라는 것을 방금 알아보았다. 그리고 미하일은 니즈니노브고로드의 시장에서 만난 집시 노인을 얼핏 보고 그의 말을 귓결에 들었을 뿐이지만, 그 여행자가 바로 그 집시 노인이라는 것도 동시에 알아차렸다.

미하일 스트로고프는 틀리지 않았다. 두 사람은 동일 인물이었다. 이반 오가레프는 집시 차림으로 상가레의 무리에 섞여 니즈니노브고로드를 떠날 수 있었던 것이다. 그가 그 도시에 간 것은 중앙아시아에서 박람회장에 모여든 수많은 외국인들 틈에서 그의 저주받을 임무 수행에 협력한 동지들을 찾기 위해서였다. 상가레 일당은 보수를 받는 진짜 밀정들이었고, 그에게 절대적인 충성을 바쳤다. 밤중에 박람회장에서 미하일 스트로고프가 무슨 뜻인지 이해하지 못한 그 야릇한 말을 한 것은 바로 이반 오가레프였다. 집시 무리와 함께 '코카서스' 호를 타고 항해한 것도 이반 오가레프였다. 그는 우랄 산맥을 넘어 카잔에서 이심으로 오는 이 길을 따라 옴스크에 도착했고, 이제 이곳에서 최고의 권력을 잡고 있었다.

이반 오가레프는 옴스크에 도착한 지 사흘밖에 되지 않았고, 이심에서 그들이 숙명적으로 만나지 않았다면, 그리고 이르티시 강에서 그런 사건이 일어나 강기슭에서 사흘을 붙잡혀 있지 않았다면, 미하일 스트로고프는 분명 그를 앞질러 이르쿠츠크로 갔을 것이다.

그러면 장차 얼마나 많은 불행을 피할 수 있었을지 누가 알겠는가! 어쨌든 미하일 스트로고프는 어느 때보다도 이반 오가레프를 피해야 하고, 어떻게든 눈에 띄지 말아야 했다. 그와 정면으로 맞닥뜨리는 순간이 오면, 미하일은 어떻게 대처해야 할지 알고 있었다. 반역자가 시베리아 전체의 주인이라 해도.

농부와 미하일은 다시 출발하여 역참에 도착했다. 성벽에 뚫린 구멍으로 옴스크를 떠나는 것은 땅거미가 진 뒤에는 어렵지 않을 것이다. 타란타스를 대신할 마차를 사는 것은 불가능했다. 빌려주거나 파는 마차가 한 대도 없었다. 하지만 지금 미하일 스트로고프에게 마차가 무슨 필요가 있겠는가? 그는 혼자가 아넌가? 말 한 마리면 충분할 것이다. 다행히도 말 한 마리는 구할 수 있었다. 그 말은 힘든 노동을 견딜 수 있는 원기왕성한 말이었다. 그리고 미하일 스트로고프는 말을 타는 데 숙달되어 있었기 때문에 그 말을 충분히 이용할 수 있었다.

말을 구하는 데에는 많은 돈이 들었다. 잠시 후 미하일은 떠날 준비를 마쳤다.

그때는 오후 4시였다.

미하일 스트로고프는 성벽을 통과하기 위해 어둠이 내릴 때까지 기다려야 했지만 옴스크 거리에 모습을 드러내고 싶지 않아서 역참에 남아 음식을 먹었다.

역참은 불안한 주민들이 자주 오는 곳이었기 때문에 대합실에는 많은 사람이 모여 있었다. 그들은 이 다사다난한 시기에 정보를 얻으러 역참에 모였다. 모스크바 군단의 도착이 그들의 화제에 올라 있었다. 모스크바 군단은 옴스크가 아니라 톰스크에 도착할 것으로 예상되었고, 톰스크를 페오파르 칸의 타타르족한테서 탈환할 작정이었다.

미하일 스트로고프는 오가는 이야기에 열심히 귀를 기울였지만, 대화에 끼어들지는 않았다.

그때 갑자기 들려온 외침소리에 그는 흠칫 놀랐다. 그것은 그의 영혼 깊숙이까지 뚫고 들어오는 외침소리였다. 이 두 마디가 그의 귓속으로 뛰어 들어온 것이다.

"아들아!"

그의 어머니인 마르파 노부인이 그 앞에 있었다! 어머니는

"아들아!"

몸을 떨면서 그에게 미소를 지었다. 그리고 그에게 두 팔을 내밀었다.

미하일 스트로고프는 일어섰다. 그리고 어머니 품에 막 몸을 내던지려고…….

의무감, 그리고 이 불운한 만남 때문에 어머니와 그 자신에게 닥칠 중대한 위험에 대한 생각이 갑자기 그를 멈춰 세웠다. 그는 놀라운 자제력을 갖고 있었기 때문에 얼굴 근육 하나도 움직이지 않았다.

대합실에 있는 사람은 스무 명쯤 되었다. 그들 중에는 아마 밀정도 있을 테고, 마르파 스트로고프의 아들이 황제의 전령부대 소속이라는 것은 시내에 알려져 있지 않을까?

미하일 스트로고프는 움직이지 않았다.

"미하일!" 어머니가 외쳤다.

"누구시죠?" 미하일 스트로고프는 여느 때처럼 명확한 어조로 말하지 못하고 더듬거렸다.

"내가 누구냐고 묻다니, 너는 이제 에미도 몰라보냐?"

"잘못 아셨습니다." 미하일 스트로고프는 냉정하게 대답했다. "얼굴이 비슷해서 착각하신 모양이군요."

마르파 노부인은 그에게 다가와 그의 눈을 똑바로 들여다보며 말했다.

"표트르와 마르파 스트로고프의 아들이 아니라고?"

미하일 스트로고프는 어머니를 품에 끌어안을 수 있다면 목숨이라도 내주었을 것이다. 하지만 여기서 무너지면 그 자신도,

어머니도, 그의 임무도, 그의 맹세도 모두 끝장이었다! 그는 자신을 억제하고, 어머니의 얼굴을 동요시킨 형언할 수 없는 고뇌를 보지 않으려고 눈을 감았다. 그리고 그를 안으려고 뻗은 어머니의 떨리는 손을 건드리지 않으려고 자기 손을 뒤로 오므렸다.

"무슨 말씀을 하시는지 모르겠군요." 그는 뒤로 물러나면서 대답했다.

"미하일!" 늙은 어머니가 또다시 외쳤다.

"제 이름은 미하일이 아닙니다. 저는 아주머니의 아들이 아니에요! 저는 니콜라이 코르파노프라는 이르쿠츠크의 장사꾼입니다."

그러고는 서둘러 대합실을 떠났다. 두 마디 말이 마지막으로 울려 퍼졌다.

"아들아! 내 아들아!"

미하일 스트로고프는 필사적인 노력으로 그곳을 나왔다. 그는 거의 죽은 듯이 벤치에 쓰러진 어머니를 돌아보지 않았다. 하지만 역장이 서둘러 도와주러 갔을 때 노부인은 스스로 몸을 일으켰다. 갑자기 어떤 생각이 부인의 머리에 떠올랐던 것이다. 아들이 어머니를 모른다고 하다니! 그것은 있을 수 없는 일이야. 내가 착각해서 다른 사람을 아들로 잘못 보는 것도 역시 있을 수 없는 일이야. 내가 방금 본 사람은 분명 아들이었어. 아들이 어머니를 인정하지 않았다면 그것은 아들이 그것을 원치 않았기 때문이야. 인정하면 안 되었기 때문이야. 그런 식으로 행동해야 할 이유가 있었기 때문이야! 그러자 마음속에서 모정이

끓어오르고, 이제 부인의 머릿속에는 한 가지 생각뿐이었다. 내가 뜻하지 않게 내 아들을 파멸시킨 건 아닐까?

"내가 미쳤어요." 부인은 묻는 사람들에게 대답했다. "내가 잘못 봤어요! 그 젊은이는 내 아이가 아니에요. 목소리도 달라요. 이제 그 일은 더 이상 생각하지 맙시다. 계속 생각하면 나중에는 내가 보는 사람마다 내 아들이라고 우길 거예요."

그후 10분도 지나기 전에 타타르족 장교가 역참에 나타났다.

"마르파 스트로고프?" 장교가 물었다.

"저예요." 노부인이 대답했다. 말투가 너무 침착하고 얼굴이 너무 평온해서, 부인이 아들과 만나는 장면을 목격한 사람들은 부인을 몰라볼 정도였다.

"따라오시오." 장교가 말했다.

마르파 스트로고프는 흔들리지 않는 걸음걸이로 타타르족 장교를 따라 대합실을 나갔다.

몇 분 뒤에 마르파 스트로고프는 광장에서 이반 오가레프와 마주섰다. 이반 오가레프는 대합실에서 벌어진 장면을 자세히 보고받은 상태였다.

이반 오가레프는 의심을 품고 노부인을 심문했다.

"이름은?" 그는 거친 목소리로 물었다.

"마르파 스트로고프예요."

"아들이 있나?"

"예."

"황제의 전령인가?"

"예."

"어디 있나?"

"모스크바에."

"아들은 아무 소식이 없나?"

"아무 소식도 없습니다."

"언제부터?"

"두 달 전부터요."

"그럼 당신이 몇 분 전에 역참에서 아들이라고 부른 그 젊은이는 누구였지?"

"시베리아 젊은이를 내가 아들로 잘못 보았습니다. 이 도시가 낯선 사람들로 가득 찬 뒤, 내가 아들로 착각한 사람이 이번으로 벌써 열 번째입니다. 어디에 가나 아들이 보이는 것 같거든요."

"그러니까 그 젊은이는 미하일 스트로고프가 아니었다는 건가?"

"예. 미하일 스트로고프가 아니었습니다."

"이봐 할멈, 사실을 자백할 때까지 고문할 수도 있다는 건 알고 있겠지?"

"저는 사실을 말했어요. 아무리 고문해도 내 말을 바꾸지는 못할 겁니다."

"미하일 스트로고프가 아니었다고?" 이반 오가레프가 다시 물었다.

"예, 아니었습니다." 마르파 스트로고프도 다시 대답했다. "제가 도대체 무엇 때문에 하느님이 주신 아들을 부인할 거라고 생각하세요?"

232

"자백할 때까지 고문할 수도 있다는 건 알고 있겠지?"

이반 오가레프는 그에게 정면으로 맞선 용감한 노부인을 증오에 찬 눈으로 노려보았다. 그는 노부인이 그 젊은 시베리아인을 보고 자기 아들이라는 것을 당장 알아차렸다고 확신했다. 그런데 그 아들이 먼저 어머니를 부인했다면, 그리고 어머니도 이제 아들을 부인한다면, 그 동기는 중대할 수밖에 없었다.

그래서 이반 오가레프는 자칭 니콜라이 코르파노프가 황제의 전령인 미하일 스트로고프일 거라고 확신했다. 그런데 가명으로 신분을 감추고 있다면 어떤 임무를 띠고 있는 게 분명하고, 그 임무를 알아내는 것이 매우 중요할 수도 있었다. 그래서 그는 당장 미하일 스트로고프를 추적하라고 명령했다. 그런 다음 마르파 스트로고프를 돌아보면서 말했다.

"이 노파를 톰스크로 데려가."

병사들이 잔인하게 마르파를 끌고 나갈 때 그는 이를 악물고 덧붙여 말했다.

"입을 열게 하는 방법을 때가 되면 나도 알게 될 거다, 이 할망구야!"

15
바라바 늪지대

미하일 스트로고프가 그렇게 재빨리 역참을 떠난 것은 다행이었다. 이반 오가레프의 명령은 당장 옴스크 시의 모든 출입구에 전달되었고, 미하일이 옴스크를 떠나지 못하도록 그의 생김새를 자세히 설명한 인상착의서가 모든 지휘관에게 보내졌다. 하지만 그때 이미 그는 성벽에 뚫린 구멍을 통과한 뒤였다. 그의 말은 스텝 지대를 전속력으로 달리고 있었다. 당장 추적당하지는 않았기 때문에 그가 탈출할 가능성은 충분했다.

미하일 스트로고프가 옴스크를 떠난 것은 7월 29일 저녁 8시였다. 이 도시는 모스크바와 이르쿠츠크의 중간에 자리잡고 있다. 미하일이 타타르족 군대를 앞지르고 싶으면 열흘 안에 이르쿠츠크에 도착할 필요가 있었다. 어머니와 맞닥뜨린 불운한 우연 때문에 그의 정체가 탄로났을 것은 분명했다. 이반 오가레프는 이제 황제의 밀사가 방금 옴스크를 통과하여 이르쿠츠크 쪽으로 가고 있다는 것을 알고 있었다. 이 밀사가 지닌 공문서는 엄청난 중요성을 가졌을 게 분명했다. 그래서 미하일 스트로고프는 상대가 자기를 잡기 위해 온갖 노력을 다하리라는 것을 알았다.

하지만 그가 몰랐고 알 수도 없었던 것은 마르파 스트로고프가 이반 오가레프의 손아귀에 들어갔고, 별안간 눈앞에 있는 아들을 본 어머니로서 감정을 억누르고 못하고 자연스럽게 드러냈기 때문에 어쩌면 목숨으로 그 대가를 치르게 될지 모른다는 것이었다. 미하일이 그것을 몰랐던 게 다행이었다. 알았다면 이 새로운 시련을 견뎌낼 수 있었을까?

미하일 스트로고프는 자신의 열띤 초조감을 모두 말에게 불어넣어 말을 재촉했다. 그는 말에게 한 가지만 요구했다. 더 빠른 탈것으로 갈아탈 수 있는 다음 역참까지 자기를 빨리 데려가 달라는 것이었다.

그는 한밤중까지 70킬로미터를 달린 뒤 쿨리코보 역에서 멈추었다. 하지만 그가 걱정했듯이 그곳에는 말도 마차도 없었다. 타타르족 분견대들이 스텝 지대의 간선도로를 지나간 뒤였다. 마을과 역참은 모든 것을 깡그리 도둑맞거나 징발당했다. 미하일 스트로고프는 말과 자신이 먹을 음식조차 구하기 어려웠다.

따라서 언제 어떻게 다른 말을 구할 수 있을지 몰랐기 때문에, 말을 소중히 다루는 것이 매우 중요했다. 하지만 이반 오가레프는 그를 추적하도록 기병대를 보냈을 게 분명했고, 미하일은 그들과 최대한 거리를 두고 싶어서 계속 달리기로 결정했다.

그는 한 시간 동안 휴식을 취한 뒤 스텝 지대를 가로지르는 여행을 다시 시작했다.

지금까지 날씨는 황제의 밀사가 여행하기에 좋았다. 기온도 견딜 만했다. 연중 이맘때는 밤이 무척 짧고 구름 사이로 빛나는 달이 밤을 밝혀주었기 때문에 스텝 지대를 지날 수 있었다. 게다가 미하일 스트로고프는 자기가 가는 길에 확신을 품고, 전혀 의심하거나 망설이지 않는 남자였다. 우울한 생각에 사로잡혀 있으면서도 그는 명석한 머리를 유지했고, 자신의 목적지가 지평선 위에 보이기라도 하는 것처럼 그 방향으로 곧장 나아갔다. 길모퉁이에서 잠시 멈추는 것은 말이 한숨 돌리게 해주기 위해서였다. 이제 그는 말을 편히 쉬게 해주려고 잠시 말에서 내려, 스텝 지대를 달려오는 말발굽 소리를 들으려고 다시 땅바닥에 귀를 대곤 했다. 그의 의심을 불러일으킬 만한 일은 아무것도 일어나지 않았기 때문에 그는 다시 길을 떠났다.

아아, 이 시베리아 땅이 온종일 낮만 계속되고 어둠이 찾아오지 않는 그 북극의 여름날로 가득 채워질 수만 있다면! 좀더 안전하게 시베리아 땅을 가로지르려면 정말로 밝은 낮만 계속되는 것이 바람직했다.

7월 30일 아침 9시, 미하일 스트로고프는 투루모프 역을 통과하여 바라바 늪지대로 들어갔다.

여기서 300킬로미터 정도는 자연의 장애물이 만만찮을 것이다. 그는 이것을 알았지만, 그 어려움을 이겨내리라는 것도 알았다.

북위 60도와 52도 사이에 놓여 있는 이 드넓은 바라바 늪지대는 오브 강이나 이르티시 강 쪽으로 빠져나갈 출구를 찾지 못한 모든 빗물이 모이는 저수지를 이루고 있다. 이 넓은 저지대의 토양은 완전히 점토질이어서 물이 스며들지 않기 때문에, 물은 거기에 남아서 더운 계절에는 지나다니기가 무척 어려워진다.

하지만 이곳에는 이르쿠츠크로 가는 길이 있다. 그 길은 유독한 증기가 햇볕에 증발하는 못과 웅덩이, 호수와 늪 사이를 굽이굽이 지나고 있어서 여행자에게 극심한 피로와 위험을 안겨준다.

모든 것이 꽁꽁 얼어붙고 눈이 땅을 평평하게 만들고 독기의 증발을 줄이는 겨울에는 썰매가 바라바 늪지대의 단단한 껍질 위를 쉽고 안전하게 미끄러진다. 그때는 사냥꾼들이 모피 때문에 수요가 많은 귀중한 여우와 담비를 잡기 위해 사냥감이 많은 이 지역을 자주 찾아온다. 하지만 여름에는 늪이 다시 진창으로 변하고 해충이 들끓는 데다 수위가 너무 높아져서 지나다닐 수도 없다.

미하일 스트로고프는 풀이 무성한 초원으로 말을 몰아넣었다. 그곳의 풀은 스텝 지대의 짧게 깎인 잔디와는 전혀 달랐다. 시베리아의 수많은 가축은 오로지 스텝 지대에서만 키워진다. 이 초원은 끝없는 스텝 지대가 아니라 일종의 거대한 관목 숲이었다.

이곳의 풀은 1.5미터 내지 2미터까지 자라서 습지식물이 자랄 공간을 마련해주었다. 이곳의 습기와 여름의 열기 덕분에 습지식물들은 거대한 크기로 자랐다. 그것은 주로 등나무와 골풀이었다. 그것이 그물처럼 얼기설기 얽혀서 뚫고 들어갈 수 없는 덤불을 이루었다. 화려한 색깔로 눈길을 끄는 수많은 꽃들이 덤불 곳곳에 흩뿌려져 있었다. 그 속에서 특히 눈에 띄는 백합과

붓꽃의 향기가 흙에서 피어오른 미지근한 분비물과 뒤섞였다.

길옆에 펼쳐져 있는 늪지대에서는 이제 이 등나무 덤불 사이를 전속력으로 달리고 있는 미하일 스트로고프가 보이지 않았다. 풀이 그의 머리 위까지 솟아 있었고, 그의 진로를 알려주는 것은 놀라서 날아오르는 수많은 물새 떼뿐이었다. 물새들은 비명을 지르며 길가에서 떼지어 날아올라 공중으로 흩어졌다.

하지만 길은 분명히 따라갈 수 있었다. 이제 길은 습지식물이 무성하게 우거진 덤불 사이로 곧장 뻗어 있는가 하면, 다시 거대한 물웅덩이의 기슭을 따라 구불구불 이어지기도 했다. 어떤 웅덩이는 길이와 너비가 몇 킬로미터나 되어서 호수라고 부를 만했다. 다른 곳에서는 고여서 썩은 물속으로 길이 뻗어 있었고, 그 물을 피할 수 있도록 다리가 아니라 기우뚱거리는 너벅선이 놓여 있었다. 바닥짐으로 두꺼운 점토층을 실어 배를 안정시켰지만, 너벅선의 들보는 깊은 골짜기에 걸쳐놓은 약한 널빤지처럼 흔들거렸다. 이 너벅선들 가운데 일부는 60미터 내지 90미터까지 뻗어 있어서, 마차를 탄 여행자들, 특히 여자들은 그 위를 지날 때 뱃멀미와 비슷한 구역질을 경험할 때가 많았다.

미하일 스트로고프는 발밑의 흙이 단단하든 밑으로 푹 꺼지든 상관없이, 썩은 들보 사이의 공간을 훌쩍 뛰어넘으면서 쉬지 않고 달렸다. 하지만 말과 기수가 아무리 빨리 달려도 이 늪지대에 우글거리는 날개 달린 곤충의 독침을 피할 수는 없었다.

여름에 바라바 늪지대를 지나야 하는 여행자들은 말총으로 만든 마스크를 준비한다. 거기에 가느다란 철사로 만든 갑옷 코트를 붙여서 어깨를 덮는다. 이런 예방조치를 취해도 얼굴과 목과 손이 붉은 반점으로 뒤덮이지 않고 이 늪지대를 빠져나오는 사람은 거의 없다. 그곳의 공기에는 가느다란 바늘이 가득 차 있는 것 같다. 기사의 갑옷도 두 개의 날개를 가진 이 '쌍시류'의 침을 막아내지는 못할 거라고 말할 수 있다. 그곳은 인간이 각다귀와 모기와 말파리, 그리고 너무 작아서 맨눈으로는 볼 수 없는 수백만 마리의 곤충과 싸우면서 비싼 대가를 치르는 우울한 지역이다. 곤충은 눈에 보이지 않지만, 침으로 쏘아서 견딜 수 없는 통증으로 자신을 느끼게 한다. 무감각한 시베리아 사냥꾼들조차 그 고통에는 결코 익숙해지지 못했다.

미하일 스트로고프의 말은 이 유독한 곤충들에 쏘이자, 수천 개의 박차 끝에 달린 작은 톱니바퀴가 옆구리를 찌르기라도 한 것처럼 앞으로 내달렸다. 말은 미친 듯이 화가 나서 꼬리로 옆구리를 때리며, 빠른 속도로 고통을 줄이려고 급행열차만큼 빠르게 몇 킬로미터를 내리 질주했다.

말은 맹렬히 돌진하다가도 자기를 괴롭히는 박해자들의 침에서 벗어나기 위해 갑자기 우뚝 멈춰 서서 펄쩍펄쩍 뛰었다. 그 말에서 내던져지지 않으려면 미하일 스트로고프만큼 뛰어난 승마 기술을 가져야 했다. 그는 어떤 희생을 치르더라도 목적지에 도착하고 싶은 한 가지 소망에만 사로잡혀 영원한 마비상태에 빠진 것처럼 육체적 고통에 무감각해졌기 때문에, 말이 그렇게 미친 듯이 질주하는 동안에도 한 가지밖에는 눈에 보이지 않았다. 그것은 길이 뒤쪽으로 빠르게 날아가고 있다는 것이었다.

말은 유독한 곤충들에 쏘이자……

여름에는 그렇게 건강에 해로운 이 바라바 늪지대가 인간에게 피난처를 제공할 수 있다는 것을 누가 생각이나 했을까?

하지만 사실이 그러했다. 시베리아의 마을들이 이따금 거대한 등나무 사이로 나타났다. 짐승 가죽을 몸에 걸치고 단단하게 굳은 물집으로 얼굴이 뒤덮인 남녀노소가 얼마 안 되는 양떼를 방목하고 있었다. 가축을 곤충의 공격에서 보호하기 위해 그들은 푸른 숲에 불을 지르고, 바람이 불어가는 쪽으로 양떼를 몰았다. 그 불은 밤낮없이 타올랐고, 거기에서 나오는 매캐한 연기가 드넓은 늪지대 위를 떠돌았다.

미하일 스트로고프는 기진맥진한 말이 쓰러지기 직전이라는 것을 알아차리고, 이런 비참한 마을 가운데 하나에 들러, 자신의 피로도 잊고 시베리아의 관습에 따라 뜨거운 기름으로 가엾은 말의 상처를 문질러주었다. 그런 다음 말을 배불리 먹였다. 말을 잘 돌봐주고 먹이를 충분히 먹인 뒤에야 비로소 그는 자신을 생각하고 빵과 고기와 크바스* 한 잔으로 서둘러 원기를 회복했다. 한 시간, 기껏해야 두 시간 뒤, 그는 이르쿠츠크로 뻗어 있는 끝없는 길을 다시 전속력으로 달리고 있었다.

그렇게 투루모프에서 30킬로미터를 달린 뒤, 7월 30일 오후 4시에 미하일 스트로고프는 아무 피로도 느끼지 않고 옐람스크에 도착했다.

이곳에서 말을 하룻밤 푹 쉬게 해줄 필요가 있었다. 그 용감

* 크바스: 엿기름 · 보리 · 호밀 따위로 만든 러시아 맥주.

한 말도 이제 더는 여행을 계속할 수 없을 터였다.

다른 곳과 마찬가지로 옐람스크에도 수송수단이 전혀 없었다. 이유는 지금까지 지나온 마을들과 똑같았다. 이곳에는 마차도 말도 없었다.

타타르족이 아직 찾아오지 않은 작은 도시 옐람스크에는 주민이 거의 없었다. 이 도시는 남쪽에서 침입하기는 쉽고 북쪽에서 구원하기는 어려웠기 때문이다. 그래서 역참과 경찰서, 관청은 명령에 따라 버려졌고, 관리와 주민들은 바라바 늪지대 한복판에 있는 캄스크로 피난했다.

그래서 미하일 스트로고프는 옐람스크에서 밤을 보내면서 말에게 열두 시간의 휴식을 주기로 했다. 그는 모스크바에서 받은 지시를 생각해냈다. '가명으로' 시베리아를 가로지를 것, 이르쿠츠크에 도착할 것, 하지만 빨리 여행하기 위해 임무의 성공을 희생하지 말 것. 따라서 미하일은 그에게 남아 있는 유일한 교통수단인 말을 아낄 필요가 있었다.

이튿날 아침, 타타르족의 첫 번째 정찰대가 바라바 늪지대로 뻗은 길에서 10킬로미터 뒤처져 있다는 신호를 보낸 순간, 미하일 스트로고프는 옐람스크를 떠나 다시 늪지대로 뛰어들었다. 길은 평탄해서 편했지만 몹시 구불구불해서 길었다. 게다가 길을 벗어나 지름길로 늪지대를 가로지를 수도 없었다. 길 양옆에는 웅덩이와 수렁이 그물처럼 얽혀 있어서 도저히 지나갈 수가 없었기 때문이다.

이튿날인 8월 1일, 120킬로미터를 달린 미하일 스트로고프는 정오에 스파스코예라는 도시에 도착했고, 오후 2시에는 포크로프스코예에서 멈추었다.

옐람스크를 떠난 뒤 줄곧 혹사당한 그의 말은 이제 녹초가 되어 한 발짝도 떼어놓을 수 없었을 것이다.

이곳에서 미하일 스트로고프는 꼭 필요한 휴식을 위해 다시 오후의 나머지 시간과 하룻밤을 꼬박 보내야 했다. 하지만 이튿날 아침에 다시 출발한 그는 75킬로미터를 달린 뒤, 아직도 물에 반쯤 잠긴 땅을 가로지르고 있던 8월 2일 오후 4시에 캄스크에 도착했다.

풍경이 완전히 바뀌었다. 캄스크라는 이 작은 마을은 사람이 살 수 없는 늪지대 한복판에 사람이 살 수 있고 건강에도 좋은 섬처럼 떠 있다. 캄스크는 바라바의 한가운데에 자리잡고 있다. 타타르족의 침입이 초래한 인구 이동은 아직 이 작은 도시 캄스크의 인구를 줄이지 않았다. 캄스크 주민들은 아마 바라바 늪지대 한가운데 있으면 안전하다고 생각했을 것이다. 어쨌든 직접 위협을 받으면 그곳에서 달아날 시간이 있을 거라고 생각했다.

미하일 스트로고프는 정보를 얻고 싶었지만 이곳에서는 아무것도 확인할 수 없었다. 총독이 자칭 이르쿠츠크 상인의 진짜 정체를 알았다면 오히려 그에게 정보를 알려달라고 요구했을 것이다. 실제로 캄스크는 그 위치 때문에 시베리아 세계의 밖에 있는 것처럼 보였고, 시베리아를 괴롭히는 중대한 사건과도 관계가 없는 듯이 여겨졌다.

게다가 미하일 스트로고프는 자신을 거의 드러내지 않았다.

지금은 신분을 들키지 않는 것만으로는 부족했다. 그는 남의 눈에 아예 보이지 않기를 바랐다. 과거의 경험 때문에 그는 현재와 미래에 점점 더 신중해졌다. 그래서 그는 남들과 어울리지 않았고, 마을 거리를 걸어다니고 싶지 않아서 주막 밖으로 나가려 하지도 않았다.

미하일 스트로고프는 캄스크에서 마차를 찾을 수 있었을 테고, 옴스크에서 여기까지 그를 태워 온 말을 더 편리한 수송수단으로 바꿀 수 있었을 것이다. 하지만 심사숙고한 뒤, 마차를 사면 남들의 이목을 끌게 될 거라고 생각했다. 이르티시 강 계곡을 따라 시베리아를 동서로 분리하고 있는 선은 지금 타타르족에 점령되어 있지만, 그는 그 선을 용케 통과할 수 있었다. 그래도 남의 의심을 불러일으킬 위험은 무릅쓰고 싶지 않았다.

게다가 바라바 늪지대는 통행이 어렵고, 어떤 위험이 그를 직접 위협할 때는 늪을 가로질러 달아나야 한다. 추적하는 기병들을 피하고, 필요한 경우 울창한 등나무 숲 속에도 뛰어들려면 마차보다는 말이 훨씬 귀중할 게 분명하다. 나중에 톰스크를 지나고 서시베리아의 요충인 크라스노야르스크를 지나면 어떻게 하는 것이 최선일지 미하일 스트로고프도 알게 될 것이다.

그는 이제까지 타고 온 말을 다른 말로 바꿀 생각도 하지 않았다. 그는 이 용감한 말에 정이 들었다. 그는 얼마나 그 말에 의존할 수 있는가를 알고 있었다. 옴스크에서 그 말을 산 것은 행운이었고, 그를 역장에게 데려간 그 선량한 농부는 그에게 큰 도움을 준 셈이었다. 게다가 미하일 스트로고프가 말에 애착을 느끼게 되었다면, 말은 그렇게 힘든 여행의 피로에 차츰 익숙해지는 것 같았고, 날마다 몇 시간만 휴식을 취하면 침략당한 지방 너머로 주인을 데려다줄 거라고 기대할 수도 있었다.

그래서 8월 2일 저녁과 밤에 미하일 스트로고프는 시내 어귀에 있는 주막에 틀어박혀 지냈다. 그곳은 사람들이 별로 드나들지 않았고, 중요하거나 진기한 것도 전혀 없었다.

피곤해서 녹초가 된 미하일은 말에게 부족한 것은 없는지를 확인한 뒤 잠자리에 들었다. 하지만 도중에 잠이 깼다. 모스크바를 떠난 이후 그가 본 것은 임무의 중요성을 그에게 알려주었다. 반란은 아주 심각했고, 오가레프의 반역은 그 반란을 더욱 만만찮게 만들었다. 미하일 스트로고프는 황제의 봉인이 찍힌 편지—그렇게 많은 악을 제거하고 전쟁으로 황폐해진 이 나라 전체의 안전을 보장해줄 게 분명한 편지—를 보았을 때, 스텝 지대를 가로질러 마구 질주하고 싶은 욕망, 이르쿠츠크와 그를 갈라놓고 있는 먼 거리를 까마귀처럼 날아가고 싶은 욕망, 독수리가 되어 모든 장애물 위로 치솟고 싶은 욕망, 태풍이 되어 시속 100킬로미터로 공중을 휙 지나가고 싶은 욕망, 그리고 마침내 대공을 만나 "대공 전하, 황제 폐하께서 저를 보내셨습니다!" 하고 외치고 싶은 강렬한 욕망을 느꼈다.

이튿날 아침 6시, 미하일 스트로고프는 이날 캄스크에서 우빈스크라는 작은 마을까지 80킬로미터를 가기로 마음먹고 다시 길을 떠났다. 20킬로미터쯤 지나자 그는 다시 바라바 늪지대를 만났다. 그곳에는 마른 땅이 겉으로 드러나지 않은 곳이 많았고, 흙은 한 뼘 깊이의 물에 덮여 있는 경우가 많았다. 그래서 길을 찾기가 무척 어려웠지만, 그의 조심성 덕분에 아무 사고도 일어나지 않았다.

미하일 스트로고프는 우빈스크에 도착하자 말을 하룻밤 푹 쉬게 해주었다. 이튿날에는 우빈스크에서 이쿨스코예까지 100킬로미터를 쉬지 않고 달리고 싶었기 때문이다. 그래서 그는 새벽에 출발했지만, 불행하게도 이 지역에서는 바라바 늪지대의 흙이 다른 곳보다 훨씬 더 고약했다.

사실 우빈스크와 카마코예 사이에는 지난 몇 주 동안 폭우가 내려서, 사발 같은 이 저지대에 빗물이 잔뜩 고여 있었다. 늪과 웅덩이와 호수가 이어져 있는 이 일대에는 물이 빠져나갈 구멍이 전혀 없었다. 이 호수들 가운데 하나는 하도 넓어서, 그 연안을 따라 돌려면 20킬로미터가 넘는 거리를 가야 했고 그것도 여간 어렵지 않았다. 그래서 시간이 지체되었고, 미하일 스트로고프가 아무리 안달해도 어쩔 도리가 없었다. 그가 캄스크에서 마차를 타지 말라는 충고를 받은 것이 다행이었다. 그의 말은 마차라면 도저히 지나갈 수 없는 곳도 지나갔기 때문이다.

저녁 9시, 미하일 스트로고프는 이쿨스코예에 도착하여 밤을 보냈다. 바라바 늪지대의 이 외딴 마을에서는 전쟁 소식을 전혀 들을 수 없었다. 타타르족은 두 갈래로 갈라져 각각 옴스크와 톰스크를 공격하고 있었는데, 이 두 갈래 사이의 분기점에 자리잡은 이 지역은 그 위치 덕분에 지금까지 침략의 공포를 맛보지 않았다.

하지만 이제 천연 장애물이 사라지려 하고 있었다. 미하일 스트로고프가 지체하지 않는다면 내일은 바라바 늪지대를 벗어날 것이기 때문이다. 여기서 콜리반까지 아직도 남아 있는 125킬로미터를 달리면 쉽게 통행할 수 있는 길을 만나게 될 것이다.

그 중요한 도시에 도착하면 톰스크에서 거의 같은 거리에 있게 될 것이다. 거기서는 상황에 따라 행동하겠지만, 소문이 사실이라면 이미 페오파르 칸에게 점령된 그 도시를 우회하기로 결정할 것이다.

하지만 그가 이튿날 지나간 이쿨스코예와 카르퀸스크 같은 소도시들은 타타르군이 작전을 벌이기 어려운 바라바 늪지대에 자리잡고 있어서 비교적 평온했다면, 오브 강 오른쪽 기슭에는 미하일 스트로고프가 인간으로서 두려워해야 할 게 훨씬 많을 거라고 생각해야 하지 않을까? 그럴 수도 있었다. 하지만 필요하다면 그는 이르쿠츠크로 뻗어 있는 잘 다져진 길을 주저 없이 포기할 것이다. 그 길을 버리고 스텝 지대를 가로지르려면 식량을 구하지 못할 위험을 무릅써야 할 게 분명했다. 실제로 뚜렷이 구별되는 길은 더 이상 존재하지 않을 것이다. 그래도 망설이면 안 된다.

오후 3시 반쯤 카르가트 역을 통과한 미하일 스트로고프는 마침내 바라바 늪지대의 마지막 웅덩이를 떠났다. 시베리아의 메마르고 단단한 흙 위에서 다시 말발굽 소리가 울려 퍼졌다.

그는 7월 15일에 모스크바를 떠났다. 이날은 8월 5일이었고, 따라서 이르티시 강기슭에서 허비한 70시간 이상을 포함하여 그가 출발한 지 어느새 20일이 지났다.

이르쿠츠크까지는 아직도 1500킬로미터가 남아 있었다.

16
마지막 노력

바라바 늪지대 너머의 평원에서 타타르족을 만날지도 모른다는 두려움은 결코 근거 없는 것이 아니었다. 말발굽에 짓밟힌 들판은 타타르족이 그쪽을 지나갔다는 분명한 증거였다. '투르크족이 지나간 곳에는 풀 한 포기 자라지 않는다'는 말이 있지만, 이 야만족에 대해서도 똑같은 말을 할 수 있다.

미하일은 이 지방을 지날 때 최대한 조심할 필요가 있다는 것을 당장 알아차렸다. 지평선에서 소용돌이치며 피어오르는 연기는 오두막과 마을들이 아직도 불타고 있다는 것을 보여주었다. 전위부대가 불을 질렀을까? 아니면 칸의 군대가 벌써 주 경계를 넘어 진격했을까? 페오파르 칸이 예니세이스크 주에 와 있을까? 미하일은 이 의문에 대답을 얻을 때까지는 어떤 행동 방침도 정할 수 없었다. 사람들이 모두 도망쳐서 이 의문에 대답해줄 시베리아인을 한 사람도 찾지 못하는 건 아닐까?

미하일은 2킬로미터를 달렸지만 길에서 아무도 만나지 못했다. 그는 아직 버려지지 않은 집을 찾으려고 양쪽을 유심히 살폈다. 사람이 살고 있는 집은 하나도 없었다.

하지만 나무들 사이에서 방금 발견한 오두막 한 채가 아직도 연기를 내고 있었다. 가까이 가서 보니, 건물 폐허에서 몇 미터 떨어진 곳에 서 있는 한 노인을 아이들이 에워싼 채 흐느끼고 있었다. 노인의 딸이자 아이들의 엄마인 젊은 여자는 땅바닥에 무릎을 꿇고 폐허를 바라보고 있었다. 여자는 태어난 지 두어 달밖에 안 된 젖먹이를 가슴에 안고 있었다. 이제 곧 여자는 아기에게 먹일 젖도 나오지 않게 될 것이다. 주위는 온통 폐허와 황량함뿐이었다!

미하일은 노인에게 다가갔다.

"몇 가지 여쭤봐도 되겠습니까?"

"말해보시오." 노인이 대답했다.

"타타르족이 이쪽으로 지나갔습니까?"

"그렇소. 내 집이 불타고 있으니까."

"그건 군대였습니까, 분견대였습니까?"

"군대였소. 눈길이 닿는 데까지 우리 밭이 몽땅 황폐해졌으니까."

"칸이 군대를 지휘했습니까?"

"칸이 지휘했소. 오브 강물이 붉으니까."

"페오파르 칸이 톰스크에 들어갔습니까?"

"몇 가지 여쭤봐도 되겠습니까?"

"그렇소."

"타타르족이 콜리반에 들어갔는지 어떤지 아십니까?"

"안 들어갔소. 콜리반은 아직 불타지 않았으니까."

"고맙습니다. 영감님 가족을 위해 제가 할 수 있는 일이 있을까요?"

"없소."

"그럼 안녕히 계세요."

"잘 가시오."

미하일은 불행한 여인에게 25루블을 주었다. 여인은 고맙다고 말할 기력도 없었다. 미하일은 말에 박차를 가해 다시 길을 떠났다.

이제 한 가지는 알았다. 톰스크를 지나면 안 된다. 타타르족이 아직 도착하지 않은 콜리반에는 갈 수 있었다. 그래. 내가 해야 할 일은 그거야. 그곳에서 또 한 번의 장거리 여행을 준비해야 돼. 오브 강을 건넌 뒤, 톰스크를 피해 이르쿠츠크 가도를 따라가는 수밖에 다른 방도가 없어.

이렇게 새 노선을 결정했기 때문에 미하일은 잠시도 지체해서는 안 되었다. 그는 아직도 40킬로미터나 떨어져 있는 오브 강의 왼쪽 기슭을 향해 말을 꾸준한 구보로 달리게 했다. 거기에 나룻배가 있을까? 아니면 타타르족이 강을 오르내리는 배를 모두 파괴해버려서, 할수없이 헤엄쳐서 강을 건너야 할까?

말은 이때쯤 완전히 기진맥진해서, 미하일은 이번 여정만 그 말을 쓰고 콜리반에서 새 말로 바꿀 작정이었다. 콜리반은 새로운 출발점과 같을 것이다. 그 도시를 떠날 때 그의 여행은 새로운 형태를 띨 것이기 때문이다. 황폐해진 지방을 가로지르는 동안은 어려움이 많을 것이다. 하지만 톰스크를 피해 아직 황폐해지지 않은 예니세이스크 주를 가로질러 이르쿠츠크로 이어진 길을 다시 따라갈 수 있다면 며칠 만에 여행을 끝낼 수 있을 것이다.

낮의 뜨거운 열기를 식혀주는 상쾌한 서늘함과 함께 밤이 왔다. 한밤중의 스텝 지대는 칠흑같이 어두웠다. 해질녘에 바람이 약해져서 공기는 바람 한 점 없이 잔잔했다. 이따금 주인이 몇 마디 말로 말을 격려할 때를 제외하면 길에서 들리는 소리는 말발굽 소리뿐이었다. 이런 어둠 속에서는 길을 벗어나지 않도록 조심해야 했다. 길 양쪽에는 웅덩이가 이어져 있고 오브 강의 지류인 시냇물이 흐르고 있었다.

그래서 미하일은 안전을 위협하지 않을 만큼만 빠르게 전진했다. 그는 충분히 입증된 말의 명민함도 믿었지만, 그에 못지않게 어둠을 꿰뚫어보는 자신의 뛰어난 시력도 믿었다.

길이 정확히 어느 쪽으로 뻗어 있는지 보려고 미하일이 말에서 내린 순간, 서쪽에서 무슨 소리인지 알 수 없는 잡음이 들리는 것 같았다. 조금 떨어진 불탄 자리에서 나는 말발굽 소리 같았다.

미하일은 땅바닥에 귀를 대고 주의 깊게 들었다.

'옴스크에서 길을 따라 이쪽으로 오고 있는 기병대 분견대로 군.' 그는 혼잣말로 중얼거렸다. '소리가 점점 커지고 있는 걸 보면 아주 빠르게 행군하고 있어. 러시아군일까, 타타르군일까?'

미하일은 다시 귀를 기울였다.

미하일은 안전을 위협하지 않을 만큼만 빠르게 전진했다

'그래. 빠른 속보로 달리고 있어. 10분이면 여기 도착할 거야. 내 말은 저보다 빨리 달릴 수 없어. 러시아군이라면 합류하고 타타르군이라면 피해야 돼. 하지만 어떻게 피하지? 이 스텝 지대에서 내가 숨을 수 있는 곳이 어디지?'

미하일은 주위를 한 바퀴 둘러보았다. 그의 눈은 어둠을 뚫고, 길 왼쪽으로 백 걸음쯤 앞에 뭔지 알 수 없는 덩어리가 있는 것을 발견했다.

'관목 숲이 있군! 저들이 나를 찾고 있다면, 저기 숨는 것은 붙잡힐 위험이 많아. 하지만 달리 선택의 여지가 없어.'

몇 분 뒤에 미하일은 말의 고삐를 잡아끌고 작은 낙엽송 숲에 이르렀다. 길은 이 숲속을 지나고 있었다. 그 너머에는 나무가 전혀 없고 수렁과 웅덩이 사이로 길이 구불구불 뻗어 있었다. 제대로 자라지 못한 덤불과 가시금작화와 히스가 군데군데 돋아나 있었다. 길 양쪽의 땅은 도저히 지나다닐 수가 없었고, 따라서 분견대도 반드시 이 숲을 지날 것이다. 그들은 이르쿠츠크까지 뻗어 있는 간선도로를 따라오고 있었다. 숲속으로 10여 미터 들어간 그는 숲 아래쪽을 흐르는 시냇물에 가로막혔다. 하지만 그늘이 너무 짙어서, 분견대가 숲을 주의 깊게 수색하지만 않는다면 미하일이 들킬 위험은 없었다. 그래서 미하일은 말을 시냇가로 끌고 가서 나무에 묶어놓고, 소리를 듣고 그가 어떤 사람들을 상대해야 하는지 확인하기 위해 다시 길가로 돌아갔다.

미하일이 낙엽송 뒤에 자리를 잡자마자 뭔지 알 수 없는 불빛이 나타났다. 그 불빛 위에서는 그보다 더 눈부신 불빛들이 어둠 속에서 흔들리고 있었다.

'횃불이야!' 그는 혼잣말로 중얼거렸다.

그는 재빨리 뒤로 물러나, 덤불이 가장 무성한 곳으로 미개인 처럼 미끄러져 들어갔다.

그들이 숲으로 다가오자 말들의 걸음이 느려졌다. 말탄 사람들은 길모퉁이를 돌 때마다 길을 조사하기 위해 횃불로 길을 밝히고 있었을 것이다.

미하일은 이것을 두려워했고, 본능적으로 시냇가 가까이 물러나 필요하면 언제든지 물속으로 뛰어들 준비를 했다.

분견대는 숲에 이르자 멈춰 섰다. 그리고 모두 말에서 내렸다. 그들은 쉰 명쯤 되어 보였다. 10여 명이 횃불을 들고 꽤 먼 거리까지 길을 비추고 있었다.

그들이 야영 준비를 하는 것을 보고, 미하일은 그들이 숲속에 들어올 생각이 없다는 것을 알고 기뻤다. 그들은 숲을 찾아온 것이 아니라, 근처에서 야영을 하면서 말을 쉬게 하고 사람들도 간단한 식사로 기운을 차릴 생각이었던 것이다.

그들은 곧 말에서 안장을 내렸다. 말들은 땅을 카펫처럼 뒤덮은 무성한 풀을 뜯어먹기 시작했다. 그동안 사람들은 기지개를 켜고 배낭에서 꺼낸 음식을 먹었다.

미하일은 결코 침착성을 잃지 않았다. 그는 높이 자란 풀숲을 기어다니면서 새로 온 사람들을 조사할 뿐만 아니라 그들의 말을 들으려고 애쓰기까지 했다. 그들은 옴스크에서 온 분견대였고, 타타르 지방에 많이 사는 우즈베크족 기병들로 이루어져 있

'횃불이야!' 그는 혼잣말로 중얼거렸다

었다. 건장한 체격에 중키보다 크고 거칠고 사나운 이목구비를 가진 그들은 머리에 '탈파크'라고 부르는 검은 양가죽 모자를 쓰고, 발에는 중세의 구두처럼 앞코가 위로 젖혀진 노란색의 굽 높은 부츠를 신고 있었다. 옥양목에 가공하지 않은 솜을 넣어 만든 옷은 몸에 꼭 맞았고, 허리는 빨간 테를 두른 가죽 벨트로 묶여 있었다. 그들은 방어용인 방패와 공격용 무기인 구부러진 칼, 기다란 단도, 안장의 앞가지에 매달린 부싯돌식 소총을 갖추고 있었다. 어깨에서는 화려한 색깔의 망토가 늘어져 있었다.

숲 가장자리에서 마음대로 풀을 뜯고 있는 말들은 주인과 마찬가지로 우즈베크산이었다. 횃불이 낙엽송 가지 밑에 던진 불빛이 말들을 훤히 비추었다. 우즈베크산 말은 투르크멘 말보다 작지만 놀랄 만큼 힘이 세고, 전속력으로 달리는 것 말고는 다른 걸음걸이를 모른다.

이 분견대는 '펜자 바시'의 지휘를 받고 있었다. '펜자 바시'는 50명의 지휘관이라는 뜻이다. 그 밑에는 10명의 지휘관인 '데 바시'가 있었다. 이 두 장교는 헬멧을 쓰고, 몸을 반쯤 덮은 쇠비늘 갑옷을 입고 있었다. 그들의 안장 앞머리에 고정된 작은 나팔은 그들의 계급을 알려주는 분명한 표시였다.

펜자 바시는 오랜 행군에 녹초가 된 부하들을 쉬게 해주어야 했다. 그와 두 번째 장교는 아시아인들이 널리 사용하는 대마초 '벵'을 피우면서 숲속을 오락가락했다. 그래서 미하일은 그들에게 들키지 않고 그들의 대화를 알아들을 수 있었다. 그들은 타타르어로 이야기를 나누었다.

그들의 첫마디가 기묘하게 미하일의 관심을 불러일으켰다.

사실 그들은 바로 미하일에 대해 이야기하고 있었다.

"그 밀사가 우리보다 그렇게 많이 앞섰을 리는 없어." 펜자 바시가 말했다. "놈이 바라바 늪지대가 아닌 다른 길을 따라갈 수도 있었다는 건 절대 있을 수 없는 일이야."

"놈이 옴스크를 떠났는지 누가 압니까?" 데 바시가 대답했다. "아마 아직도 옴스크의 어느 집에 숨어 있을 겁니다."

"확실히 그게 바람직하지. 그렇게 되면, 오가레프 대령은 놈이 운반하고 있는 게 분명한 공문서가 목적지에 도착할까봐 걱정할 필요가 전혀 없을 테니까."

"놈은 시베리아에서 태어난 토박이랍니다. 그렇다면 이 지방을 훤히 알고 있을 테고, 일단 이르쿠츠크 가도를 벗어났다가 나중에 다시 그 가도로 돌아올 수도 있습니다."

"하지만 그렇다면 우리가 놈보다 앞서게 돼. 우리는 놈이 떠난 지 한 시간도 지나기 전에 옴스크를 떠났고, 그때부터 지금까지 가장 빠른 지름길을 우리 말들이 낼 수 있는 최고 속력으로 줄곧 달려왔으니까. 따라서 놈은 옴스크에 남아 있거나 아니면 우리가 놈보다 먼저 톰스크에 도착해서 놈의 퇴각로를 차단할 거야. 어쨌든 놈은 이르쿠츠크에 도착하지 못해."

"그 억척같은 할망구는 놈의 에미가 분명해요." 데 바시가 말했다.

이 말에 미하일의 심장이 격렬하게 고동쳤다.

"그래." 펜자 바시가 대답했다. "그 할망구는 그 가짜 상인이 자기 아들이 아니라고 우겼지만, 너무 늦었어. 오가레프 대령은 속지 않았지. 하지만 그 할망구도 때가 되면 입을 열 수밖에 없을 거야. 입을 열게 할 방법을 알고 있다고 대령이 말했으니까."

미하일에게 그들의 대화는 단검으로 수없이 찌르는 듯한 고통을 주었다. 그가 황제의 밀사라는 사실이 알려졌다! 그를 뒤쫓아 온 기병대는 반드시 그의 길목을 차단할 것이다. 그리고 최악의 사실은 어머니가 타타르족의 손아귀에 들어갔고, 그 잔인한 오가레프가 어머니의 입을 열게 하겠다고 장담했다는 것이다!

용감한 시베리아인은 절대로 입을 열려고 하지 않을 것이고, 어머니는 아들을 위해 기꺼이 목숨을 바치리라는 것을 미하일은 잘 알고 있었다.

미하일은 지금 이 순간까지 이반 오가레프를 미워한 것보다 더 놈을 증오할 수는 없을 거라고 생각했지만, 이제 새로운 증오심이 가슴속에서 솟아올랐다. 조국을 배신한 그 비열한 놈이 이제 그의 어머니를 고문하겠다고 협박했다.

두 장교의 대화는 계속되었고, 미하일은 북쪽에서 내려오고 있는 러시아군과 타타르군이 콜리반 근처에서 이제 곧 전투를 벌이게 되리라는 것을 알았다. 2천 명의 병력으로 이루어진 소규모 러시아군이 오브 강 하류에 도착한 뒤 톰스크를 향해 강행군을 하고 있다는 것이었다. 그게 사실이라면, 페오파르 칸이 이끌고 있는 군대의 주력부대와 이제 곧 맞붙게 될 이 병력은 참패를 면할 수 없고, 이르쿠츠크 가도는 완전히 침략자들 손에 들어갈 것이다.

미하일은 펜자 바시의 말을 듣고, 자기 목에 현상금이 걸렸을 뿐만 아니라 그를 죽이든 살리든 상관없이 무조건 잡으라는 명령이 내려진 것도 알았다.

따라서 그는 이르쿠츠크 가도에서 우즈베크 기병대의 기선을 제압하여, 그들보다 먼저 오브 강을 건널 필요가 있었다. 하지만 그러려면 기병대가 야영지에서 철수하기 전에 이곳을 빠져나가야 한다.

결심이 서자 미하일은 실행할 준비에 착수했다.

실제로 기병대는 그곳에 오래 머물지 않을 것이다. 펜자 바시는 부하들에게 한 시간 이상 휴식시간을 줄 생각이 없었다. 옴스크를 떠난 뒤 지금까지 말을 바꾸지 못해서 그들의 말도 많이 지쳤겠지만, 미하일 스트로고프의 말도 같은 이유로 그 말들 못지않게 지쳐 있었다.

한시도 낭비할 수가 없었다. 한 시간 안에 동이 틀 것이다. 작은 숲을 떠나서 길을 따라 질주하려면 어둠을 이용할 필요가 있었다. 동이 트면 어둠은 금세 흩어질 것이다. 하지만 밤이 탈출에 유리하다 해도, 그런 탈출이 성공할 가능성은 거의 없어 보였다.

미하일은 어떤 일도 아무렇게나 닥치는 대로 하고 싶지 않아서, 최선의 결과를 얻을 수 있도록 자신에게 유리한 조건과 불리한 조건을 저울질하며 한동안 심사숙고했다.

이곳의 지형적 상황에서 나온 결론은 이러했다. 숲 뒤쪽을 지나서 탈출할 수는 없다. 그쪽에 접해 있는 시내는 물이 깊을 뿐만 아니라 폭이 넓고 진창이다. 바늘금작화가 무성한 넓은 덤불

숲까지 있어서, 그쪽은 도저히 지나갈 수가 없었다. 이 탁한 물 밑에는 질척한 수렁이 있어서 안심하고 발을 디딜 수가 없었다. 게다가 시내 건너편 땅은 덤불로 뒤덮여 있어서 빠르게 달리기가 무척 어려울 것이다. 일단 경보가 울리면 미하일은 추적당하고 포위되어 타타르족 기병대의 손아귀에 들어갈 게 뻔하다.

그렇다면 남은 길은 간선도로 하나뿐이다. 주의를 끌지 않고 숲 가장자리를 빙 돌아서 간선도로에 이르면 300미터를 들키지 않고 간 다음, 전속력으로 달려야 한다. 그러려면 훌륭한 그의 말에게 남아 있는 활력을 모두 쏟아 부어야 한다. 말은 아마 오브 강기슭에 이르자마자 쓰러져 죽을 것이다. 그때 미하일이 다른 수송수단을 구하지 못하면, 배를 타거나 헤엄을 쳐서 그 강을 건너야 한다. 미하일을 기다리고 있는 상황은 그러했다.

위험이 가까워지자 그의 활력과 용기는 더욱 강해졌다.

그의 목숨, 사명, 조국의 명예, 어쩌면 어머니의 안전까지도 위태로웠다. 그는 망설일 수 없었다.

이제 한시도 낭비할 수 없었다. 벌써 분견대원들이 조금씩 움직이기 시작했다. 몇 명은 숲 앞에 있는 길을 천천히 오락가락하고 있었다. 나머지는 아직 나무 밑에 누워 있었지만, 말들은 점점 숲 가운데로 모여들고 있었다.

미하일이 처음에는 그 말들 가운데 한 마리를 붙잡을까 생각했지만, 그 말들도 당연히 자기 말 못지않게 지쳐 있으리라는 것을 깨달았다. 이미 그에게 중요한 도움을 준 용감한 말을 믿는 편이 나았다. 그 훌륭한 말은 덤불 뒤에 숨어서 우즈베크 기병대의 눈을 피했다. 게다가 기병대는 숲속으로 그렇게 깊이 들어오지도 않았다.

미하일은 풀숲을 지나 말에게 살금살금 다가갔다. 말은 땅바닥에 누워 있었다. 그는 말을 토닥이고 부드럽게 말을 건 다음, 소리를 내지 않고 말을 일으켜 세웠다.

다행히 횃불은 다 타서 이제 꺼져버렸고, 적어도 낙엽송 아래는 어둠이 깊었다. 미하일은 재갈을 다시 물리고 배띠와 등자를 살펴본 뒤 고삐를 잡고 조용히 말을 끌어내기 시작했다. 영리한 말은 주인이 요구하는 것을 이해하기라도 한 것처럼 가벼운 울음소리도 내지 않고 주인을 따라왔다.

하지만 우즈베크산 말 몇 마리가 고개를 들고 숲 가장자리를 향해 어슬렁어슬렁 걸어오기 시작했다.

미하일은 오른손에 연발권총을 쥐고, 그에게 맨 처음 다가오는 타타르족의 머리를 날려 보낼 준비를 했다. 하지만 다행히 경보는 내려지지 않았고, 그는 오른쪽의 숲과 길이 만나는 모퉁이에 다다를 수 있었다.

미하일은 들키지 않으려고 마지막 순간까지 말에 타지 않고, 길에서 50미터쯤 떨어진 모퉁이를 돈 뒤에야 말에 탈 작정이었다. 그런데 그가 막 숲에서 나오고 있을 때, 불행히도 우즈베크 기병대원의 말 한 마리가 그의 냄새를 맡고는 길을 따라 종종걸음으로 달려오기 시작했다.

말 주인이 말을 잡으러 달려오다가 희미한 빛 속에서 움직이는 어렴풋한 형체를 보고 소리쳤다.

"조심해!"

그 외침소리에 야영하고 있던 대원들이 벌떡 일어나 자기 말을 잡으러 달려갔다.

미하일 스트로고프은 말에 올라타고 전속력으로 달아날 수밖에 없었다.

분견대의 두 장교는 빨리 쫓아가라고 부하들을 재촉했다.

하지만 미하일은 이미 말에 올라탄 뒤였다.

그 순간 그는 총성을 들었고, 총알 하나가 셔츠를 뚫고 지나가는 것을 느꼈다.

그는 고개도 돌리지 않고, 응수도 하지 않고 계속 말을 달렸다. 덤불숲을 단번에 훌쩍 뛰어넘어, 전속력으로 오브 강을 향해 달렸다.

우즈베크 기병대의 말에는 안장이 얹혀 있지 않았기 때문에 그가 조금 일찍 출발했지만, 그들이 그를 뒤쫓기 시작하는 데 그렇게 시간이 오래 걸릴 리 없었다. 실제로 그는 숲을 떠난 지 2분도 지나기 전에 여러 마리의 말이 점점 다가오고 있는 소리를 들었다.

이제 동이 트기 시작했고, 웬만큼 떨어져 있는 물체도 보이게 되었다.

미하일이 고개를 돌려보니 기병 한 놈이 빠른 속도로 다가오고 있었다.

그것은 데 바시였다.

이 장교는 남들보다 말을 잘 탔기 때문에 분견대보다 훨씬 앞서서 도망자를 따라잡으려 하고 있었다.

미하일은 고삐를 쥔 채 한 손으로 연발권총을 뻗어 장교를 겨냥했다. 우즈베크 장교는 가슴에 총알을 맞고 땅바닥으로 굴러 떨어졌다.

하지만 다른 기병들이 그를 바짝 따라왔다. 그들은 데 바시를 도와주려고 지체하지도 않고, 외침소리로 서로를 자극하면서 말 옆구리에 박차를 박아넣고 미하일과의 거리를 점점 좁혀왔다.

미하일도 30분 동안은 타타르족의 사정거리 밖에 있었지만, 말이 점점 약해지고 있는 것을 잘 알고 있었다. 말이 쓰러져서 다시는 일어나지 못하는 건 아닐까 하는 두려움이 한시도 그의 머리를 떠나지 않았다.

태양은 아직 지평선 위로 올라오지 않았지만 이제는 사방이 훤했다.

2킬로미터 떨어진 곳에 희미한 선 하나가 보였다. 선을 따라 나무 몇 그루가 서 있었다.

그것이 오브 강이었다. 남서쪽에서 북동쪽으로 흐르는 오브 강의 수면은 땅과 거의 같은 높이였고 강바닥은 초원이었다.

타타르족은 몇 번이나 미하일에게 총을 쏘았지만 그를 맞히지 못했고, 미하일도 너무 바짝 다가온 병사들에게 여러 번 권총을 쏘았다. 그때마다 우즈베크 기병은 땅바닥에 굴러 떨어졌고, 그러면 동료들은 화가 나서 소리를 질러댔다.

하지만 이 추격전은 미하일에게 불리하게 끝날 수밖에 없었다. 그의 말은 기진맥진했지만, 그는 간신히 말을 강기슭까지 몰고 갔다.

한 손으로 연발권총을 뺄어 장교를 겨냥했다

우즈베크 분견대는 이제 그에게서 쉰 걸음도 떨어져 있지 않았다.

오브 강은 황량했다. 그를 태우고 강을 건너갈 수 있는 배는 한 척도 없었다!

"용기를 내, 용감한 말아!" 미하일이 외쳤다. "가자! 마지막으로 힘을 내봐!"

그러고는 강물로 뛰어들었다. 이곳의 너비는 500미터였다.

물살에 저항하기는 어려웠을 것이다. 실제로 미하일의 말은 발 디딜 곳을 찾지 못했다. 그래서 말은 헤엄을 쳐서 급류처럼 빠른 강을 건너야 했다. 그것을 시도하려 한 것만으로도 미하일이 얼마나 놀라운 용기를 갖고 있는지를 보여주었다.

병사들은 강기슭에 다다랐지만 물에 뛰어들기를 망설였다.

그 순간, 펜자 바시가 머스킷총을 움켜쥐고 강 한복판에 보이는 미하일을 겨냥했다. 총이 발사되었다. 미하일의 말이 옆구리에 총알을 맞고 강물에 떠내려갔다.

말 주인은 재빨리 등자에서 발을 빼고 대담하게 건너편 기슭으로 헤엄쳐갔다. 총알이 우박처럼 쏟아지는 가운데 그는 용케 건너편에 이르러, 강기슭을 뒤덮은 골풀 속으로 사라졌다.

미하일의 말이 옆구리에 총알을 맞고……

17
두 라이벌

미하일은 여전히 지독한 처지에 놓여 있었지만, 이제 비교적 안전했다.

지금까지 그토록 용감하게 그를 태워다준 말이 강물 속에서 죽음을 맞았으니, 이제 그는 어떻게 여행을 계속해야 할까?

그는 침략으로 황폐해지고 칸의 정찰대가 널리 퍼져 있는 지방을 식량도 없이 걸어가고 있었다. 그가 도달하려고 애쓰는 목적지는 아직도 상당히 먼 거리에 있었다.

"나는 반드시 도착하고야 말겠어." 그는 용기를 꺾는 온갖 이유에 대답하듯 외쳤다. "하느님이 우리의 신성한 러시아를 지켜주실 거야."

미하일은 우즈베크 기병대의 손아귀에서 벗어났다. 그들은 감히 강을 건너 쫓아올 엄두를 내지 못했고, 게다가 그가 물에 빠져 죽었을 거라고 생각할 게 분명했다. 그가 물속으로 사라진 뒤, 그들은 두 번 다시 그를 보지 못했기 때문이다.

하지만 미하일은 높게 자란 골풀 사이를 기어서 더 높은 강둑에 이르렀다. 강물의 범람으로 퇴적된 두꺼운 진흙 때문에 강둑이 너무 미끄러워서 올라가기가 쉽지는 않았다.

다시 단단한 땅에 올라선 미하일은 이제 어떻게 할 것인가를 생각하려고 멈춰 섰다. 그는 타타르족 군대에 점령된 톰스크를 피하고 싶었다. 하지만 말을 구할 수 있는 도시나 역참에 갈 필요가 있었다. 다시 말을 구하면 잘 다져진 길에서 벗어나, 크로스노야르스크 근처에 이를 때까지는 이르쿠츠크 가도로 다시 돌아가지 않을 것이다. 그곳에 빨리 도착하면 길이 아직 뚫려 있을 것이다. 그는 바이칼 호를 남동쪽으로 지나갈 작정이었다.

미하일은 우선 동쪽으로 가기 시작했다.

오브 강의 물줄기를 따라 2킬로미터쯤 가면 작은 언덕 위에 서 있는 그림처럼 아름다운 도시에 이른다. 초록색과 황금색을 띤 비잔틴 양식의 둥근 지붕이 있는 교회 몇 개가 잿빛 하늘을 배경으로 솟아 있다.

이것이 바로 콜리반이다. 캄스크를 비롯한 다른 도시에서 일하는 관리와 고용인들이 여름 동안 건강에 좋지 않은 바라바 늪지대의 기후를 피해 찾아오는 곳이다. 황제의 밀사가 가장 최근에 얻은 정보에 따르면 콜리반은 아직 침략자들의 손에 들어갔을 리가 없었다. 둘로 나뉜 타타르군 가운데 왼쪽 부

2킬로미터쯤 가면 그림처럼 아름다운 도시에 이른다

대는 옴스크로 행군했고 오른쪽 부대는 톰스크로 행군했지만, 그 중간에 낀 지방은 완전히 무시했다.

미하일 스트로고프의 계획은 간단히 말하면 이러했다. 오브 강 왼쪽 기슭을 따라 올라올 우즈베크 기병대가 도착하기 전에 콜리반에 도착한다. 그곳에서 실제 가치의 열 배나 되는 돈을 치르더라도 옷과 말을 사고, 남쪽 스텝 지대를 가로지르는 길을 따라 다시 이르쿠츠크로 떠난다.

지금은 오전 3시였다. 콜리반 부근은 아주 조용했고, 완전히 버림받은 곳처럼 보였다. 그곳 주민들은 자신들이 막아낼 수 없는 침략이 두려워 북쪽의 예니세이스크 주로 달아난 게 분명했다.

미하일이 콜리반을 향해 빠른 걸음으로 걸어가고 있을 때 희미한 포성이 그의 귀를 때렸다. 그는 멈춰 서서 둔탁하게 울려 퍼지는 대포 소리를 분명히 들었고, 거기에 겹치는 뚜렷한 드르륵 소리는 절대로 잘못 들을 리가 없었다.

'대포와 머스킷총이야! 그 소규모 러시아군이 타타르군과 싸우고 있군! 제발 내가 저들보다 먼저 콜리반에 도착할 수 있기를!'

미하일의 판단이 옳았다. 포성은 점점 커졌고, 곧 콜리반의 왼쪽 지평선이 안개긴 것처럼 뿌옇게 흐려졌다. 연기가 아니라 대포를 쏠 때 나오는 하얀 구름이었다.

우즈베크 기병대는 오브 강 왼쪽에 멈춰 서서 전투 결과를 기다리고 있었다.

이쪽에 있는 미하일은 아무것도 두려워할 게 없어서, 콜리반을 향해 걸음을 재촉했다.

그러는 동안 포성은 점점 격렬해지고 가까워졌다. 그것은 이제 무슨 소리인지 분간할 수 없는 으르렁거림이 아니라 분명한 폭발음이었다. 그와 동시에 자욱한 연기가 일부 걷히고, 전투원들이 남쪽으로 빠르게 이동하고 있는 것이 분명해졌다. 콜리반은 북쪽에서 공격을 받게 될 것 같았다. 하지만 러시아군은 타타르군에 맞서서 콜리반을 지키려는 걸까? 아니면 칸의 병사들로부터 콜리반을 탈환하려고 애쓰는 것일까? 이 점을 판단할수 없었기 때문에 미하일은 몹시 난감해졌다.

그가 콜리반에서 500미터밖에 떨어지지 않은 지점에 이르렀을 때, 콜리반의 집들 사이에서 불길이 치솟고 교회 첨탑이 자욱한 연기와 불길 속으로 떨어지는 것이 보였다.

그럼 콜리반에서 싸움이 벌어졌나? 미하일은 그렇게 생각할수밖에 없었다. 러시아군과 타타르군이 콜리반 시내에서 싸우고 있는 것은 분명했다. 지금이 그곳에서 피난처를 찾을 때인가? 포로로 잡힐 위험은 없을까? 옴스크에서 탈출했듯이 콜리반에서 탈출하는 데에도 성공할 수 있을까? 장차 일어날 수 있는 온갖 사건이 머리에 떠올랐다. 그는 잠시 멈춰 서서 망설였다. 걸어서라도 디아친크스 같은 다른 소도시에 가서 값을 따지지 않고 말을 구하는 편이 낫지 않을까? 그가 할 수 있는 일은 이것뿐이었다. 미하일은 오브 강기슭을 떠나 콜리반의 오른쪽으로 걸어갔다.

포성은 이제 더욱 격렬해졌다. 콜리반 왼쪽에서 곧 불길이 솟아올랐다. 불은 콜리반의 한 구역을 통째로 집어삼키고 있었다.

집들 사이에서 불길이 치솟고……

미하일이 몸을 숨길 수 있는 나무 밑으로 가려고 스텝 지대를 가로질러 달리고 있을 때, 오른쪽에 타타르 기병대가 나타났다.

그는 감히 그쪽으로 계속 달려갈 수가 없었다. 기병들은 콜리반을 향해 빠르게 진격했고, 그들을 피하기는 어려웠을 것이다.

그때 갑자기 울창한 숲속에 외딴 집 한 채가 보였다. 적에게 들키기 전에 그 집에 다다를 수도 있을 것 같았다.

미하일은 거기로 달려가 몸을 숨기고, 원기를 회복시켜줄 무언가를 달라고 부탁하거나 빼앗을 수밖에 없었다. 그는 허기와 피로로 녹초가 되어 있었기 때문이다.

그래서 그는 아직도 500미터쯤 떨어져 있는 그 집을 향해 달렸다. 가까이 다가가자 그 건물이 전신국이라는 것을 알 수 있었다. 두 가닥의 전선이 그 집에서 서쪽과 동쪽으로 뻗어 있고, 세 번째 전선은 콜리반 쪽으로 뻗어 있었다.

상황으로 보아 이 전신국은 버려진 것으로 여겨졌다. 하지만 그렇다 해도 미하일은 거기로 피신할 수 있었고, 타타르 정찰병이 우글거리는 스텝 지대를 가로지르기 위해 필요하다면 땅거미가 질 때까지 거기에서 기다렸다가 다시 길을 떠날 수 있었다.

미하일은 전신국으로 달려가 문을 밀어 열었다.

전보를 보내는 방에 한 사람이 앉아 있었다.

그 사람은 침착하고 냉정한 사무원이었다. 밖에서 벌어지고 있는 일에 무관심하고 자기 직책에 충실한 그는 사람들이 그의 도움을 요구할 때까지 작은 창구 뒤에서 기다리고 있었다.

미하일은 그에게 달려가 피곤해서 갈라진 목소리로 물었다.

"뭐 좀 아는 게 있소?"

"아무것도 없습니다." 사무원은 빙긋이 웃으며 대답했다.

"러시아군과 타타르족이 싸우고 있소?"

"그렇다더군요."

"누가 이기고 있소?"

"전 모릅니다."

이렇게 끔찍한 사건들이 한창 벌어지고 있는데 그렇게 침착하고 무관심할 수 있다는 것은 좀처럼 믿기 어려웠다.

"그런데 전선은 끊기지 않았소?"

"콜리반과 크라스노야르스크 사이의 전선은 끊겼지만, 콜리반과 러시아 변경 사이의 전선은 아직 작동하고 있습니다."

"정부를 위해?"

"적절하다고 생각되면 정부를 위해 전선을 이용하고, 일반인도 돈을 내면 이용할 수 있습니다. 선생님도 원할 때는 언제든지 낱말 하나에 10코페이카만 내면 됩니다!"

미하일은 보낼 메시지가 전혀 없고 빵과 물을 얻고 싶을 뿐이라고 그 기묘한 사무원에게 대답하려고 했다. 그런데 바로 그때 전신국 문이 다시 활짝 열렸다.

타타르족이 쳐들어왔다고 생각한 미하일은 창밖으로 뛰쳐나갈 준비를 했지만, 방에 들어온 것은 타타르족 병사다운 데가 조금도 없는 두 남자뿐이었다.

한 사람은 연필로 쓴 전보를 손에 쥐고 있었다. 그는 동료 옆을 지나 침착한 사무원이 앉아 있는 창구로 서둘러 다가왔다.

누구나 이해하겠지만, 미하일은 그 두 남자를 알아보고 깜짝 놀랐다. 그는 그들을 까맣게 잊고 있었고, 그들을 다시 만나게 되리라고는 전혀 생각지 않았다.

그들은 바로 신문사 특파원인 해리 블라운트와 알시드 졸리베였다. 두 사람은 이제 전쟁터에서 일하고 있었기 때문에 길동무가 아니라 경쟁자이고 적이었다.

그들은 미하일 스트로고프가 떠난 지 불과 두어 시간 뒤에 이심을 떠나 미하일과 같은 길을 따라왔지만, 미하일이 이르티시 강기슭에서 사흘을 허비하는 바람에 그들이 먼저 콜리반에 도착했던 것이다.

그리고 이제 그들은 콜리반 앞에서 벌어진 러시아군과 타타르군의 교전을 참관한 뒤, 시내에서 싸움이 벌어지자 경쟁자보다 먼저 유럽에 전보를 보내 사건 보도에서 상대를 앞지르려고 전신국으로 부리나케 달려온 것이다.

미하일은 그늘에 비켜서서 모습을 숨긴 채 자초지종을 보고 들을 수 있었다. 그는 이제 흥미로운 정보를 듣게 될 것이고, 그 정보를 통해 콜리반에 들어갈 수 있을지 어떨지를 알게 될 것이다.

동료를 앞지른 블라운트가 창구를 차지했고, 알시드 졸리베는 여느 때의 버릇과는 반대로 초조하게 발을 굴렀다.

"낱말 하나에 10코페이카입니다." 사무원이 전보를 받으면서 말했다.

블라운트는 창구 앞 선반에 루블을 수북이 쌓아올렸고, 그의 경쟁자는 깜짝 놀라 멍하니 그것을 바라보았다.

"좋습니다." 사무원이 말했다.

그러고는 세상에서 가장 침착하게 다음과 같은 전보를 보내기 시작했다.

수신: 런던, 〈데일리 텔레그래프〉
발신: 8월 6일, 시베리아 옴스크 주 콜리반
러시아군과 타타르군의 교전……

사무원이 또렷한 목소리로 전보를 낭독했기 때문에, 미하일은 영국 특파원이 신문사에 보내는 기사 내용을 모두 들을 수 있었다.

러시아군이 큰 손실을 입고 격퇴당했다. 타타르군이 오늘 콜리반에 들어갔다.

전보는 이렇게 끝났다.

"이젠 내 차례야." 몽마르트르 가에 있는 사촌누이한테 빨리 전보를 보내고 싶어서 안달이 난 알시드 졸리베가 외쳤다.

하지만 블라운트는 그렇게 생각지 않았다. 그는 창구를 양보할 생각이 없었고, 사건이 일어났을 때 바로 뉴스를 보내기 위해 창구를 수중에 넣어둘 작정이었다. 그래서 그는 동료에게 자리를 비켜주려 하지 않았다.

"하지만 당신은 끝났잖아요!" 졸리베가 외쳤다.

"아직 안 끝났소." 해리 블라운트가 조용히 대꾸했다.

그러고는 문장 몇 개를 써서 사무원에게 건네주었고, 사무원
은 침착한 목소리로 그것을 낭독했다.

존 길핀은 평판이 좋은 유명한 시민이었다.

그는 또한 유명한 런던 시의 민병대장이었다.

해리 블라운트는 경쟁자한테 자리를 내주지 않으려고 어린
시절에 배운 시를 전보로 보내고 있었다. 그 때문에 그의 신문
사는 수천 루블을 치르겠지만, 그 대가로 맨 처음 정보를 얻을
것이다. 프랑스는 기다려도 된다.

다른 상황이었다면 졸리베는 그것을 공정한 전투로 생각했겠
지만, 지금은 분통을 터뜨렸다. 졸리베가 얼마나 격분했을지는
상상하고도 남는다. 그는 경쟁자의 전보를 제쳐놓고 자기 전보
를 먼저 받아달라고 사무원에게 강요하기까지 했다.

"그건 저분의 권리입니다." 사무원은 블라운트를 가리키고
더없이 상냥한 미소를 지으면서 냉정하게 대답했다.

그러고는 시인 윌리엄 쿠퍼의 유명한 시를 〈데일리 텔레그래
프〉사에 계속 전송했다.

사무원이 일하는 동안 블라운트는 완전한 정보를 보내기 위
해 창가로 걸어가서 쌍안경을 눈에 대고 콜리반 부근에서 벌어

지고 있는 일을 모두 관찰했다.

그리고 몇 분 뒤에는 다시 창구로 돌아가서 전보 내용을 추가했다.

교회 두 개가 불타고 있다. 화재는 오른쪽에서 더 크게 번지고 있는 것 같다.

존 길핀의 아내가 남편에게 말했다.

우리가 결혼한 뒤 지루한 10년이 두 번 지났지만,

아직 한 번도 휴가를 간 적이 없어요.

알시드 졸리베는 〈데일리 텔레그래프〉의 훌륭한 특파원을 목졸라 죽이고 싶었을 것이다.

그는 다시 사무원의 작업을 중단시켰지만, 사무원은 꿈쩍도 하지 않고 냉정하게 대답했다.

"그건 저분의 권리입니다. 저분의 권리예요. 낱말 하나에 10코페이카로."

그러고는 블라운트가 방금 가져온 다음과 같은 뉴스를 타전했다.

러시아 피난민들이 시내에서 탈출하고 있다.

길핀은 떠났다. 그가 아니면 누구겠는가?

그의 명성은 곧 사방에 퍼졌다.

그는 영향력을 갖고 있다! 그는 경마에 출전한다.

그것은 천 파운드를 벌기 위해서다!

블라운트는 조롱하는 눈으로 경쟁자를 돌아보았다.

알시드 졸리베는 화를 참지 못해 씨근거렸다.

그럭저럭하는 동안 해리 블라운트는 창가로 돌아갔지만, 이번에는 눈앞에서 벌어지고 있는 흥미로운 광경에 정신이 팔려 창구를 너무 오래 비워두었다. 그래서 사무원이 블라운트가 지시한 전보를 다 보내자, 알시드 졸리베가 소리 없이 창구를 차지하고 경쟁자가 그랬듯이 창구 앞 선반에 상당량의 루블을 조용히 쌓아올린 다음 자기 전보를 사무원에게 건네주었고, 사무원은 그것을 큰 소리로 낭독했다.

수신: 파리 몽마르트르 가 10번지, 마들렌 졸리베

발신: 8월 6일, 시베리아 옴스크 주 콜리반

피난민들이 시내에서 탈출하고 있다. 러시아군이 패했다. 타타르 기병대가 맹렬히 추격하고 있다.

창가에서 돌아온 해리 블라운트는 졸리베가 조롱하는 어조로 노래를 부르면서 전보를 마무리하고 있는 것을 들었다.

그는 작은 남자,

파리에서는 모두

회색 옷을 입는다네!

알시드 졸리베는 경쟁자를 흉내내어 베랑제가 지은 샹송의 유쾌한 후렴구를 시간 연장책으로 이용했다.

"아뿔싸!" 해리 블라운트가 말했다.

"그래요." 졸리베가 대답했다.

그러는 동안 콜리반의 상황은 매우 급박해졌다. 전쟁터는 점점 가까워졌고, 총성과 포성이 끊이지 않았다.

그 순간 전신국이 토대까지 뒤흔들렸다.

포탄 한 발이 벽에 구멍을 뚫었고, 전신국은 자욱한 먼지로 가득 찼다.

알시드는 이런 문장을 막 끝내려는 참이었다.

사과처럼 볼이 통통한 사람
무일푼으로…….

하지만 전보 작성을 중단하고 포탄으로 돌진하여 두 손으로 포탄을 움켜잡고 창밖으로 던진 뒤 창구로 돌아오는 것은 한순간에 일어난 일이었다.

포탄은 5초 뒤에 건물 밖에서 폭발했다.

하지만 알시드는 최대한 냉정하게 전보를 계속 작성했다.

6인치 포탄이 방금 전신국 벽을 날려 보냈다. 같은 크기의 포탄이 몇 발 더 날아올 것 같다.

미하일 스트로고프는 러시아군이 콜리반에서 쫓겨났다고 확신했다. 그에게 마지막으로 남은 방법은 이곳을 떠나 남부 스텝 지대를 가로지르는 것이었다.

바로 그때 전신국 가까이에서 사격이 다시 시작되었고, 빗발치는 총알이 유리창을 모두 박살냈다.

해리 블라운트는 어깨에 상처를 입고 바닥에 쓰러졌다.

졸리베는 그런 순간에도 전보에 다음과 같은 추신을 덧붙이려 하고 있었다.

〈데일리 텔레그래프〉의 특파원인 해리 블라운트가 일제히 발사된 총알 가운데 한 발을 맞고 방금 내 옆에서 쓰러졌다…….

그런데 바로 그때 침착한 사무원이 조용히 말했다.

"전선이 끊겼습니다."

그는 창구를 떠나 조용히 모자를 집어 들고 빙빙 돌리면서 옷소매로 먼지를 턴 다음, 여전히 미소를 지으며 미하일이 지금까지 알아차리지 못한 작은 문으로 사라졌다.

건물은 타타르 병사들에게 에워싸였다. 미하일도 특파원들도 퇴각할 수 없었다.

알시드 졸리베는 쓸모없는 전보를 손에 든 채 바닥에 누워 있는 블라운트에게 달려가 용감하게 그를 들어 올려 어깨에 둘러 멨다. 블라운트와 함께 도망칠 작정이었지만, 너무 늦었다!

그들은 둘 다 포로가 되었다. 그리고 창문에서 뛰어내리려던

건물은 타타르 병사들에게 에워싸였다

미하일도 뜻밖의 기습을 받고 그들과 동시에 타타르족의 손아귀에 들어갔다!

〈2권에 계속〉

황제의 밀사 1

초판 1쇄 발행 2008년 4월 21일
초판 3쇄 발행 2022년 4월 5일

지은이 쥘 베른
옮긴이 김석희
펴낸이 정중모
펴낸곳 도서출판 열림원
출판등록 1980년 5월 19일(제406-2000-000204호)
주소 경기도 파주시 회동길 152
전화 031-955-0700
팩스 031-955-0661
홈페이지 www.yolimwon.com
이메일 editor@yolimwon.com

* 책값은 뒤표지에 있습니다.

ISBN 978-89-7063-596-5 04860
      978-89-7063-326-8 (세트)